U0116352

传播新知 优美表达

中华文学名家典藏书系

戌闰乾 主编

孤独是生命的常态

梁晓声 人生感悟

梁晓声
—— 著

北方联合出版传媒(集团)股份有限公司

万卷出版有限责任公司

ⓒ 梁晓声　2024

图书在版编目（CIP）数据

梁晓声人生感悟 : 孤独是生命的常态 / 梁晓声著
. — 沈阳 : 万卷出版有限责任公司, 2024.1
（中华文学名家典藏书系 / 戍闰乾主编）
ISBN 978-7-5470-6358-3

Ⅰ.①梁… Ⅱ.①梁… Ⅲ.①散文集 – 中国 – 当代
Ⅳ.①I267

中国国家版本馆CIP数据核字（2023）第163913号

出 品 人：王维良
出版发行：北方联合出版传媒（集团）股份有限公司
　　　　　万卷出版有限责任公司
　　　　　（地址：沈阳市和平区十一纬路29号　邮编：110003）
印 刷 者：天津鸿景印刷有限公司
经 销 者：全国新华书店
幅面尺寸：145mm×210mm
字　　数：280千字
印　　张：13
出版时间：2024年1月第1版
印刷时间：2024年1月第1次印刷
选题策划：王会鹏
特约策划：创意百人汇
责任编辑：李　明
责任校对：尹葆华
版式设计：任展志
封面设计：任展志
ISBN 978-7-5470-6358-3
定　　价：59.80元
联系电话：024-23224081
邮购热线：024-23224481

序言：写"他者"与写自己

我一向认为，一个以写作为生涯的人，他的笔主要是用来写"他者"的——写形形色色的"他者"，给更多的读者看。故他的眼，须经常睽注所谓芸芸众生的命运。自己与芸芸众生命运相同时应该这样；自己"命达"时亦该如此；甚至，尤该如此。若自己有着比芸芸众生还艰辛悲苦的命运，写自己首先也是为了以己为镜，替芸芸众生映照出社会的问题所在。因为，若那社会问题不能揭示，不被进一步改变，则自己曾经的命运，或也将成为芸芸众生中某些"他者"的命运。

在与我的学生们谈到一个协作者所秉持的写作思想时，我也一向是强调以上写作意义的。

我自己不曾怎样的"命达"过，但是，其实也并没什么艰辛悲苦可言。某时，自己觉得某事当然可以证明自己有的，过后再次将目光睽注向众生，便觉不值一提了。

然后我竟也写了一些"我的小学"之类的回忆性文章——我写它们，特别是关于父母的文章，初衷并不是为了发表；不是为了给人看；主要是为了通过写来了却自己的心结。好比宗教的告解，那么做了，自己情感上觉得安生了点。后来这一类文章结成文集，我也从不在意印数的，几乎完全不想别人的看与不看，只欣慰于自己的情感归于一种有形方式的保存而已。

所以，将我此类文字再度辑成书，并需我自己写序，我真的是没多少另外的话可说的。

但我对自己另一类文章的看法却不同——比如《论大学》等。

我写这一类文章，目的确实是给别人看的。即使思想肤浅，毕竟认真思过想过。我希望我的那些文章引起别人的共鸣。即使相反，我也还是认为值得一写——因为符合我自己对写作这件事的要求——为社会而写；为青年而写；为某些较公共的话题而写。

前几年，那些文章收录在我的某一本书中，那些书只不过出版了，相当长的时期内并没有引起关注。后来，书中的某些文章开始被转载。近两年，各出版社重新将那些文章编辑成书——据他们说，市场有一定需求。

这反而使我困惑，进而不安。

因为我那大多数文章，委实算不上好文章，只不过是某些肤浅的思想与一般性的回忆的组合罢了。

故我不论对于出版社还是读者，最想说的只能是——谢了！

多谢你们这么多年来，始终厚爱于我这个不甚争气的并且已老了的写作者。

目　录

第三辑
人性的原点

第一辑　最初的故乡是书籍

所谓"读"这一种习惯，对我已不啻是一种幸福。这幸福就在日子里，在每一天的宁静的时光里。不消说，人拥有宁静的时光，这本身便是幸福。而宁静的时光因阅读会显得尤其美好。

我爱读书

　　读书——不，更准确地说，所谓"读"这一种习惯，对我已不啻是一种幸福。这幸福就在日子里，在每一天的宁静的时光里。不消说，人拥有宁静的时光，这本身便是幸福。而宁静的时光因阅读会显得尤其美好。

　　我的宁静之享受，常在临睡前，或在旅途中。每天上床之后，枕旁无书，我便睡不着，肯定失眠。外出远足，什么都可能忘带，但书是不会忘带的。书是一个囊括一切的大概念。我最经常看的是人物传记、散文、随笔、杂文、文言小说之类。《读书》《随笔》《读者》《人物》《世界博览》《奥秘》都是我喜欢的刊物，是我的人生之友。前不久，友人开始寄我《世界警察》，看了几期，也喜爱起来。还有就是目前各大报的"星期刊""周末版"或副刊。

　　要了解我所生活的城市，大而至于我们这个国家，我们这个地球，每天正发生着什么事，将要发生什么事，仅凭晚上看电视里的"新闻"，自然是远远不够的。"秀才不出门，便知天下事"，是所谓"秀才"聊以自慰自夸的话。或者是别人对"秀才"的揶揄。不过在现代社会里，传播媒介如此之丰富，如此之发达，对于当代人来说，不出门而大致地知道一些"天下事"，也是做得到的。

知道了又怎样？

知道了会丰富我对世界的认识。而这种认识，于我——一个以写作为职业的人来说，则是相当重要的。妄谈对世界的认识，似乎口气太大了，那么就说对周遭生活的认识吧。正是通过阅读，我感觉到周遭生活之波有时汹涌澎湃，有时潜流涡旋，有时微波涌荡……

当然，这只是阅读带给我的一方面的兴致。另一方面，通过阅读，我认识了许许多多的人。仿佛每天都有新朋友。我敬爱他们，甘愿以他们为人生的榜样。同时也仿佛看清了许多"敌人"，人类的一切公敌——人类自身派生出来的到自然环境中对人类起恶影响的事物，我都视为敌人。这一点使我经常感到，爱憎分明于一人是多么重要的品质。

创作之余，笔滞之时，我会认真地读一会儿文学期刊。若读的正是一篇佳作，便会一口气读完。不管作者认识与否，都会产生读了一篇佳作的满足感。倘是作家朋友写的，是生活在同一座城市的人，又常忍不住拨电话，将自己读后的满足，传达给对方。这与其说是分享对方的喜悦，莫如说是希望对方分享我的喜悦。倘作者是外地的，还常会忍不住给人家写一封信去。

读，实在是一种幸福。

最后我想说，与我的中学时代相比，现在的中学生，似乎太被学业所压迫了。我的中学时代，是苦于无书可读。买书是买不起的，尽管那时书价比现在便宜得多。几个同学凑了七八分钱，到小人书铺去看小人书。这是永远值得回忆的往事了。现在的中学生，可看的太多了，却又陷入选择的迷惘，并且失去了本该拥有的时间。生活也真是太苛刻了！

　　我挺怜悯现在的中学生的。

　　我真同情我的中学生朋友。

读报杂感

近二三年，各种报刊对于所谓"大款"们豪奢俗贵，一宴千金，一宴万金，一宴数十万金乃至百万金的报道，曾在国人中引起了纷纷评说。有羡慕得要命的，有嗤之以鼻的，有义愤填膺的，有喟叹"先富起来的一部分人"之荒淫不争的……

我想，金钱大抵只能使人变成两类——因摆脱了贫穷，终于占有了大量的金钱而文明起来，并且积极热忱地参与对社会文明的高尚的建设；或者恰恰相反，比贫穷的时候更加丑陋。当然，贫穷并不注定使人丑陋。正如富贵并不注定使人不仁。我的意思是，如果一个人在贫穷的时候，其心理和德行已然是丑陋的了，那么一朝成为"大款"之后，有可能于摆脱贫穷的同时摆脱自身的丑陋，也有可能变本加厉，比原先更加丑陋。是的，是这样的。一个人既可以用钱买营养品，也可以用钱买毒品。

老大哥刘心武发过一篇短文，题目仿佛是"扶富"。他呼吁全社会都来关注这样的现象——即某些成为"大款"的人们变得更加丑陋的现象。他认为应该像"扶贫"一样，设立一些教育机构，专门从事对成为"大款"的人们进行必要的文明教育。否则，据他看来，中国改革以来的一些举措，好不容易才使一些人先富了起来，其中成为"大款"的也不过才百分之几，眼见他们在个人财富方面成了"大款"，而在文明教养和心理素质及德行方面，依然处在"流氓无产者"的水准，岂非使改革的业绩很煞风景吗？

我却并不完全赞同心武的主张。依我之见，"扶富运动"应该缓行。中国是一个有十一亿七千万人口的泱泱大国。国民生活总水平居世界倒数第几位，"扶贫运动"尚未取得全面的成效，百分之几的人的问题，不但应该缓行，而且简直就构不成一个非予以关注不可的问题。

倘一定说那是一个问题，我倒认为，不过是一个心理疾病学方面的问题。或者说更是一个这样的问题。先是要给他们治病，其次才谈得上有没有进行文明教育的必要。某些病，尽管首先发生在极少数人身上，但因为交叉传染的范围无比大无比普及，最终将会给更多的人带来危害，如艾滋病。

据我看来，某些豪奢俗贵的"大款"，所患乃"心理强奸综合征"。按民间的说法，可以解释为"意淫症"。放在中国这个大临床研究范围上加以分析，也可以定名为"中国综合征"。病理是由我分析出来的，定名为"梁氏中国综合征"，我觉得也不算贪天之功为己有……

某些"大款"的豪奢俗贵，从心理本质来分析，意味着是一种对金钱的强奸和蹂躏。众所不知，蹂躏金钱，强奸金钱，是可以获得快感的。强奸已然被自己所占有的金钱，金钱不但不会成为原告（抢来的、偷来的、骗来的、受贿来的、贪污来的例外），而且连呻吟也不会发出一点点。

进一步分析，某些豪奢俗贵的"大款"蹂躏金钱、强奸金钱的同时，不但足以获得常人所无法体验的强烈的具有刺激性的快感，而且，足以获得"先富起来的一部分人"对总体上仍处于贫穷状态的社会的报复性快感。这就好比从前衣衫褴褛，整日盘桓于妓院门口并被无数次驱赶过的"色棍"，一旦暴富，揣足了银锭，大摇大摆地长驱直入，恨不得将所有"姑娘"连同老鸨都统统强奸个够的心态一样。

所以，我们其实不难得出一个正确的、可以认为完全符合社会心理学、医学心理学根据的结论——某些豪奢俗贵的"大款"，在他们的潜意识里，是一些对别的男人具有践踏心理倾向，对一切女人具有强奸心理倾向，对全社会具有报复心理倾向的病人……

至于拿他们怎么办，尤其是在他们不过纸醉金迷、荒淫无耻而还没有触犯法律的情况之下拿他们怎么办，我想了许多许多日子，于今还是不能开出一个药方。反正心武大哥们主张的"扶富运动"，据我看来未免迂腐得可爱。而向他们指出有多少儿童因贫穷而失学，有多少儿童患了重病而家长无钱为之医治等，显然是对牛弹琴了！……

也许，还是让他们自行地病入膏肓、自行地完结好？因为，纵欲必然损寿，比如西门庆。而强奸金钱，也是会使人过早地心力衰竭的……

阿门！

静好的时代

　　读书对人有什么好处呢？某些外国电影中每有这样的对话：就一人游说另一人参与某事，另一个问，对我有什么好处？事关好处，老外们喜欢直截了当。所谓好处，当然可以指精神上的。

　　我常被绑架到各种场合劝人读书，我觉得这是一件极尴尬的事情。劝人读书就好像劝一个不喜欢运动的人要坚持健身一样，而我碰到的许多不健身的人经常跟我说，长寿的秘诀就是吸烟、喝酒、不锻炼。你要碰到一个不读书的人，他说，我没有觉得不读书对我有任何损失，事实上你是无语的。因此，我谈的是读闲书。闲书与闲书不同，有的闲书不值一读，有的闲书人文元素的含量颇高。读后一类闲书即使不能益智，起码也能养心怡情。在那样一些场合往往并没有人直截了当地问：读书对我有什么好处？然后我却看得出，几乎所有的人内心里都在这么问。事关好处，国人之大多数仍羞羞答答的。其实大家心里也都在问，读书究竟对人有什么好处呢？现而今，谁愿意将时间用在对自己什么好处也没有的事上呢？非说"书中自有颜如玉，书中自有黄金屋"，那就等于是忽悠。若说书是知识的海洋，其书恰恰指的不是闲书，而是专业书，而是学科书。若说书能养成气质，无非指的是书卷气，要形成那种气质得读很多的书，而且论到气质，谁又在乎自己书卷气的有无呢？分明当下更令人肃然起敬的是官气和财气，谁敢说官气和财气就不属于气质呢？要知天下事，看报、看电视、上网就可以了。凤凰卫视有一档节目便是"天下被网罗"，专门报道网络新闻，何必读闲书呢？要了解历史吗？网上的史实资料足可以满足一般人对史的兴趣。都说读书的人会有别种幽默感，但目前中国人最不缺乏的就是幽默感，微博、短信每天互夸的幽默段子不是已经快令国人餍足了吗？

那读书究竟对人有没有好处呢？我个人觉得，如果一个人自觉地摆正自己是人类一员的位置，就好回答。因为文字的产生开启了人类真正的历史，同时派生了传播知识思想和信仰的书籍。工具的发明只不过使人类比其他动物在进化的长征中跃进第一步，运用工具使人类的智商在生物链上独占鳌头。但是，如果没有书籍的引导，人类只不过是地球上智商最高，但也最狡猾、最凶残的动物。世界上没有其他动物像曾经的人类那样，以蚕食自己的同类为乐。地球上只有人吃人才载歌载舞。书籍是人类最早的上帝，教我们的祖先有所敬畏、忏悔和警戒。读书，世界读书节，是体现人类对书籍感恩的虔诚心。

为什么一个国家读书人口的多少也标志着该国的文明程度呢？因为读书不但需要闲暇的时间，同时需要人在那一时段有静好的心情。有些事人在不好的心情下也可以做，比如饮酒、吸烟、听音乐。有些事会使人产生好心情，但不见得是一种又沉静又良好的心情，甚至可能是一种失态、变态、庸俗的所谓好心情，比如集体的娱乐狂欢，比如成为动物斗场上的看客。对于人，只有一种事能使人处于沉静又良好的心情，沉静到往往可以长久地保持一种姿态，忘了时间，达到一种因为自己的心情沉静了，似乎整个世界都沉静下来的程度。找到一种内心里仿佛阳光普照，或者清泉凉凉流淌，或有炉火散发着中意的暖度。细细想来，这么一种又沉静又良好的时光，迄今为止，除了是读书的时光，几乎还是读书的时光。当然，指的是读好书。一个时代、一个社会将读书当成享受的人多了，证明它留给人的闲暇的时光是充足的，体现了高层面的人性化，同时证明人心较良好的状态是常态。失业者的闲暇时光也是有的，但如果长期失业，他们会因那样被闲暇而脾气暴躁，希望他享受读书时光的静好，是站着说话不腰疼。故读书人口多了，间接证明一个时代、一个社会本身是静好的时代、静好的社会、静好的国家。反之反证。

　　数字阅读的时代来临，是否意味着人类将会告别读书这一古老而良好的习惯呢？刚才我们听到陈超馆长以及你们都谈到这一种忧患啊。有人断言那是早晚的事，最快五十年后便成现实。我认为不会，起码一百年后还不会。一百年后的地球怎样呢？没谁说得准。为什么不会呢？因为人与书籍的亲情对于一部分读书人类而言，早已成为基因，成了 DNA 的一部分。小海龟一出壳就会朝向海边爬，有读书习惯的人类的后代，往往两三岁的时候就会本能地将带图带字的书籍往父母手中塞，小孩子与书籍的亲情是父母日常习惯示范的结果。一位母亲给自己的孩子读书上的好故事，永远是人类的美好式亲情。不管水平多高的朗读者的录音，起初都比不上坐在孩子身边的母亲捧书亲读。人长大以后一般不会牢记偎在妈妈怀里吃奶的细节，但听母亲给自己读书的温馨往往会成为终身的记忆。只要有携带读书基因的父母，人类的读书种子便会一代代繁衍不息，写书的人、出版者、发行者、图书馆工作人员，是为这样一些人类服务的。后一种人某一历史时期会少，但永不会绝种。数字书籍与纸质书籍并非前者灭后者的关系，而有时也应该是相得益彰的关系。

一位母亲教自己两三岁的孩子用手机或平板电脑，这种情形不论是画、是摄影，在我看来是可怕的，会使我做噩梦，梦到外星人变成了人类的母亲，而将人类真正的母亲给害死了。今天的广告创意者是多有才能呢？为什么苹果也罢、三星也罢，包括我们刚刚看到的那个广告图片也罢，从没有人推崇过以上情形的广告：就是一位母亲在教自己两三岁的孩子看手机，对吧？因为那也许将遭到集体的抗议甚至起诉，罪名是企图异化人类后代，使人类从基因上变种。

博客很快就被微博抢了风头，微博时代如今已分明是强弩之末，海量的段子令人眼花缭乱，这个情形似乎已经过去，人们转发的兴致已经不那么高了。原来的时候我有明确的感觉，我在初用手机的时候每天都得转发个段子。后来我碰到转发的人，问，你们怎么不转发给我了？他自己有一点索然了，因为太多了，他已经转发过一年的光景了，他玩腻了。微博是什么呢？微博最使人刮目相看的是传播消息的速度，远快过报刊、广播、电视。但人类不是仅仅靠知道一些事才感觉到自己存在，人类还要知道某些人为什么成为那样一些人，某些事为什么会发生，更要知道自己属于哪种人、什么人，如果想要改变，怎样改变。人生苦短，应当活出几分清醒，唯有书籍能助人达成此点。电脑功亏一篑，而手机不能，甚至恰恰相反。

我跟我的研究生谈过一次话，因为她是眼睛红着在跟我谈论文，我问昨天晚上干什么了，她说昨天晚上在网上阅读了。我问几个小时，她说三个小时到四个小时。我问她一直在网上阅读老师给她留下的书目的那些文章吗？她说不是，半个小时之后她想轻松一下。我说半个小时之后，又之后呢？她说又之后她就下不来了，就去看别的了。我不太相信，有人在网上读雨果的《悲惨世界》，读托尔斯泰的《战争与和平》，读《追忆似水年华》。好多名著不可能都是在网上读的，所有那些在网上阅读的人，十之七八是忽悠我们，他在冒充读书人。

我建议小学五六年级的学生应该像断奶那样告别给儿童的文字故事，开始读少年故事，而初中生应该开始读青年故事，高中生应该开始读一切内容健康的正能量的成人书籍。总之，读书这件事起码要超越实际年龄两三岁，否则谈不上益智，怡情也太迟了，怡心则成马后炮。我认为对于今日之儿童少年，怡情、怡心比益智、励志更重要。我们现在到处看到的励志，都想让大家成为大款，我们的儿童、我们的孩子们似乎只剩下了这么一种志向。一个智商较高但缺乏人性之美的人，即使外表再帅再靓，也很难是可爱的、令人敬佩的。谁不希望自己是可爱的呢？这是我们人作为人的底线，读书能使我们保持这种底线。

故我建议当下的中国男性也应该多读一些出自女性笔下的文章、文学作品、书籍。我的阅读体会是汉文字在当代女性笔下呈现的种种优美似乎超过了男人，不但喜读而且爱写的中国当代女性向汉文字、汉词汇中注入了前所未有的灵动、俊美的气息。同样，我也建议当下之中国少女、姑娘读一些男人笔下的文章、文学作品，这里主要讲散文、杂文、随笔以及较有思想含量的书籍。这年头知识泛滥，而思想，对于中国人却又是弥足珍贵的。如果当下之中国女性仅仅陶醉于自己是极感性的动物，是我们这个时代的悲哀，毕竟女性是半边天。如果我们对这个时代不中意，改变它是男女共同的事业，而改变时代也需要靠思想。

我建议人们吸收中国传统文化思想时应取这样一种态度，如果说世界是地球村，那么文化思想，不论东方的、西方的，首先都是人类的。将传统文化思想当成盾，企图用以抵挡西方文化的心理，是我所反对的。我赞成各美其美、美人之美、美美与共的文化态度。阅读使女性变美，会使美女更美。我们看绘画史就知道，西方的油画史中多次画到阅读中的各种年龄的女性，而且既然进入了美术史，既然成为经典，一直到现在被人们欣赏而不厌倦，那就证明她真的是美的，再也没有比人类在阅读的时候的姿态更美的了。尤其对于女性，我个人觉得有四种姿态是最美的：第一就是阅读时的女性；第二就是哺乳着的年轻的母亲；第三就是恋爱中的女孩儿，哪怕她手持一枚蒲公英在遐想；第四就是白发苍苍的老妪闲坐在家门口的那样一种安适，我觉得这是非常非常美的。

谈到读书对人究竟有什么好处，我想举我自己的一个例子，就是我在下乡之前或在"文革"之前看过托尔斯泰的一个短篇叫作《舞会以后》，讲的是在要塞中做上尉副官的主人公伊凡爱上了司令官的女儿，那姑娘相当俊美。有一天，这个司令官的花园里正举行派对，绅男淑女在月光下，挽着手臂浪漫地谈诗，谈爱情，谈崇高的情操，谈人格的力量等等。而就在花园的另一端，在实行着鞭笞，在鞭打一名开小差的士兵，因为他回家去看了自己生病的孩子。这时就有了伊凡和司令官女儿的对话。他问那女孩为什么，女孩告诉他原委。他说："你去替我请求你的父亲可以终止了，因为我已经暗数了已经鞭笞的次数。"那女孩说："不，我不能，这是我父亲的工作，他在执行他的工作，以后你如果成为我们家庭的一员，你应该习惯这一点。"伊凡吻了她的手之后告辞了，他在心里面对自己说："上帝啊，哪怕她是仙女下凡，我也不能爱这样的女孩。"这样的女孩之可怕就在于，我们从二战中的一些资料中可以看到，在屠杀犹太人的时候，纳粹军官和他的妻子孩子们可能正在领导督察，显示出德国上流社会的某种姿态。

一个人在他少年的时候读到这样的书，这书肯定影响了他的心灵，这使我有资格对外国记者们说——当他们来采访我的时候问，你在"文革"中的表现的时候——对不起先生们，你们选错了人，我正是在"文革"中知道怎样去关怀人、同情人，暗中给人一点温暖。

每一只手都是拿得动笔的

河北老年大学的学员张建娥同志，电话中希望我为由她主编的这一部文集作序——不久，我收到了此集的目录以及数篇文稿。目录显示此集共收录五十余篇文章，而我所能读到的，仅一小部分而已。故我的序，不可能不是管窥言豹式的感想。

她寄来的文章很少，乃出于对我的体恤，不忍让我付出太多的精力和时间。

好在，她与另一位学员李玉洁同志，在信中对河北老年大学文学班的情况、文学班教师陈国伟先生的情况、文学班学员的写作成果等情况，作了较为详细的介绍，为我写序提供了参考的依据。

近年，全国不少省市的老年大学办得有声有色。起初是绘画、书法、摄影学习班对老年朋友们更有吸引力；现在，文学班也成为各省市老年大学中的后起之秀了。

喜欢写作的老年朋友们渐多，对于老年大学，是值得高兴的事。对于喜欢写作的老年朋友，是有益于身心健康，足以使晚年之精神生活更加丰富多彩的良好现象。

古人常言：读书可以祛愚。

我以为——写作几乎可以祛病。这里所指，正是老年大学文学班那一种写作；因为喜欢，遂成爱好。因为首先是爱好，便免受为业之累，写时从容不迫，于是可祛老年寂寞无聊之病，精神无所寄托之病，内心孤独苦闷、性情乖张多疑之病。

好事须由热心人士来推广。老年大学是喜欢写作的老年朋友们的习写平台。从河北老年大学文学班学员们以往取得的写作成果来看，无疑是值得欣慰甚至骄傲的。

河北老年大学文学班有一位可敬的教师，便是陈国伟先生了。张建娥同志在电话中，李玉洁同志在信中，都对陈国伟先后表达了充满感激之情的敬意。肯定的，陈国伟先生是河北老年大学文学班的功臣，是学员们写作道路上的引路人、举灯人。学员们取得的成绩，也显然与他的热心执教分不开。

关于陈国伟先生，此集中已有人写了一篇文章予以介绍和颂扬，我不赘言。

我亦借作序之机，表达我真诚的敬意。

人们常说每个人的人生都是一部书。

这话说对了一半——只有写出来，才好比是一部书。而不写出来，虽仍可用一部书来比喻，却只不过是无字书。

陈国伟先生的教学思想中首要的一条是——启发老年朋友们破除"写作神秘"之见。

写作神秘不神秘呢？

这要看怎么来说。

写作基本上分为两类：一曰虚构类写作；二曰非虚构类写作。

虚构类写作曰"创作"，那一个"创"字，证明需要有一定天赋。所以，每被视为"神秘"之事。

但非虚构类写作的空间也是很大的——散文、杂文、随笔、小品文、报告文学、记人记事的报道文章、缅怀文章都在其列。

对于这一类写作，我个人的心得是——真情实感比所谓技巧更重要。"我手写我心"这句话，主要是对非虚构类写作而言的。

此集中的作品，皆属非虚构类写作。如《大爱无垠·德教双馨》《桑榆暮景多壮美》《雷锋精神永远伴他行》《德业相济馨杏林》《说公交》《芳邻》《"家庭总理"张德润》《奶屋里的阳光妹》《谢谢你！洗车工》《她待女婿胜亲儿》《读者姑父》等篇，便都写得情真意切，体现了"我手写我心"。

以上文章，有的属于散文，有的类似报道。有的记与自己有关的人、事，有的将"他者"确定为自己写作的主体，证明了学员们的视域和心域是较广阔的。

每个人的人生既然——写来都像一部书，那么绝大多数的手是拿得动一支笔的。许多老年朋友已能熟练地应用电脑，这将会给修改带来极大的方便。

"我笔写我心"——这句话也可以解读为"我笔洗我心"。人以笔"写心"的过程，犹如在为自己的心灵洗浴。正是非虚构类写作，最能对人起到"洗心"的作用。

·

我祝河北老年大学文学班的老年朋友们，写出更多更好的文章，既享受自己写时真情投入的愉悦，也带给别人读时的感动和启迪！

二○一三年十一月六日　于北京

流响出疏桐

——铁凝和她的剧本

铁凝是中国新时期文学的一员主将。如果"新时期文学"这一概念不遭全盘否定的话，那么铁凝的文学成绩是它重要的一笔。

铁凝、王安忆、张抗抗，于南北中领新时期文学之风骚，至今仍是一代中青年女作家中令人瞩目的佼佼者。她们以各自独特的风格，落落大方地伫立于文坛。"新时期文学"——作为一个曾经喷薄而昂奋的阶段，我认为，已然处在庄严的日落时分。

明天的文学，毫无疑问地，将有更多的成熟且执着的新人大书特书它的续篇。因而我们看到，铁凝、王安忆、张抗抗，经过十余年"新时期文学"的孕育，正要孵化出来，去寻她们各自的、通往另一个阶段的轨迹。

它究竟是怎样的我们不得而知，也缺少预见的根据。她们以后会是怎样的，我们也不得而知。但有一点是我们明白的——她们都是将文学和生命连在一起的女作家。她们都不曾"玩"过文学。她们的创作也不曾有过矫情和媚俗的浊痕。她们将是严肃对待文学的作家。《红衣少女》使铁凝和电影结下缘分。于是便有了《村路送我回家》，便有了《哦，香雪》呈现在银幕上。这三部电影，仅仅这三部电影，已足以构成铁凝的电影。用诗、用散文式评论，倒莫如以音乐的观点来评论更恰如其分。那是箫吟般的电影。那是淡淡的忧郁却纺出缕缕温馨的流响。那是从疏桐间或竹林幽处传出的乐声，箫吟般的独吹独奏的乐声。当然，这样评价并不意味着摈除了导演的艺术再创作。恰恰相反，我认为铁凝是幸运的。王好为作为导演不失为铁凝的知音。箫吟般的电影也旨悟于王好为对铁凝的深层次的理解，并最后实现于王好为工而不匠的实践。

《哦，香雪》是铁凝，也是王好为最近的一部电影，是铁凝根据自己一九八二年的获奖短篇小说改编的。"搁浅"数年，也许对铁凝和王好为来说，都是有意义的沉淀。

似乎有过一种说法——认为文学艺术的创作过程——小说也罢、诗也罢、散文杂文也罢、电影电视也罢、绘画雕塑也罢、音乐也罢，都不必是作家或艺术家情感投入的过程。不必，也就是不必而已。倘鼓吹到"必然"不是的理论高度——仿佛感情投入的小说"必然"不是正宗小说，感情投入的诗"必然"不是正宗的诗……乃至感情投入的音乐"必然"不是正宗的音乐，感情投入的歌唱也就简直不是歌唱……那么，我们也就只能当是一派的胡说八道了。有时胡说八道是别种的时髦，是本不高深的人们冒充高深得不得了似的技巧，并且是很通常的技巧。

我不能想象全无感情投入的文学的或艺术的创作过程是怎样的一种过程。如浣熊之浣纯粹是习惯行为？

感情投入无疑是衡量作品内涵的标准之一。什么也没投入的作品中必然地什么也没有，不同在于投入的技法高低优劣罢了。感情决定文学的或艺术的品格。技法决定文学的或艺术的风格。感情融于技法而不是附就技法，则技法也便感情化了，是为高标准。

《哦，香雪》当然是感情投入的。

农夫在田间劳作——一类士大夫见了赞曰：美哉，劳动乃人第一需要。另一类士大夫见了叹曰：悲夫斯人，请怜悯则个吧！

故都是士大夫文人的矫情和造作。

前者如倒剪双手，屹立舟头，从纤夫们的脊背和吃力迈进的腿，而观美妙。后者如上帝的化身，以为那怜悯对农夫是需要的。

而农夫们却是依然要劳作于田间的。

传统的农民是绝对并不俗气的，起码不比丧失了传统的知识分子更俗气。

平平淡淡、从从容容更是典型农民的形象。他们不至于二杆子到视自己为伟大的劳动者的地步，也没那么多自悲自叹、自哀自怜。当人并不认为自己值得怜悯，怜悯就十分廉价。

《哦，香雪》塑造了从从容容的农民的典型。如香雪的父母，他们并不浑噩。因为他们有追求。他们并不想象进而嫉妒城里人的生活，也就没有嫉妒的痛苦。攒鸡蛋，筹划买牛，他们的生活有动力。开辟一块小小的园地好不容易——但他们劳作得很从容，并且从容地得到了收获。

他们的脚踏实地、从容不迫令我们肃然。

是铁凝和王好为唤起了我们对他们的肃然。怜悯对他们没意义。这一种肃然却对我们大有裨益，比照出了我们在现实面前缺乏现实感。正是在这一点上，铁凝创作的感情投入，超越了低层次的给予，达到了高层次的对香雪及其父母之心灵的深层次的体会和领悟。正是在这一点上，王好为对铁凝也达到了同样的体会和领悟，并且从从容容地将这一种体会和领悟电影语言化了，这是难得的艺术合作，对双方都是难得的。

香雪是一个纯厚乡土造就的善良小精灵，淳厚的乡土在中国广袤而贫瘠的大地上还可以找到许多处。凡贫瘠的土地必有人心淳厚的一面，否则赖其生活的人们就没法活下去。淳厚人心是人与贫瘠土地抗争的本能。贫瘠的土地不但培养淳厚之人心，也嬗变之，并最后以愚钝扼杀之。

香雪会这么个结果么？

也许终究会。

但我们毕竟看到了不会的根据。

香雪不是问火车上的人——北京的大学收台儿沟的人么？

这句话相当重要。

一句话立稳了一个人。

香雪不愿欠任何人任何一点儿什么。画家送她一幅速写，她冒雨回报一篮玉米。

她向火车上的人兜售东西，当人问价，却说："你看着给吧！"

于是，一切城里人的优越感被这心性水灵灵的乡村少女的诚挚所扫荡。

这是一种柔和温馨的且有力度的扫荡。

香雪是善而强的一个典型。因其善而美，因其强而愈美。

香雪好比她父亲替她做的那一个铅笔盒。只有那样一个铅笔盒，我们仍可指着说——看，它原本是大树的一部分。

对于一个国家或一个民族来说，恶而强的人太多，生活必变得邪恶。善而弱的人太多，生活必平庸得令人沮丧。只有善而强的人多起来，国家才振兴，民族才优秀。

香雪使我们对生活感到安慰。

哦，香雪……

流响出疏桐，居高声自远，非是藉秋风——悠悠地送将过来的一段箫吟，也不知是铁凝吹奏的，抑或她和她的伙伴们……

日升日落寻常事
——评漠宁的《把太阳支起来》

就我所知，我的家乡城哈尔滨市的领导们，在十七届六中全会之前，便提出了振兴哈尔滨市文化事业、打造文化之城的口号。

我的家乡城哈尔滨市曾经是文化气息特浓的城市。近一二十年内，像其他许多城市一样，由于文化人才的不断流失，文化氛围大受影响。恢复一座城市的文化气息，首先要凝聚起一批文学人士，使他们的文学创作热忱形成集体的呈现。因为，若无一批文学人士的存在，绘画、书法、雕刻、影视等艺术门类的创作，便同时没有了最有水准的欣赏群体和评论群体。甚至，连城市的美好变化，大约也会缺少诗性的赞美声的。如果一座城市一天比一天变得美好了，却缺少热爱声和赞美声，那么它的文化品格又从何谈起呢？

正是基于以上文化理念，市里的领导们达成共识，批拨基金，对"松花江上"大型系列文学丛书项目给予了有力支持。

我是这一套丛书第一批十部作品的二审评委。参加评选对于我是很高兴的事，每一部作品都令我感到亲切。在十位作者中，除二三人的名字是我所熟悉的，其他作者都是我以前闻所未闻的。"松花江上"使这些原本潜在"文学江底"的人浮出了水面；而且都是漂亮的升浮，总体姿态如同"水上芭蕾"。我与阿成兄不禁频频通电话，因他们的涌现都感到欢欣和振奋。

我相信，这些宝贵的文学种子，将引领更多更多喜欢读书和喜欢写作的人，参与到哈尔滨市文化事业的发展建设中来。

而漠宁对于我便是一个完全陌生的名字。从简历知道，他小我七岁。虽然小我七岁，我们也算是同代人。那么，我所经历的，他几乎便都经历了。

我很喜欢他的这一部作品。

首先喜欢的是语言，一种淡雅的、温暖的、娓娓道来的叙事风格，使我联想到普鲁斯特《追忆逝水年华》那一种从容不迫的叙事风格。并且我觉得，文字比后者优美。

我猜漠宁是写过诗的人，因为作品中每呈现大段大段的优美的景物描写——太阳、月亮、小河、花草、老别墅及花园；还以极温柔的细腻的笔触写到了童年、少年时吃冰棍，用竹竿打鸟，看到车驶来驶往的快活，字里行间流淌着对童年和少年时期的眷恋。

漠宁的这一部作品才十七万余字，却写到了众多的人物——姥姥、姥爷、父母、姨妈及姨父们、老师同学们、知青伙伴、农村老乡、大队及公社的干部等，完全是白描式的写法，全书居然没写一句带有引号的人物对话，但每一个人物，却又写得极为鲜活生动。

漠宁有第一等的白描功力，我自叹弗如。

起初我以为，他是以自述体在写自己的成长史，并勾勒他的家族史。直至读到最后，才从他的"鸣谢"中知道，"书中的故事和人物都是虚构和想象的"。

我这个读者被他成功地"骗"过了。

那么我又不得不说，漠宁他有第一等的虚构和想象的能力。

《把太阳支起来》的时间跨度相当长，呈现了从一九四六年至"文革"结束三十几年间，一组虚构的哈尔滨人的经历与命运。

每一个城市人的记忆都是一座城市的历史的一部分（即使人物是虚构的）。

从这个意义来说，我认为——《把太阳支起来》是供人们了解哈尔滨这座美丽的城市的文学性的参考书……

梁晓声 二〇一二年一月二十七日 于北京

时间即"上帝"

少年时读过高尔基的一篇散文——《时间》。高尔基在文中表现出了对时间的无比敬畏。不，不仅是敬畏，甚至可以说是一种极其恐惧的心理。是的，是那样，因为高尔基确乎在他的散文中用了"恐惧"一词。他写道——夜不能眠，在一片寂静中听钟表之声嘀嗒，顿觉毛骨悚然，陷于恐惧……

少年的我读这一篇散文时是何等困惑不解啊！怎么，写过激情澎湃的《海燕》的高尔基，竟会写出《时间》那般沮丧的东西呢？

步入中年后，我也经常对时间心生无比敬畏。我对生死问题比较能想得开，所以对时间并无恐惧。我对时间另有一些思考。有神论者认为一位万能的神化的"上帝"是存在的。无神论者认为每一个人都可以成为自己的"上帝"，起码可以成为主宰自己精神境界的"上帝"。我的理念倾向于无神论。但，某种万能的，你想象其寻常便很寻常，你想象其神秘便很神秘的伟力是否存在呢？如果存在是什么呢？我认为它就是时间。我认为时间即"上帝"。它的伟力不因任何人的意志而转移。"愚公移山""精卫填海"，其意志可谓永恒，但用一百年挖掉了两座大山又如何？用一千年填平了一片大海又如何？

因为时间完全可以再用一百年堆出两座更高的山来；完全可以再用一千年"造"出一片更广阔的海域来。甚至，可以在短短的几天内便依赖地壳的改变完成它的"杰作"。那时，后人早已忘了移山的愚公曾在时间的流程中存在过；也早已忘了精卫曾在时间的流程中存在过。而时间依然年轻。

只有一样事物是不会古老的，那就是时间。只有一样事物是有计算单位但无限的，那就是时间。

"经受时间的考验"这一句话，细细想来，是人的一厢情愿——因为事实上，宇宙间没有任何事物能真正经受得住时间的考验。一千年以后金字塔和长城也许成为传说，珠峰会怎样很难预见。

归根结底我要阐明的意思是——因为有了人，时间才有了计算的单位；因为有了人，时间才涂上了人性的色彩；因为有了人，时间才变得宝贵；因为有了人，时间才有了它自己的简史；因为有了人，时间才有了一切的意义……

而在时间相对于人的一切意义中，我认为，首要的意义乃是因为有了时间，人才思考活着的意义；因为在地球上的一切生命形式中，独有人进行这样的思考，人类才有创造的成就。

人类是最理解时间真谛，也是最接近时间这一位"上帝"的。每个具体的人亦如此。连小孩子都会显出"时间来不及了"的忐忑不安或"时间多着呢"的从容自信。决定着人的心情的诸事，掰开了揉碎了分析，十之八九皆与时间发生密切关系。

人类赋予了冷冰冰的时间以人性的色彩；反过来，具有了人性色彩的时间，最终是以人性的标准"考验"着人类的状态——那么：

谁能说和平不是人性的概念？谁能说民主不是人性的概念？谁能说平等和博爱不是时间要求于人类的？

人啊，敬畏时间吧，因为，它比一位神化的"上帝"对我们更宽容；也比一位神化的"上帝"对我们更严厉。

人敬畏它的好处是——无论自己手握多么至高无上的权杖，都不会幼稚地幻想自己是众生的"上帝"。因为也许，恰在人这么得意着的某个日子，时间离开了他的生命……

我最初的故乡是书籍

这是一套为初中生和高中生选编的文学类课外阅读丛书。是为他们，不，同学们，是为开阔和丰富你们的课外阅读视野而做的一件事情。

你们一升到高二，便开始分科了。有的同学归入了文科班，有的同学归入了理科班。

但是你们啊，且莫以为这套丛书只是为文科班同学选编的，对理科班同学并没有什么实际的意义。

不，我想建议理科班的高中同学，或虽还在读初中，但已确定了以后的理科志向的同学，在不至于影响理科成绩的前提之下，也是不妨读一读的。

因为，高考虽有文理之分，人却不应一生按高考的区别而活着。也就是说，人不分男女，不论所获是理科学位还是文科学位，多少有一些文学的修养，定比没有要可爱。何况，文学中不只文学，还有其他"营养"种种。正如粮食里不只淀粉，还包含有别的维生素。

一个有读书习惯的人，是善于将安安静静的阅读时光当成一种享受的，会觉得比饱餐美食更是一种享受，会觉得比"泡吧"或沉湎于网络聊天室不能自拔更是一种享受。

有此体味的人，与他人是不太一样的。

他深谙生命有时多么需要孤独一下的道理。那时他以书为伴，一卷在手，仿佛与良师益友避开着喧闹，倾心相谈。自然，须是值得一读的书。

而这一种享受，是要从学生时代便有所领悟的，正如好习惯是自小养成的。

同学们，我曾为你们写过一篇短文——《读是一种幸福》。

这套丛书将教你们体味个中幸福。

据我所知，同类丛书，辽宁教育出版社曾出版过一套，是由王蒙和刘心武两位作家主编。高中之小说部分，还收录了我的《同学》一篇。所以，出版社诚邀我做编委，并请我写序时，我是很迟疑犹豫的。及至详阅了他们寄来的目录，我不再顾虑什么，表示评委可做，序也愿意写。因为两套书的篇目是很不一样的。多出一种同类书，也好。文科的，已买了前一套丛书的，家里经济条件宽裕的同学，不妨再买这一套，相比较地阅读，阅读视野不是就扩大了一倍吗？家里经济条件拮据的同学，也是可以向买了的同学借读的呀。我十分尊重爱书的人其书必珍的心理。但我是提倡一人有书，朋友可读的。只要借书的人爱护书，常借常还就行。我曾多次到中学和大学去与同学们座谈。同学们往往提出这样的要求：给我们列一份读书单吧！而我每觉茫然，恓惶，甚至惭愧。那是我根本列不出来的。在书店里，我置身于书的海洋，连自己也常感顾此失彼。我甚至认为，那样的一份书单，已非今日之某一人所能开列。现在好了，湖南文艺出版社的编辑们为同学们选编成了这一套丛书。

这一套丛书是他们专门集中了几位优秀编辑的力量，辛辛苦苦工作了二三个月才确定篇目的。目录中有几篇，对我来说也是陌生的。

我没从书中发现林语堂的名字和他的文章。林语堂的文章是我所喜爱的。我将建议编者们务必补选一二篇。但愿同学们也会喜欢他的文章。我是初中生的时候，根本不知道，也没从任何人口中听说过林语堂、徐志摩、梁遇春、沈从文、张爱玲。现在，同学们不但能读到他们的书，以后上了大学，还能在课上一起与老师分析之、欣赏之。同学们所了解的中国文学，相对于我们那一代是完整的，而非残缺的。同学们是幸运的。人类的文字之运用于文学的写作实践，是最符合人性的实践，也是最能揭示人性之丰富细腻的内容的。文学使文字不朽。高尔基说："书籍包含着我们的先人以及我们同代人的灵魂，书籍似乎就是人们在全世界范围内对本身事业的谈论，就是人类心灵关于生活的记载。"而一位罗马皇帝的临终遗言则是："我最初的故乡是书本。"同学们，为自己拥有那一"故乡"而读这一套书吧！尽管我们都不会愚蠢地梦想当皇帝……

论人和书的十种关系

在我们的生活中，人和书的关系，至少有以下十种：

一、只读专业之书，其他一概书籍，几乎都不读。也非不想读，是委实没有时间和精力读。久而久之，渐渐的，世界上古今中外的一概书籍，仿佛便都不存在了。他们并不否认书籍对于人类社会的巨大影响作用。对于人类古老的阅读习惯，他们也是一向从正面来予以肯定的。但是一谈到他们自己和书的关系，只有徒唤奈何地叹息。他们是些智商很高的人。他们当然明白——除了专业之书，自己竟没时间和精力再读其他的书，对自己的人生是毫无疑问的损失。是的，他们非常明白这一点。但实际情况往往也真的是，他们的确没有时间和精力再读其他的书。他们将某种人生的大志向寄托于他们的专业。他们要求自己全力以赴。甚至可以说，他们甘愿以自己的全部人生殉他们的专业。而且，他们的专业所选择的，经过淘汰最终保留的，大抵也是他们那一类具有奉献精神的人。让我举一则幽默来证明时间和精力对于他们意味着什么——

大科学家在一项实验取得成功后，极为兴奋，终于得闲多看他的助手几眼——惊讶地问："怎么，原来您是一位女士么？"

助手回答："是的，先生。"

"噢，您还这么漂亮！我可以请求吻您一下吗?"

"可以的，先生。"

于是他礼貌地吻了她一下。

"如果……如果我得寸进尺，向您求婚，会遭到拒绝吗?"

"肯定不会。"

"噢，上帝！我太幸运了，那么我正式向您求婚!"

助手："我也太幸运了。因为，丈夫向妻子再次求婚的事，世界上是不多的。"

大科学家困惑。

助手："亲爱的，在我们此次进入实验室之前，也就是二十天前，我们已经正式地在教堂里举行过婚礼了!"

……

尽管是一则幽默故事，但是我确信——迄今为止人类的许多科学成果，乃是不少科学家以牺牲他们的人生内容为代价而取得的。对此我心唯肃然。倘他们一旦得闲，却并不读书，比如不读小说，我这个小说家是很能理解的。他们为科学事业所付的牺牲太多太大，根本不可能一一全都予以弥补。比较而言，读过多少专业以外的书这一件事，很可能并不是他们所付出的什么重大的人生牺牲和损失。

对此，我除了肃然，还有敬意。

二、第二种人和书的关系，似乎一样，却又有根本的区别。即——前者不是不想读，后者则完全没有阅读的愿望。甚至可以说，读这一件作为人类很愉快很享受的事，在他们那儿恰恰反了过来，仿佛是折磨，是虐待，是苦楚。他们之所以也读专业之书，纯粹是为了一份工作。体现为现代人对现代社会的一种屈服、一种理性表现、一种迫不得已。理性使他们明白，不读书，那就休想找到一份体面的工作。体面他们肯定是要的，故他们也能因此而读书，甚至可以因此而刻苦读书。所以读书之对于他们，又只不过仅仅等同于上学。一旦大学毕业，有了文凭，找到了一份自觉体面的工作，他们便如释重负，长吁而想：上帝啊，以后我终于可以不再碰书了！并且果然。倘对工作不满意，他们还是会接着读，也就是继续上学。文凭由学士而硕士而博士。所以，在当代，尤其在中国，在由中国特色的教育制度培养出来的学子中，文凭本身绝对不能证明谁是一个喜欢读书的人。某些人对书籍没有感觉，正如下面一种恋爱现象——

介绍人："怎么样？"

"很抱歉，和她（或他）在一起我犯困。"

那，介绍人还有什么可说的呢？总不能牛不喝水强按头吧！

19世纪以前直至公元前三千几百年以前的古代的人类，对于他们一定是会很纳闷的——一个认识了那么多文字的现代的人，何以竟对书籍丝毫没有感觉呢？

在我们的先祖们那儿，识字是幸运，读书是幸福，是第一等的精神的诉求。

但现代之世界，毕竟已与古代大不相同，可言之为精神享受的事，比古代多出了何止一百倍呢？开智、解惑、供给知识的方式，已不再是书籍的专利。尤其网络时代以来，书籍的功能遭遇到空前的取代。所以我们又简直不可以认为，他们由于不读书而比喜欢读书的人头脑简单，知识匮乏。是的，不一定如此。正因为不一定如此，所以他们更加没有读书的愿望。他们与喜欢读书的人们的区别仅仅在于——后者能从书籍中领会到人类文字特别细微的精妙的表达魅力，而前者不能。因为，即使如今，人类文字那一种特别细微的精妙的表达，基本上还是集中体现在书籍之中。但我们却千万不必因此而一厢情愿地替前者感到遗憾。人自己并不感到遗憾之事，对于他们自己而言，便不是遗憾。何况，这世界上足以体现特别细微的精妙的表达力的事很多。他们对此细微此精妙的没有感觉，并不意味着他们对于彼细微彼精妙也没有感觉。

全人类和书籍的关系都在变得松懈，这是一个不争的事实。

但另一个事实是——阅读是人类文明带给女性的宝贵的礼物之一，而此点尤其被女性自己所意识到。故此前二百余年间，人类社会最值得欣慰之事就是，喜欢阅读的女性呈几何倍增长。而近十年间，全世界的读书人数大量萎缩；但在西方，男性的比例远远高于女性的比例。这意味着女性是多么愿意替人类维系着与书籍的古老的亲密关系。而在中国，近十年给我的感觉似乎是相反的。中国似乎正在一代又一代地派生出远离阅读这一件事的女性，包括在大学里学的是中文的她们。原因是多方面的。择业压力和人生压力乃是不容否认的原因。但也不尽然。在现实生活中，有不少这样的女性，她们的人生并没什么了不得的压力，有的其人生状况还相当良好。她们对一切享受之事和玩乐之事都兴趣盎然，极肯投入时间和精力，但就是不肯分出哪怕一丁点儿时间和精力来给读书这一件事。是的，她们中不少人曾是大学里的中文学子。

这使我这个目前在大学里教中文的人深感中国中文教学的失败，并且经常陷于迷惘与困惑……

三、第三种人和书的关系是一种深受时代价值观所影响的关系。中国正处在商业时代的初期。商业时代的初期有一个极显著的特征，那就是功利主义以极快的速度形成思潮，并以后来居上的强势压倒其他一切人类思想，最终使相当普遍的人们对于世事采取特别简单的态度，即——对我有什么好处？而所谓"好处"的意思，名也，利也。名利双收，"好处"便大大的。倘某事不能直接地带来名利，或间接地产生名利，那么往往被某些人一言以蔽之：瞎耽误工夫。工夫即时间。时间即金钱。尽管时间对于我们某些人并不意味着可取可据的大把的金钱，有些人还是宁肯闲待着，任时间白白从身边流淌而过，就是不愿拿起书本来读。应该说，在当今，工作着而又那么有闲的人是不多的。他们往往是一些退休之人。我很认识这样一些人，他们每对我抱怨，都快闲傻了。

而我一向总是同情地说："到我家去选几本书看吧？"

"看书，我才没那毛病！"

回答得如此干脆，我也就爱莫能助了。

他们在青少年时期，往往便已经是第二种人了。而读书，说到底是习惯。倘并没养成习惯，人疏远书籍是很正常的。倘他们文化程度很低，我自然也就不会那么多此一举。不，不是的。实际上他们几乎都是受过大学教育的人。那些个受过大学教育的人，终于退休了，终于得闲了，却又闲得难受，偏偏就是不肯尝试着读读书，每令我匪夷所思。但反正他们已经是中老年人了，闲得难受就由他们难受去吧。

然而有越来越多的青少年，包括大学学子，也在各种不同的场合向我发问："请您谈谈读书对人的好处……"

读书对人的好处，我是有些一己体会的。

"您是作家，目前又在当教授，教中文，读书对您当然有间接的好处了。但我们不想当作家，也没有多大可能当中文教授，那么读书对我们还有什么实际的好处呢?"

注意，极端的功利主义者，他们的思想方向，不但直奔好处，而且还最讲实际。

有次我谈了几条读书对于不是作家也不是中文教授的人的好处之后，有位学子干脆迫不及待地从座位上站起来，大声说："您所谈的那些读书的好处，都是自己以及别人看不见摸不着的好处。从物质主义哲学的立场来评论，那就等于是实际上并不存在的好处，一种自我感觉罢了。甚至也可以说是自欺欺人!"

物质主义，我是晓得的。但连它也哲学了，我就不太明白是怎么"哲"的了。

依我想来，读书能带给既不是作家也不是中文教授的人某种良好的自我感觉，已然是一种好处了啊! 再向读书这一件事要求更实际的好处，也未免太那个了呀!

我只有如此作答："亲爱的同学们，我不能对你们宣扬'书中自有颜如玉，书中自有黄金屋'。或许读专业之书，头悬梁，锥刺股，十几载苦读，修成正果，于是娶了颜如玉，拥有黄金屋，那才大为符合物质主义的哲学。但我们在谈的只不过是作为闲适方式的一种读书啊！而这一种读书的真相是——既无一个颜如玉待字书中，专等着你从书中将她拽出来，于是她以身相许，更没有什么黄金屋专等着你一头钻入书中去住……"

学子道："不住，不住！黄金屋住起来也未必舒服。还莫不如在书中把它拆了，把小山一样的金砖弄到书外边来，那我不就发了嘛！"

另一学子插言道："不但发了，而且你的名字该上世界富豪榜了！"

以上本是好笑的对话，然而当时的实际情况是，台下反而极为肃静，谁都没笑。

那一种肃静，给我留下很深的记忆，使我感觉到了功利主义思潮的可怕的力量。它左右人的思想，使人要求"实际好处"的心愿，荒诞地泛滥向根本不可能的方面，并进一步使人觉不出来那荒诞的可笑性。

我只得说："向书要此等好处的人，莫如去经商。"

学子苦恼道："可我也没经商的资本啊！"

还是没有人笑，更加肃静。

学子们大抵一无所有。他们的种种物质欲望，只能在迈出大学校门以后才能实现。但是就业的压力，许多城市房价的飙涨，几乎彻底粉碎了近十年中一届届学子的"白领梦"。一无所有的他们，凡事取功利主义的思想，几乎是必然的。设身处地而论，他们还很令人心疼。

但一个结果恐怕是——功利主义的思潮，恰恰是大学里的主要思潮。表面看，大学是有机会了解各种哲学和主义的地方。而真相也许是，功利主义最为深入人心。

一个受过大学教育的当代青年，他或她和书籍的关系究竟会是怎样的呢？——课本、课外辅导教材、历届高考试题汇编、应试全观谋之类的书籍，乃是他们考入大学以前主要接触的书籍。他们中只有极少数的人，在考入大学以前居然阅读过几部世界名著，即使他们报考的是大学中文系。而在大学里，实用主义的思潮使他们认为——"读书是瞎耽误工夫"——和天生对书没有感觉的人们的看法是一样的，只不过比天生对书没有感觉的人更为清醒。

这一种人对于读书的更为清醒的极端功利主义的态度，是比天生对书没有感觉的人对书的态度还糟糕的。

此点是书籍和人类的现代关系的大尴尬，是非常中国特色的，是书籍和人类的古老关系的破坏力……

四、与以上两种人相比，第四种人完全可以说是喜欢读书之人，但他们对书的态度同样是功利心理的。

倘某事物确乎对人具有功用性，那么人对其持功利心理的态度，我以为是无可厚非的，甚而也可以视为积极的态度。

书籍是对人具有功用性的。功利心理的选择和阅读，便是要将书的功用性予以利用。

比如，人人都希望自己健康，那么选择保健书籍来读，实属积极的态度；人人都希望自己长寿，选择养生之类的书籍来读，亦实属正常的读书现象。养着宠物的，自然每每会被宠物杂志或书籍吸引住眼球；喜欢收藏的，怎么能不看文物鉴别类的书籍呢？青春年少，又大抵总是爱看言情小说的……

功利心理是一回事，功利主义是另一回事。功利心理是人人都有的一种心理，功利主义却非是人人都信奉的一种主义。功利心理只不过会局限我们对事物的看法，而功利主义则会使世界在我们的心目中变得枯燥乏味，狭隘无比。最终损害的，是人自己的生活质量。

就说保健吧，我的体会是，在家独处，静静地读唐诗宋词，且轻声吟诵，是和做精神的瑜伽很相似的。这肯定也是一种身心的保健方式啊！为什么非要以为，唯保健类的书籍中才有保健的经验呢？

书的种类是洋洋大观的，仅以功用而论，那也是各种各样的，为什么偏择其一用而利呢？

此种功利心理左右之下的读书现象，在我们的生活之中比比皆是。与对书的功利主义态度，只差一步也。

比如有人热衷于炒股，并且幻想只赚不赔，于是也乞灵于书。书店里当然有所谓总结炒股经验之书的，于是统统买来，埋头钻研，孜孜不倦……

比如有人立志要当实业家，于是就只看大富豪们的传记，自以为将别人们的成功之路看明白，自己也就离成为大富豪不远了……

比如有人希望自己在社交场合是非常受欢迎的人物，在异性眼里魅力四射，于是就只看些所谓的"社交指南"或什么"教你性感"之类的书籍……

你不能说他们不是爱读书的人。那他们会觉得受侮辱的。在功利心理的促使之下，他们不但专爱读某一类书籍，而且对某一类书籍特别虔信，动辄言："书上是这么讲的，书上是那么讲的……"

现在的出版界是——只要人有一种想法是特别功利的，那么到规模大一些的书店去转转吧，准会发现至少有一本教你怎么实现那些功利想法的书摆在书架上，单等着某人的目光青睐它……

而我认为——人和书的关系只消稍微摆脱一点儿功利心的左右，书反而会带给我们比以功利之心去看待它更多的益处。因为只有在这一种情况之下，某些功用性并不显然的书才会也入我们的眼。而它们从来都是书籍的大部分。它们的功用性并不显著，不等于它们纯粹是人类社会的多余产物。它们期待人以非功利的眼去看待它们，以非功利之心去领会它们——这时，几乎只有这时，它们那并不显然的功用性，才会对我们的精神和心灵发生深刻的影响，于是使我们心怀感激……

人向一本散文选要求实际的好处是多么愚蠢可笑的想法啊！

不读那样一本书的人什么也损失不了。

读了那样一本书的人钱包里也不会多出一分钱。

然而我们又确乎地知道，这世界上某些人比某些人更值得尊敬一些，也不尽取决于地位、财富、职业、身份乃至容貌，还和某些人远离书籍和仅以功利之眼来看待书籍，而某些人亲近书籍视书籍为良师益友这一点有关……

书回报给后一种人的一向是终生意义。

五、世上有些书肯定是不好的。也可以说，是些形状上是书，而其内容可恶甚至令人作呕的"东西"。它们是人类和书籍的古老关系中的寄生物。自从印刷术普及，那一种寄生物便存在着了。因为印刷术可以使文字快速地印在纸上，切压成书，遂成批量问世的商品。而凡商品便有利润。凡有利润的事物，便有投机逐利之人。

甚至可以这么说，在印刷术普及初期，那一类坏书在数量上是比好书还要多的。这是包括了内容低级下流的报刊在内而言的。

高尔基曾编著了半部俄国文学史。依他的眼看来，在普希金以前，除了冯维辛、拉季谢夫、克雷洛夫等少数作家、戏剧家和他们的作品，以及一批十二月党诗人的诗，再加上某些被印成书的神话、民间传说、历史人物传记，另外更多的叫作"书"的东西，其实大部分只不过是一批接一批的字纸垃圾。

而相同时期的法国，尤其在巴黎，在市民社区的街头集市上，天天都有兜售和叫卖那类字纸垃圾的人。买者却不但有小市民，还有专门为了买那类东西才到那种集市上去逛的大学生、青少年识字者。往往，也会发现乔装成普通市民的贵族。某些贵族夫人也是对那类东西大感兴趣的。她们自然不便亲自出现在那样一些街道和集市上，便遣她们的女仆去买。英国也是如此，意大利也是如此。我们如今耳熟能详的彼国的大作家们，其实就是在那类字纸垃圾的响亮的叫卖声中产生的，并且逐渐赢得了比那类字纸垃圾更大的注意力。

中国也不例外。自唐开始，直至明清，印成书卷的字纸垃圾不计其数。

无论中国还是外国，它们的内容千篇一律，那就是——性。所写非是一般的性爱，而是变态的情欲和性的渲淫滥交。

但是人类的文化有着一种自觉性。正如人的血液之中有着抵御细菌和病毒的白细胞。所以近一百年来，印刷术更加发达了，以前那一类文字垃圾反而越来越少了。这也还是由于，近一百年来，性在西方，已几乎不成其为文化忌讳。单只靠性或主要靠性，已不能挑逗起人的阅读好奇心。

但中国有些不同。中国人的性的观念,一九四九年以后受到极大的压制。近二十年来才逐渐开明。然中国人的性的苦闷,却仍是不少人的心理的和生理的双重苦闷。故某些生财有道之人,便以地下印刷的方式,再生产从前年代的中外字纸垃圾。

以我的眼看来,80年代以后,本土当代作者的笔下,其实并没有什么特别"罪过"的作品。某些书分明也会对青少年的精神面貌和心理成长产生不良影响,但其负面影响并不怎么严重。倒是以地下方式再生产的从前年代的字纸垃圾及其现在时空的翻版,对青少年们纯粹等于是毒品。此类垃圾,在北京站的站里站外便有神秘兮兮的人拎着沉甸甸的大包悄悄兜售……

在民工棚里和某些大学的学生宿舍里,那样一些"书"和色情光碟一样,已是司空见惯之物……

我对此种现象所持的态度越来越是一种闻多阙疑的态度。也就是说,立场越来越摇摆,暂时不能做出自信正确的评论。因为也有某些文化人士认为,那样一些"书",不仅对人起到缓解性压抑的实际作用(这使我联想到了对书要求"实际好处"的话),对青少年还意味着是性常识性技巧性享乐的间接的普及。对于这样的看法,我每失语,真的没了立场。

但我还是要在此将我的忧虑说出来,那就是——在人际关系中,古人有言,"近朱者赤,近墨者黑",这是有一定道理的。而在人和书的关系中,我认为同此理也。

一个不争的事实那就是,人在青少年时期若贪读不好的书(也不仅仅是渲染性淫乱的书，以暴力为美，以残忍为娱，以损人利己为天经地义，以不劳而获为本事，以追求穷奢极欲的生活为人生目标，以游戏爱情为兴趣，以玩弄异性为得意，以不择手段为智慧，以毫无同情心为明白，以虚伪狡诈为经验……凡专以上述内容为卖点的书，据我看来，都是不好的书），那么如果不曾受到必要的影响的话，恐怕在人生的以后阶段，也会凭一双长了钩子般的眼，到处去寻找同样的"精神食粮"。

这样的"读书人"，在我们的生活中难道没有吗？

一本毒品般的书，别人还闻所未闻呢，他们早已先睹为快了。买这一类书，他们是很舍得花钱的。当此类书受到公众的谴责，他们还会在那里愤愤不平，咒骂正当的文学批评是"假道学"。实际上他们也一向是"卫道"的，只不过他们卫的是人所不齿之"道"。

在我们的生活中，如上一类"读书人"中，有少年，有青年，自然还有成年人。

他们有些共同的特点——比如他们的手机，储存着一批又一批的下流的不堪入目的所谓"段子"，不仅经常自我品味，还经常发给别人，意在与人同乐。他们若上网，哪个网站在炒什么乱七八糟的情色新闻了，他们苍蝇嗅到腥臭似的，"嗡"地一下就"飞"去。若与人相聚，他们一开口，那真是狗嘴里吐不出象牙来，什么话语脏污人耳专讲什么话语，不以为耻，反以为荣。

但愿在我们中国，这样的人不是越来越多，而是越来越少。

但愿我们的少年和青年，远离坏书……

六、这一种人和书的关系每令我诧异。简直可以说他们是敌视书籍的。他们并不敌视文化的其他形式。对于文化的其他形式，他们也是很乐于高谈阔论的。从电影、戏剧、流行歌曲到时装、建筑、广告设计等，几乎都能滔滔不绝，俨然见解高深。但一谈到书，便嗤之以鼻了。可是作为一个当代人，即使不愿成为一个喜欢读书的人，像他们那般鄙视甚至敌视书，肯定是一种不太正常的现象。他们显然也是明白这一点的。所以，他们要以一本书为招牌，也为盾牌，以证明自己并非一个不喜欢读书的人，恰恰相反，乃是世界上读书品位最高级的极少数人之一。于是世界上一概喜欢读书的人，在他们面前，就只能显得俗而又俗，还不以为俗了。

记得有一次我被邀请凑一顿饭局，聚坐一起的人身份较杂。自然，算我在内，也有二三"文化知识分子"。我之所以要将"文化知识分子"六字括上引号，真的是因为岁数越大，越不敢以"文化知识分子"自诩了。而另两位是某出版社年轻的编辑，分明是更无自诩企图的。东道主代为介绍时，称他们是"这两位年轻的文化人"。

座中遂有一人冷冷地问："什么文化？文化又是什么？"

两位年轻人一怔，都连说不敢当不敢当，我们只不过是搞出版的，并从包中取出两部书，双手奉送。

不料对方无动于衷，冷冷地又说："我只读一本书。一个人一生只读一本书就够了。再读第二本，完全是浪费生命。"

两位年轻的编辑，各拿着一本书，怔怔地不知如何是好了。

我就接过了他们的书，见是两本关于古今中外文学名著分析的书，忍不住问："那么先生只读的那一本，究竟是什么书呢？"

答曰："《时间简史》。"

众人皆失语。

那人又庄严道："一本伟大的书，才值得人读它。"

我本想说肯定不只读一本书，而英国的老女王也是爱看克里斯蒂的侦探小说的，恐气氛更加不和谐，忍住了没说。

饭吃到一半，方知那人是一位什么处长。我觉得，他更愿意我们将他看成一位官员。我与两位年轻的编辑以前并不认识，何以一个人对我们三个与书有职业关系的人那么不友好？我困惑。

另有一次，又在某种场合遭遇了一位只读"伟大"的书的人。

而另一本，不，应该说另一套"伟大"的书是《资治通鉴》。

而另一位只读"伟大"的书的人物对我等庸常之辈说："我读了三遍，目前在读第四遍。读过三遍《资治通鉴》以后，顿觉天下已无书。"

且随口背出《资治通鉴》的某几段，问："你们知道是第几卷中的话吗？"

我等噤若寒蝉，因为谁也没有将《资治通鉴》通读过一遍。

片刻后，对方匆匆告辞而去，被小车接走了。

这才有人缓过神来似的说："他到歌厅去了。"

"接着还要到洗浴中心去。"

"还每次都召小姐！"

"庸常之辈"们七言八语。

于是我知道——也是一位处长！

此后，我在不同的场合，有幸又见到过几位只读"伟大"的书的人物。与《世界通志》相比，《追忆似水年华》就太是一般之书了。

生活中自然各式各样的人都是有的，但只读而且只读一本或一部"伟大"的书的人物们，无一例外是处长、副处长，于是引起了我思考的兴趣。

我从没碰到过一位科长或一般公务员会是他们那样的。我也从没碰到过一位副局长、局长、部长级干部会是他们那样的。

为什么偏偏是男性的处长、副处长们才像他们那么高傲地"声明"自己和书籍的那么一种居高临下的关系呢？

我以为和他们手中的权力是有一定关系的。他们只不过是些初尝权力滋味的人。他们和权力的关系也只不过是吏和权力的关系。而我们都知道的，吏往往比官更善于借助权力来寻欢作乐。因为吏出入于寻欢作乐之场所，不至于像官那么引人注意。现而今，寻欢作乐的场所多多，只要吏热衷于那一类享受，那么几乎天天有人请他陪他去享受。他哪儿还有时间和精力与书发生亲密的关系呢？但既为吏，既自视为官，不看几本书，那是会在文化修养方面遭到耻笑的。所以就只得以"伟大"的书来当成招牌或盾牌。而我们又知道的，久持盾牌之人，其心理就会渐渐形成近乎本能的防范倾向。一旦见着和书关系密切的人，就条件反射，以为人家持有书化作的"矛"，伺机伤害他。这当然是一种疑心病。但明明不爱读书，又偏偏要装出只读最伟大的书的样子，偏偏还希望别人像尊敬一位最伟大的读者那般尊敬他，不疑心岂不是怪事了吗？而敌视，每自猜疑生。

就在我写这篇文字的前几天，有熟人在电话中问我："还记得读了三遍《资治通鉴》那位吗？"

我说："记得，印象很深。"

"他被逮起来了。被他牵连的还有他们处里好几个人。一干人等到郊区去嫖娼，听说有一个还是刚分配到他手下不久的大学生，小青年后悔得都没脸活了……"

唉，我无话可说。

中国的庞大的吏群体中，究竟能有多少是喜欢读书的男人？完全是因为没有时间和精力吗？八小时以外，他们通常又是怎么支配时间的呢？

倘作一项结果真实的统计，我们是有理由欣慰呢，还是相反？

七、这第七种人和书的关系则较为亲密，甚至也可以说是相当亲密，并基本上是女性。她们被称作"小资一族"。在中国，此族人数越来越多。有80年代出生的"小资"，也有70年代出生的"小资"。在中国，60年代、50年代出生而又有资格被称作"小资"的女性，实在是不多的。以上两个年代出生的她们，是不太容易在反情调的现实生活中"小资"起来的。40年代以前出生的极少一部分中国女性，也曾是很"小资"的，但那正是后来的年代要坚决地对她们进行"改造"的理由。

在中国，70年代出生的"小资"与80年代出生的"小资"有很大不同。前者与书的关系可以说是一种人类和书的继承关系，而后者则更热衷于声像文化，并都有些这两方面的追星倾向。又，前者是"小资"的同时，几乎皆是中国最早的一代"白领女性"。她们当年较高的学历和较高的收入，使她们接近真正意义上的"白领"，所以她们当年都对自己的生活颇为知足。寡忧者读，多愁者歌，这是符合人性规律的。虽然，歌星们并没那么多愁，但其歌，对人确有解闷消愁的作用。近十年中国各城市攀涨的房价，基本粉碎了80年代出生的小女子们的"白领梦"，所以她们已无好心情读书。物质诱惑强大，心理压力多多，人在此种情况之下疏远书籍，转而向声像文化寻求抚慰和同情，是再自然不过的事情。故同是"小资"女性，如果正单身的话，70年代出生的她们居室中必有书架与书，而80年代出生的她们，其住处已难得见到书架。纵有，其上摆的也往往是影碟或歌碟，或芭比娃娃，或所喜欢的工艺品什么的。今天，即使在大学里，即使是中文学子，真正喜欢读书的女生，那也是少而又少了。普遍的她们，宁肯与电脑保持亲密的关系。

故我对仍继承着人类阅读习惯的所谓"小资"女性，一向敬意有加。

"小资"女性所喜读的，往往也是很"小资"的书或刊。中国取悦于她们的阅读兴趣的书刊是越来越多了。那类书刊的内容可用八个字来概括——润甜、糯软、感伤、时尚。

我笔下产生的作品显然是不合她们的阅读兴趣的。但这也从未减少过我对她们的敬意。在我看来，置身于浮躁若此的时代，她们居然还能情愿地继承着人类的阅读习惯，实在已属可爱。倘连她们也不读书了，那么中国出版的末日真的快到了。何况，她们一般是不读不好的书的。偶读，也知其不好。在读书方面，她们一向是较有品位的。在一本渲染性淫的书和《海蒂性报告》之间，她们大抵选择的是后者，且并不东掖西藏的，就那么明面地摆在她们的书架上。她们只不过是不太喜欢读愤世嫉俗一类的书罢了。因为她们自身与现实社会的关系也是既糯且软的。我认为，这是她们的一种明智的人生哲学。以时尚为纽带，她们宁愿与现实社会和平共处。而我又认真对待，社会因此应该感谢她们。

举例来说，《伤逝》中的子君，当然也是一位喜欢读书的女子。鲁迅塑造了她，而我们以子君的性情来推测，大约她是不怎么读鲁迅那一种投枪或匕首式的杂文的吧？若竟喜欢，还是子君吗？

子君是多少有那么点"小资"的，是想要在当时彻底成为"小资"而终究没有成为的一个。连鲁迅先生自己，也特别仁爱地引导她读《娜拉出走》，而非他那酸碱性极强的《狂人日记》或《药》。

又比如《钢铁是怎样炼成的》中的冬妮娅，她之所以可爱还因为她是一个喜欢读书的女孩。而读书时的冬妮娅最为迷人。这不但是保尔的感觉，也是我们读者的感觉。而冬妮娅所喜欢读的书，依保尔看来，恐怕也是很"小资"的吧？但是连保尔也从未要求冬妮娅须得和他读同一类书。起码《钢铁是怎样炼成的》中没有这种情节。

"小资"一词源于18世纪初叶的欧洲。那时的"小资"女性也是追求时尚的。在种种的时尚追求中，读书是她们不可缺少的一种追求。可以这么说，全人类女性的普遍的阅读习惯，乃是由那时的"小资"女性所影响、所带动的。

女性者，人类一部分也。在人类和书的亲密关系中，"小资"女性所起的继承作用功不可没。

在中国，在今天，她们和书的关系，简直还可以说是有些难能可贵呢。

阅读是女人最优美恬静的姿态之一。

中国人应对她们仁爱一些，不可一味嘲讽她们仅喜欢读她们所偏好的书。

八、第八种人和书的关系，好比一结至终生的婚姻。且无怨无悔，心无旁骛，深情又专一。

他们与书的"婚姻"，仿佛是天定的。他们是些文化学者、教授或职业批评家。我此处用"批评"一词，所取乃其原本的中性含义，事实上，现如今在全世界职业的批评家已经很少很少了。批评大抵已是兼而为之的事。相对于文化现象，尤其是在网络文化大行其道的当今，批评已是人人都乐于显示的权力，而且是行使起来易如反掌得心应手之事。当代人类与以往年代的人类之大不同的一点是，几乎个个都在文化的"改造"之下，具有或隐或显的"艺术家人格"。此种人格的可爱之点就是，倘若无法证明自己确有艺术的天分，那么绝不会再放弃了证明自己确有艺术批评的天分的任何或曰一切机会。但批评的自由是一回事，批评家的水平是另外一回事。一位深孚众望的文化的或文学的批评家，大抵同时又是学者或教授。中外皆然。

在从前，在西方，学者和研究者是有着界定的区分的。研究者通常只着力钻研于某一方面，直到达到精深，于是成为专家。而学者，则往往不一定是某一方面的专家，但他必须在文化学社会学的多方面，都具有够水准甚至高水准的知识。故在自然科学界，其严格的职称中是没有什么学者一说的。学者是只出现在社会科学领域的人，而且那也是在从前，比如马克思，我们今天之人也可视其为杰出的学者。培根、罗素，都是杰出的甚或可以说是天才的学者型人。丰子恺是画家，还是散文家，同时，也当得起是一位学者。他在音乐、美术、宗教、戏剧与文学方面的见解，皆是令后人获益匪浅的，他的老师李叔同，几可作学者类人的样板。

依我想来，学者应是比教授、专家、研究员读书更多的人。他的学问不一定非要细微，却一定得广博。

总而言之，以上诸类人，不但与书有着亲密的，更有着共生共死般的关系。他们最初也许和我们大多数人一样，同样是怀着相当功利的想法与书结爱的。但是越到后来，他们与书的关系越来越趋向于自然而然。终于功利目的淡出，成为一种特别纯粹的习惯。书彻底改造了他们，使他们本身"书香化"，根本无法再与书分开。读书已是他们的一种日常生活方式了。

一想到人和书居然会结下此种不是爱情胜似爱情的关系，我每每大为感动。既感动于书对人的长久影响，亦感动于人对书的长久眷恋。

然而依我的眼看来，在当今，在全世界，尤其在中国，在人和书的关系中，那一种代表古典意味的学者类型的人，已是凤毛麟角矣。

当代中国的教授、研究员，和书的关系分明已变得极其狭窄，如同一线系之。究竟会狭窄到什么地步呢？——若同是中文系的教授，教当代文学者，很可能对近代文学的所知一鳞半爪而已；反之亦然。而教古典文学的，论唐胸有成竹，言宋就未必心中有谱。

文化也像科学一样，被一把角色分工的卡尺卡得触类而不旁通了；或再比喻为超薄之刃，将原本有着千丝万缕之联系的文化，切成了一片片比鹿茸片还薄的薄片。

文化人士仿佛皆成了"片文化"的传承者和播讲者，自身也都薄得可怜了。

是时代将人和书的关系变得如此这般逼仄了。

然而，我认为，也有人自身的原因，就是太容易满足于那么一种狭窄又逼仄的关系了。而只要一满足，知识似乎还很够用，甚而自认为绰绰有余。

故我对从前年代的已然模糊在历史中的那样一些职业读书人的身影，总是会情不自禁地投以仰慕崇敬又惭愧的目光……

九、这一种人之和书的关系，如我。一言以蔽之，属于杂读者。

以前我与书的关系，第一从阅读兴趣出发；第二基于习惯。偶尔也功利性地一读，但那一种时候极少。即使在我成为作家以后，功利性阅读的时候也是很少的。比如我决不会忽而某日心血来潮，试图现代一把，于是便找一本什么西方的现代派小说，认真研读，决意模仿。我之从前的功利性阅读，也无非是当笔下将写到什么真人真事时，恐自己记忆有误，翻翻资料书，核实一下而已。

现在的我不一样了。自从调入大学以后，因备课需要，功利性阅读上升为我和书的第一关系了。既须读某些绝非兴趣使然的书，有时还得将某些概念、时间、人名抄在卡片上，更有时还要求自己背下来。

除了背诗，另外再背其他一切文字，对我都是厌烦透顶之事。

我虽喜欢读书，但功利性阅读，却不能带给我半点儿愉悦。尽管也使我增长了一些从前所忽略的知识，但那只不过是一些死的知识，并非我自己希望获得的知识。故即使获得了，也少有获得的满足。相比而言，倒是在兴趣阅读或纯粹习惯性的闲读时，我偶然所获的某些知识，更能使我思考。而不太能促使我思考的知识，我一向认为那应是别人所需要的，非我所需。知识是因人而异才成为知识的。

在兴趣阅读和纯粹习惯性的闲读之间，现在我最惬意的是后一种阅读。因为以前挺感兴趣的一些书，现在竟不那么感兴趣了。比如推理性侦探小说、探险小说、科幻小说等。现在依然还感兴趣的，只不过是具有史海钩沉一类属性的书了。在这一类书中，我又尤其偏好中国近当代内容的那些。因为我这一代人的头脑之中，曾被硬塞入，所以也就印下了许许多多不真的事实。如今这每令我恼火。多读点儿史海钩沉属性的书，有利于匡正假史伪实。我可不愿头脑中存留着种种的假史伪实死掉。我希望我死之日，想要清楚想要明白的某些世事原委，比较清楚，比较明白。我承认，即使我之兴趣阅读，也是多少体现功利心的。

纯粹习惯性的闲读，使我所获颇多。

比如倘无闲读习惯，我便肯定至今也不会知道，原来当年是张学良亲自下令处决了邵飘萍。

倘无闲读习惯，我便肯定至今也不会知道，蔡元培还应毛泽东之恳请，到毛在湖南创办的文化学堂去演讲过。

倘无闲读习惯，我便肯定至今也不会知道，毛泽东在评价我们民盟创始人之一张澜先生时曾说过"老成谋国"的话。

闲读令我体会到，有时某书中的某几行字，确乎足以像钥匙一样，帮我们打开我们看待世事的另一扇门，使我们承认我们以前自以为清楚明白的了解，其实是很局限的。

十、某日下午，我在元大都土城墙遗址公园里散步，见一位老先生坐在长椅上，戴副花镜，正微垂其首看着一本书。斯时四周清静，初夏温暖的阳光照在老先生身上，情形如画。想不到老人读着书的姿态也居然那么美。

我忍不住走过去，坐于其旁，于是我和老先生之间有了如下对话——

"大爷，这会儿公园里真清静啊。"

"是啊。我经常这时候来，图的就是清静。这会儿空气更好，阳光也好。"

"大爷在读什么书啊？"

"《曹雪芹新传》，红学家周汝昌的新书。"

"您也是……研究'红学'的？"

"哪里，我干了大半辈子理发的行当。从当学徒时就喜欢读书。现在退休十几年了，儿女都成家了，我没什么愁事儿了，更喜欢读闲书消磨时光了。"

"那您，对《红楼梦》和曹雪芹的身世特别感兴趣？"

"哪谈得上什么兴趣不兴趣的啊！随手从家里带出了这么一本嘛。读书好啊。读书使人健康长寿。"

"唔？"

"你不太信吧？我以前血压高，现在正常了。以前动不动就爱犯急，现在早不那样了。你说怪不怪？连记忆力都强多了。"

"唔？"

"读书这一件事，是越老越觉得有益的事儿。"

离开公园，回到家里，我竟巴不得自己快点儿老了。那么，我就再也不必为什么功利目的而阅读了。人眼被功利阅读所强占的时间太多太久，它对另外的书是会麻木的，它对读书这一件事是会生出叛逆的。真的，就我的体会来说，闲适之时的随意而读，才是对书的一种享受式阅读。而书之存在的必要，有一点那也肯定是为了向人类提供别样的安静享受的。阅读其实也是我们享受安静的一种方式。一卷在手，何必非是名著？只要是有趣的书最起码是文字具有个性的书，当我们从容地读它的时候，时间对我们现代人之意识的侵略，就被读这一件事成功地抵御了。

然而，过分强调闲适的享受式的阅读，不但是矫情的，而且是奢侈的。普遍的当今之人不太可能拥有较多的闲读时光。普遍的中国人尤其会有这样的体会。但细究起来，我们当今中国人之某些不良的习惯，恐怕更是使我们远离书籍的一个原因。

我曾在机场候机大厅见到过这样的情形——五六名欧洲国家的中学生和五六名我们中国的中学生坐于对面两排。人家的孩子各持一书皆在读着，而我们的孩子各拿手机，皆在不停地发短信息。已坐在飞机里了，空姐已再三提醒关手机了，坐在我旁边的一个女孩，仍在偷偷地按手机键。我一问才知，我们的孩子和别国的孩子是同一个夏令营的。

我问："有意思吗？"

她说："没劲。"

我又问："怎么没劲？"

她说："你看他们，参加夏令营还带着书。如果是应届考生，带的都是什么考试辅导教材，还可以理解。可他们看的又都是闲书！"

我坐在过道边的座位上，见坐在邻排过道边座位上的一个外国男孩在读一本中文书，讨过来一看，是本《成语典故故事》。

我问："会说中国话吗？"

他说："会。不太好。"

又问："参加夏令营高兴吗？"

他说："高兴。很高兴。这一本我喜欢读的书，也快读完了。"

我一将书还给他，他立刻又垂下目光读起来。一会儿，还发出了轻微的笑声。

坐在我邻座的女孩悄悄对我说："他们都挺怪的吧？西方的中小学教育，不是快乐式的教育吗？那他们怎么还被教育得这么怪？"

我问："怎么怪？"

她说："到夏令营干什么来了？得疯玩啊！想读书，还不如待在家里读！"

我说："候机大厅是没法玩儿的地方呀，在飞机上更没法玩什么呀。"

她说："那就看会不会玩儿了，我都给同学转发了二十几条段子了，还没加上短信息！"

我就不由得陷入了沉思。

手机是外国人发明的。但是据说，在外国的中学里，有手机的孩子并不多。而某报有一则调查公布——在一座普通中国城市的一所普通中学里，几乎三分之一的学生有手机。转发形形色色的所谓

"段子"或自己创作的段子发送出去，是有手机的孩子们的开心一刻。也许，一个中国女孩和一个外国男孩对书的不同感觉并不具有代表性，但他们各自的话却具有代表性。

这篇文字写到这儿我又联想到了另一件事——有次我到外省去，某房地产开发商非要请我去参观他所开发的楼盘，自诩他的开发"超前的人性化"。

我不得不去，见每一单元，无论两居或三居，都另外增加出了一间十平方米左右的方方正正的小房间。

我问："这个房间既非客厅，也没法摆床，不是空间的浪费吗？"

"不浪费，不浪费。这是麻将屋。人性化就人性化在这一小间上！我预见，几年以后，麻将必成为我们中国人足不出户的第一休闲方式！超前也超前在这一点！"

开发商得意扬扬。

"那，销得如何？"

"火！人性化的思路嘛，当然更受欢迎！中国就快形成老年社会了，将来那么多老年人，不打麻将，那整天干什么呀？"

我一时不知说什么好。

我断言——在未来的世纪里，衡量一个国家的人们的生活状态是否更人性化，休闲方式将仍是一种指标。而在一概的休闲方式中，人和书的亲情关系将再度被重视、被提倡。

因为，目前还没有别物，能像书那么有利于人之安静独处。

因为，更文明了的人，必会更加明白——为自己保留充分的独处的时光是绝对必要的；而在那样的时光里，安静即人性享受。

人智终将使人性这么变化。

是的，我敢断言，故敢落字为据。

二〇〇六年六月二十八日于京

让读书成为一种习惯

都认为，寂寞是由于想做事而无事可做，想说话而无人与说，想改变自身所处的这一种境况而又改变不了。

是的，以上基本就是寂寞的定义了。寂寞是对人性的缓慢的破坏。寂寞相对于人的心灵，好比锈相对于某些容易生锈的金属。但不是所有的金属都那么容易生锈。金子就根本不生锈。不锈钢的拒腐蚀性也很强。而铁和铜，我们都知道，它们极容易生锈，像体质弱的人极容易伤风感冒。

某次和大学生们对话时，被问道："阅读的习惯对人究竟有什么好处？"

我回答了几条，最后一条是——可以使人具有特别长期地抵抗寂寞的能力。

他们笑。我看出他们皆不以为然。他们的表情告诉了我他们的想法——我们需要具备这一种能力干什么呢？

是啊，他们都那么年轻，大学又是成千上万的青年学子云集的地方，一间寝室住六名同学，寂寞沾不上他们的边啊！

但我同时看出，其实他们中某些人内心深处别提有多寂寞。

而大学给我的印象正是一个寂寞的地方。大学的寂寞包藏在许多学子追逐时尚和娱乐的现象之下。所以他们渴望听老师以外的人和他们说话，不管那样的一个人是干什么的，哪怕是一名犯人在当众忏悔。似乎，越是和他们的专业无关的话题，他们参与的热忱越活跃。因为正是在那样的时候，他们内心深处的寂寞获得了适量地释放一下的机会。

　　故我以为，寂寞还有更深层的定义，那就是——从早到晚所做之事，并非自己最有兴趣的事；从早到晚总在说些什么，但没几句是自己最想说的话；即使改变了这一种境况，另一种新的境况也还是如此，自己又比任何别人更清楚这一点。

　　这是人在人群中的一种寂寞。这是人置身于种种热闹中的一种寂寞。这是另类的寂寞，现代的寂寞。如果这样的一个人，心灵中再连值得回忆一下的往事都没有，头脑中再连值得梳理一下的思想都没有，那么他或她的人性，很快就会从外表锈到中间。

　　无论是表层的寂寞，还是深层的寂寞，要抵抗住它对人心的伤害，那都是需要一种人性的大能力的。我的父亲虽然只不过是一名普通的建筑工人，但在"文革"中，也遭到了流放式的对待。仅仅因为他这个十四岁闯关东的人，在哈尔滨学会了几句日语和俄语，便被怀疑是日俄双料潜伏特务。差不多有七八年的时间，他独自一人被发配到四川的深山里为工人食堂种菜。他一人开了一大片荒地，一年到头不停地种，不停地收。隔两三个月有车进入深山给他送一次粮食和盐，并拉走菜。

　　他靠什么排遣寂寞呢？

近五十岁的男人了，我的父亲，他学起了织毛衣。没有第二个人，没有电，连猫狗也没有，更没有任何可读物。有，对于他也是白有，因为他几乎是文盲。他劈竹子自己磨制了几根织针。七八年里，将他带上山的新的旧的劳保手套一双双拆绕成线团，为我们几个他的儿女织袜子，织线背心。

劳动者为了不使自己的心灵变成容易生锈的铁或铜，也只有被逼出了那么一种能力。

而知识者，我以为，正因为所感受到的寂寞往往是更深层的，所以需要有更强的抵抗寂寞的能力。

这一种能力，除了靠阅读来培养，目前我还贡献不出别种办法。

胡风先生在所有当年的"右派"中被囚禁的时间最长——三十余年。他的心经受过双重寂寞的伤害。胡风先生逝世后，我曾见过他的夫人一面，惴惴地问："先生靠什么抵抗住了那么漫长的与世隔绝的寂寞？"

她说："还能靠什么呢？靠回忆，靠思想。否则，他的精神早崩溃了，他毕竟不是什么特殊材料的人啊！"

但我心中暗想，胡风先生其实太够得上是特殊材料的人了啊！知识给予知识分子之最宝贵的能力是思想的能力。因为靠了思想的能力，无论被置于何种孤单的境地，人都不会丧失最后一个交谈伙伴，而那正是他自己。自己与自己交谈，哪怕仅仅做这一件在别人看来什么也没做的事，他足以抵抗很漫长、很漫长的寂寞。

如果居然还侥幸有笔有足够的纸，孤独和可怕的寂寞也许还会开出意外的花朵。《绞刑架下的报告》《可爱的中国》《堂·吉诃德》

的某些章节、欧·亨利的某些经典短篇，便是在牢房里开出的思想的或文学的花朵。

思想使回忆成为知识分子的驼峰。

而最强大的寂寞，还不是想做什么事而无事可做，想说话而无人与说；而是想回忆而没有什么值得回忆的，是想思想而早已丧失了思想的习惯。这时人就自己赶走了最后一个陪伴他的人，他一生最忠诚的朋友——他自己。谁都不要错误地认为孤独和寂寞这两件事永远不会找到自己头上。现代社会的真相告诫我们，那两件事迟早会袭击我们。

人啊，为了使自己具有抵抗寂寞的能力，读书吧！人啊，一旦具备了这一种能力，某些正常情况下，孤独和寂寞还会由自己调节为享受着的时光呢！

读书与人生
——在清华大学的演讲

主持人：有人说在清华办讲座比较困难，因为我们的学生一直学业特别紧张，没有时间来听，我们主办讲座的老师也经常会有一些担心，比如说今天。因为我们原来的讲座是安排在星期四晚上，但这个学期因为其他一些活动，比如共产党员保持先进性教育活动，所以我们做了一个调整，调到下午。下午的时间很多同学都有课，原来担心图书馆报告厅会坐不满，没想到今天来了这么多人。表现出清华同学对人文精神的一种新的关注。

这是一件非常好的事情。下面请梁先生作演讲。

梁晓声：（如果有同学带餐巾纸的话，希望贡献一两张，我没带手绢，而且还感冒了。）

非常高兴，高兴的原因不是人多，比这更多的场面我也坐在台上过。高兴的原因是我看到了这么多男生的面孔。男生在我们北京语言大学是稀有元素。在新生入学的时候，我们老师之间都会互相询问：有几个男生？我班上男生最多的时候也没有超过十个，最少的时候只有三四个。这是由我们大学的学科结构的性质所决定的。坐在台上，心生悔意。原因有两个方面。一个方面是文学这个话题越来越是一个"小众"的话题，读书这个话题在中国也越来越是一个"边缘"的话题。我们的人口越来越多，我们读书的人口最近几年的统计却不是上升，而是下降。尤其是二〇〇二年我调到北京语言大学之后，在我这儿，文学的话题由于我的职责所要求，越来越变成一个专业性的话题。这就好比请演艺界的人士坐在台上，如果谈演艺以外的事情，谈初恋与失恋，谈逸事与绯闻，谈其他种种爱好、血型、星座，显然都是饶有趣味的话题。但无论是搞音乐、美术，还是搞表演的，如果要他们把话题变成相当专业的话题，那有时是很沉重的。可是我越来越把文学作为很专业的问题来谈。所以我记得在上学期的时候，组织同学连续欣赏了一些电影。我班上的同学会说"老师，我不喜欢看这部电影"，或者"我不喜欢看那部电影"，当即遭到我的极严肃的批评。首先认为这不应该是中文学生说出来的话。其他专业的人可以这样说，大学校园以外的人也可以这样说，但是中文系的学生学的是欣赏、创作与评论，在中文系里是你必须看什么，学科要求你看什么，而不是你喜欢看什么。正因为这样，我记得二十六号上课时，我们的副院长找我有事，他在门口听了二十分钟，然后下课时对我说："老师和老师讲课的风格真是不一样，我听了你课，课堂里那么安静。"那不是因为我讲课的水平很高，大家很投入，我看了全班五十多张同学的脸，甚至觉得对不起他们，因为我觉得他们需要笑。这个有十三亿七千万人口的国家，大众是那么需要笑。恐怕在世界上，我们这个民族的笑肌是相当发达的，可是在大学里，有时候不仅仅要制造笑声和掌声，还需要激发思想本能。因此，我经常问我的学生们是否感到压抑，是否我在心理上虐待了他们。所以更多时候，撇开我上课，我尽量不讲文学的话。还有一个原因是最近身体太不好，二十四号在民族文化宫给北京的业余作者们谈文学，二十五号参加我们中国民主同盟的常委会，二十六号从会上回到学校去上课。当然，我有足够的理由取消这堂课或者少准备一次课，但是，我想本学期刚开始，我不过才上了三堂课，第四堂课就调课或者取消，接着就是十一假期，那么我所讲的内容就全部中断了。尽管那天我身体也不好。回来二十七号再开会，昨天回到家里的时候已经很晚了。这个日子正是我的同行们在美国访问的时候，因为我身体不好，就没有和同行们一起去。基于这两种情况，我一路打的过来的时候，心里有一些后悔。

但为什么我又坐在这里了呢？由于下面的事情所导致的。我们的国家图书馆启动了一次活动，关于全民读书活动。要由公众推选出优秀的书目，科技的、哲学类的、实用的，以及文学类的，还聘请了诸多的评委。国家图书馆的副馆长陈力先生也是我们民主同盟的一位盟友，而且是文化委员会的副主任，他强烈要求我来做评委。我身为文化委员会的主任，必须和副主任保持和谐的关系，所以我说没有问题。在委员会中，我认识了胡老师，胡老师听了我一番话之后，说：

"你能不能到清华来给我们的同学谈一次？"评委和评委之间也要有和谐的双边关系，因此我就坐在这里了。因此给我的感受就是，在我们这样一个人口众多的国家里，如果提倡和谐的话，就意味着首先得有一部分人必须做出双边的和谐表示。我在评委会上谈到一个什么话题呢？大家讨论到要在人民大会堂对优秀的读者给予最隆重的颁奖。我有一个建议，就是同时征集公众的读书随想、评论。不计长短，如果有好的文章，我们评奖之后，也要予以奖励。我个人认为，读书活动首先在于调动公众来读书的热忱，而不是在于评出多少部优秀的书，促进读书的活动实在是太少了。同时我还谈到，以我的眼来看，近当代以来我们中国的文化历程是很值得反省的。在此之前，二十七号有关部门希望我参加一个海内外的华人艺术家活动，畅谈我们五千年灿烂的中华文化。当然这个活动是必要的，动机也绝对是良好的。我也确实想在这样的会上做发言，因为我有些话早就想说了。我对于我们国家近当代的文化形成的步骤是持质疑和批评态度的。我想以一种赤子之心，真诚地、谦恭地、低调地，尝试着能不能把我的质疑和批评的态度讲出来。但后来我看通知，主要是从正面来谈我们的凝聚力的，我就不去参加了。

我为什么会有这样的想法呢？如果把我们的文化和西方的文化做一番对比，我们应该得出这样的客观结论，那就是人文在西方，自从它成为一种主义，已经近二百年。在西方，对于人文主义几乎是天天讲，月月讲，年年讲，一直讲了二百多年，现在还在讲。也就是说，当美国人拍出《指环王》给全世界的孩子们看的时候，我们的孩子只从中看到了电子制作的场面。而美国的家长说，我让孩子看电影，那部电影里有责任感。美国人从来没有放弃对于下一代人的责任感教育。他们的责任感往往是膨胀的。从前是解放、拯救美利坚，然后是拯救人类。他们一直在用美国式的英雄主义教育他们的青年；而这些在我们这里仅作为一部影片是看不到的。我们在一九四九年后是什么情况呢？索性再往前说，"五四"之后是什么情况呢？在我们的传统文化中，应该说关于人文主义的元素也是相当丰富的。有些先贤的话语至今依然是经典话语。但是五四运动有正、反两个效果。正效果就是将西方的现代文明的思想理念直接引入中国，和我们的传统文化发生碰撞，激活我们传统文化中的人文思想。而负效应就是同时我们也引进了一系列猛药。比如说我一直持否定态度的，那就是尼采。在五四运动时期，无论是康有为还是鲁迅先生，都曾经把尼采当作一个思想明星来介绍给我们广大的青年。我很认真地看过尼采的学说，我认为在尼采学说中最要命的一点是反人类，反众生，也就是说他提出的所谓超人哲学。这样一本小册子后来成为德国士兵在二战时背包里的书毫不奇怪。当我们引进这样一些思想猛药时，那种由自己国家的知识分子来对自己数千年的文明提出全盘彻底否定的思想是我所不能接受的。当然我们也看到在五四以后我们民族的知识分子处于一种运动后的文化反思。这时大家开始寻找"扬弃"的准则。而就是这时期，我们国家经历了深重的民族灾难，那是由日本造成的。我们再考察日本这个民族。我和一些研究日本问题的专家学者谈到过，有些还是欧洲的学者，他们谈到日本时用崇拜之心看日本文化。他们说看他们的茶道、他们的插花、歌舞伎，我说你们也要看他们的武士道。插花、茶道、歌舞伎加起来，只不过是时尚和高级的民俗，根本不能构成一个民族的文化的人文积淀。日本的近五百年文化中的人文思想相当一部分是从我们的文化中学去的。当然，我们也在近代从日本以迂回的方式引进了西方的先进文化。但是日本的武士道才是他们的男人之道，而且是一种邪恶之道。我们一下子面临这样一个强大的敌人，而这个民族是没有人文主义文化背景的。因此就有了十四年抗战，之后又是三年内战。

一九四九年中华人民共和国成立了。那时这个国家千疮百孔，根本来不及进行文化重建和组合。我们在一九四九年之后作为国家的主要文化思想，体现在一系列文学作品中，很主要的成分是宣传斗争的思想。我们也在天天讲，月月讲，年年讲，一讲讲了十七年。然后又有"文化大革命"的十年。这二十七年在中国只不过有那么二十余部长篇小说而已。这其中又十之七八是革命历史题材。因此，我们几乎举不出多少部这二十七年中的当代文学的文本。关于农村题材，我们只有《艳阳天》《山乡巨变》；关于工业题材，也只有《钢铁奔流》；当年只有一部青年题材的长篇小说《青春万岁》，却没有自己的经典童话。给少年看的，也只能是《刘文学》。《刘文学》这部话剧是根据发生在四川的一件真事创作的。刘文学是农村的一名少先队员。他有一天晚上在公社的海椒地里发现了村里的老地主，已经七十岁了，在偷海椒。刘文学说："你偷窃公社的海椒，我要把你扭送到公社去。"老头向他求饶，希望他放过自己。他坚决不放过，因此惨剧就在海椒地里发生：少年被老地主扼死。然后少年成为英雄，排成话剧，在全国上演。我们的文化理念处于这样的状态。还有很著名的话剧《千万不要忘记》，那是根据毛主席的那段语录创作出来的：千万不要忘记阶级斗争。阶级斗争体现在家庭中，是什么样的状态呢？我想那是很可怕的关系。如果我们连家庭都不能和睦的话，一个国家怎么能和睦？即使家庭中真的有我们的敌人，伟大的无产阶级也可以用家庭的温情把他变成我们的朋友，是不是？还非得在家庭中进行尖锐的斗争吗？幸好那准阶级敌人不是主人公的母亲，而是主人公的丈母娘，无非也就是丈母娘在一九四九年前开过小铺子，做过小贩，然后告诉他，你不必那么自觉地加班，因为加班是不给工资的。回到家里来做一些自己的活计不好吗？丈母娘给他买了一件一百四十八元的哔叽上衣。我觉得我们伟大的无产阶级应该有相当多的智慧，哪怕这是一个了不得的事件，我们也会把它化解。但是如果把这也诠释为"斗争就在我们身边，就在我们的亲人关系中"，那这样的一种文化理念到了"文革"十年，就变成了：我们在看样板戏时，发现凡是里面出现女主人公，她们没有家庭，没有丈夫。《海港》中方海珍有丈夫吗？甚至也没有家。我们不知道她的家什么样。我们只知道她住在码头的党支部书记的小办公室里。我们只知道她好像是光荣军属。她有儿女吗？有父母吗？有公婆吗？一切都没有。几乎就是党在试管里培养出来的。那《龙江颂》里的女主人公有丈夫吗？也没有，也是家里要挂一个"光荣军属"。还有《杜鹃山》，本来男主人公和党代表之间是有一种情感关系的，但我们一定要把这种情感关系删除得干干净净。然后只剩下一个争取和被争取的阶级的关系。正因为这样的情况下，"文革"时我们已经完全没有书可读了。周总理这时才在国家会议上提出"孩子们要读书啊"，给他们读点什么有意思的文学的书？但是在当时连苏联的书我们也全部销毁了。那我们还是把《钢铁是怎样炼成的》再重印一遍吧。这之前，我们的文化其实早已萎缩了。那时周总理是那么关心文化，对电影工作者提出要求，说："我们能不能拍一两部不那么中国特色的电影？我们也要和外国有电影方面的交流啊！"正是在那样的情况下，我们才拍出了《五朵金花》，然后拍出了《达吉和她的父亲》。

　　《达吉和她的父亲》是那么好的一部电影，我们的革命者在长征的路上遗留下了革命的后代，被彝族老人收养了，革命成功后，新中国成立，生身父亲回去找到女儿，这时女孩长大了，要做出留下或者随父亲走的选择。在今天看来，这样的电影放在世界任何一个国家都根本不成为问题，但是它出来没多久就受到批判。这个批判，假使我不能从这部电影或者说这个文学本身来提出质疑，我至少可以对作者提出：你有精力，你有时间，你为什么不写一部表现阶级斗争的作品，而去写一部贩卖资产阶级人性的作品！那二十七年之后是什么样子？那时我已经从复旦大学毕业被分配到北京电影制片厂。我们文化部在宽街那里有一个招待所，我有时要奉命去招待所里去见某某人。那都是我少年时候心中特别尊崇的电影编剧、作家。他们从全国各地、四面八方集中到文化部招待所里，等着平反，等着"落实"这样那样人所应有的起码的权利。他们还期待着是不是有什么创作任务。这样的情况下，所有的文学家、戏剧家、电影编剧，"获得第二次解放"的感觉是最真实的。因为我能体会到那个感觉。常常是大家一谈起对我们文化的使命都是热泪盈眶，大家都准备做事。但真的做起来是特别理性的，要小心翼翼，谨小慎微，要试探。要一点一点放开自己的创作手脚。真是依然地如履薄冰！如果我们表现"文革"中的极左的问题时，那个代表极左的人物可以表现到什么级别？村党支部书记行不行？最初是不行的，村党支部书记也是党的代表。然后一点点突破，人们甚至可以通过电话传达说，我们现在可以表现到村党支部书记了。又打电话说，某某写到了一个极左的人物，已经是处级干部了。这十年就是这样，大家想做一种对于中国文化的反思工作。这种反思也无非就是站在人文主义的立场上。但它是非常艰难的，可能会被指斥为"精神污染"。这和今天不可同日而语。因为今天我觉得可能有些确实是污染，但是那时候的文化总体上是庄重严肃的，但似乎越严肃的作品越具有"污染性"。那时候作家也不把自己的力量放在用俗恶的爱情去污染我们可爱的大众。那时候作品还探讨一些思想。当然，那时候我们的文化忽略了儿童少年。对于我们的国家终于有机会来传播一下人文的思想，尽管是功亏一篑，但是我们忽略了新一代青少年成长起来了，他们有阅读的渴望，他们的渴望是有特征的，必须是直接反映他们青少年的青春期成长现状。我这一代作家很少提供过这种文学。他们是间接地从我们作品里面得到满足。正如我们间接地从《钢铁是怎样炼成的》中看保尔和冬妮娅的爱情一样。我们没有做好，我们顾此失彼，觉得那事可以以后再做。我们要先把反思做好。尽管在反思过程中也不断有人重新翻身落马，但是在这过程中琼瑶来了，她给了我们青年人我们所不曾给予的那部分阅读种类。再接着香港、台湾的歌曲也都来了，接着是商业化，到现在我们已看得很分明，我们的文化在娱乐性上和西方的文化是没有太大的差别的。我们也在高兴，"彼乐也，吾亦乐也，天下同乐"。但是仔细看，是不同的。不同就在于人家的青少年的脚下有一块人家的先人几代文化人，用二百多年时间锤炼出来的一块人文主义的文化基石。在这个基石上，他们可以尽情摇滚，可以唱流行歌曲。当娱乐之声停止的时候，他们又知道他们是站在一块人文主义的基石上。而我们的基石是什么呢？它在哪里呢？我们没有感觉到它的存在。今天谁又来想到我们要同心协力来做这样的事呢？这也就是我特别强调人文主义的阅读和写作的前提。可能你们的胡老师正是听了我在评委之间的这段发言，他就希望我到清华来讲一讲。

我来之前，自己首先就犯困惑，觉得自己这些话适合在清华讲吗？我讲了以后会不会给胡老师带来不好的牵连呢？这些年以来，我事实上已不太谈这些话了。我甚至也不对我们的文化和文艺提出批评了。以我的眼我看到了应该批评的现象，在我们的电视里，一个时期以来，除了帝王将相就是长袍马褂，我们已经失去了对于现实反应的能力和关注了吗？有时候我觉得我真要说话，但是我一想好多电视台领导都是我的朋友，好多编辑、演员也是我的朋友，还有我会质疑自己的心态是不是对的。你是不是以一种老夫子的心态来嫉妒我们青年人娱乐的权利呢？如果这样问自己，觉得自己是太可鄙的一个人了，你看着大家娱乐你自己不高兴吗？但尽管这样，我还是忍不住写了一篇作品叫作"皇帝文化化掉了什么"。在21世纪初年，我们国家集中推出了一批皇帝文化，而且有些皇帝文化完全把皇帝们加以美化和歌颂，尽管他们也有缺点，但我感觉到他们是穿古装的"孔繁森"。我觉得那些剧里所传达的是这么一种意图：看，做一个皇帝，他是多么不容易啊！你们做老百姓的，身在福中，还想干什么？你们还不感动吗？你们还不做一个更好的百姓吗？所有的天子，变成了那样一些人——我不下地狱谁下地狱。而且我们的歌词中直接写"你把你的身影投在我们的神州大地上""你把你的热血洒在……"，真是反进步、反民主、反文明的文化现象。

再就是电视剧中不断出现少爷型的翩翩青年和那些美女拥有亿万资产的大公司。而在我们现实生活中没有看到那样多的情况。所有这些电视剧在我这里看来也不过是那公司、那女人、那阴谋和那一大笔钱。我们几乎完全放下了对于我们这个国家的现实的关注，尤其是对于底层民众的生活的关注。当然我们知道文化有一种功能，就是当它走到极端的时候，必然会有调整。那现在确实我会看到，我数了数，有《母亲》《继母》《嫂子》《五妹》等这样一些剧目出来，我会觉得欣慰。至少我们的视角已经转向了一般百姓的家庭生活。尽管它只不过是亲情主题上的，也比那些玩意要强。我的一个欣喜就是在评奖过程中，所有那些大剧有时候还是得的第二类奖的最末奖项，证明我们的观众、评委们开始萌发起来要求文学文艺反映现实的愿望。那当然，在这样一种文化背景下，对于我们的青年是有伤害的。二十六号上课的时候，前三次课我只讲了人文主义，不讲别的，要求我的学生必须在老师上课之前起立。我说这跟师道尊严没有关系。老师不是说在这里面对五十多个学子说我要一点尊严。而意味着，当学子们起立的时候，是一个"场"已经开始了，一个特殊时段开始了。他们通过起立对老师讲课提出一种要求，老师接受这种暗示，我要对得起你们起来一站。再接着，我说因为我们也是有学生刊物的，有三种：一种是校方的，两种是我所支持的。老师经常要写几个毛笔字去卖钱，至少还是名人，是吧？我可以让同学们办刊物。上学期期末的时候，我和另外两个老师在开会时说，要不我们有个刊物就暂停吧，不是钱的问题，关键在于质量。我经常看到，我的忧伤啊，我的痛苦啊，我昨夜的梦啊，我幻想中的白马王子啊，我的天哪，交的作业也是这样。老师真想看一下你的父亲啊，你的母亲啊，你曾经遇到过的什么人什么事啊，看不到。因此我觉得，请你们把头抬起来，把目光望向远处，超越大学校园！如果你们还是什么都望不到的话，请转身回头，望你来自的那个地方。我想在座的一定有相当不少的是农村家庭的同学吧？把你所经历的那个小镇、那个农村的生活写给我们看！但是怎么说都无济于事，我所面对的那个文化是那么强大。谈到文学写作的文化关怀问题，我的同学们，你的眼睛真的都看不到，在我国还有一些比我们大学学子人生更艰难的人生吗？或者你们听到过没有？不要把以为听到的写出来就是一件耻辱的事情。蒲松龄的《聊斋志异》里的故事大多数也是听来的。作家应有一个本能，他的耳朵要特别灵敏。《苔丝》这一部书，是哈代听来的一件事。日本电影《幸福的黄手帕》不过是报上的一小条新闻。你有情怀，你听到了可以表达。但是我的学生突然说，老师，如果我们自身并未经历那么样的人生苦难，而我们去写那样的人，我们是不是太矫情？这话我当时愣了一下，问："孩子，你接触了什么？"我想到有些电影里，那些母亲和父亲经常看到陌生人要伤害自己孩子的时候会说："你把我的孩子怎么样了？"我就有这样的感觉。我的学生们接触了什么让他们说出那种话？"矫情"两个字在那样的话里，意味着会使五千年文化的全部人文主义都没有意义。我们于是可以说：雨果写《悲惨世界》是很矫情的啊！因为他是贵族，尽管是他虚构出来的。雨果是矫情的；托尔斯泰是矫情的；屠格涅夫是矫情的；左拉是矫情的；巴尔扎克是矫情的。当我们以这样的状态去看的时候，我们还剩下什么？这是极为可怕的。学生在写论文的时候，我会非常严厉地批评他们，我觉得我本来是讲"创作与欣赏"，但我已经不是在讲这个问题，而是讲情怀问题。同学们觉得读到研究生了，然后说：如果某些苦难根本与我们无关，我们又何以能为之感动？潜台词是说：企图通过这样的作品来感动别人的人是多么愚蠢！这应该是这个世界上最可怕的理念。我在跟其他国家的人接触中从来没有听到这样的状况。正因为是在这样的前提下，我提倡读一点人文的作品。如果大家喜欢写的话，就像我对我的学生说的：

抬起头，放开目光。写作这一件事，不像小曲之于小女子的关系。小女子悲了也哼歌，婆婆给气受了也哼歌，高兴了也哼歌。写作和人的关系不是这样，写作说到底是把这些人的命运写给更多的人看。当我的命运和这些人同命运的时候，我要写这些人；当我的命运已经超高于这些人，已经从贫苦的层面上升起来的时候，我更有义务这样做。这才是写作和我们热爱写作热爱文学热爱文化的这些人之间的关系。但是，胡老师，我又发现这变得像我的课堂一样，你们因我的话感到了极度的压抑，是不是？

我给大家举个例子。上学期我是大大发了一顿脾气。你们都知道毕业之后要写论文，本科生也罢，研究生也罢。当我和几位老师坐在那里，由我来主持论文答辩的时候，都是谈关于什么什么作品中妓女形象的塑造的问题，什么什么作品中性爱的问题，什么什么作品中乱伦的问题。有同学还直接写到什么关于中年男子对于少女的变态性心理的问题。我就看我旁边的两位中年男子老师。我们的论文都是那样，看某作家的作品时仿佛看的就是，他写了那么多糜烂，多么美丽的糜烂啊！我看完之后，说再请某某老师去看，某某老师打电话告诉我，说："我看了之后，真想扇她！"我说我也有同感，而且还是女孩子。我们那么单纯地读了大学的女孩子，我们家长出了那么多学费来学的是中文。若把这样的论文寄给家长看，他们会作何想法？这不是我们教的啊！我没有这样教啊！因此，上学期我曾经说过，如果我不能改变这样的状况，那我走人。这个学期我就开始着力于改变它。

当然，我下面可以举例分析一些作品中很有意思的东西。比如说，我们看《十日谈》。这本书为什么在文学史上说它具有人文色彩？那也不过写了一些风流逸事。如果我们弄不懂这部书在文学史上的价值，我们就几乎一点儿都没懂文学史。我在课上也讲过这个问题，如果有当代的作者说凭什么《十日谈》你们就说它是经典，凭什么我写了一点性，我还觉得我没写够呢，你们就大加挞伐？我的学生也提出过这个问题，说是：你们都说歌德在十七岁的时候就写出了《少年维特之烦恼》，你们搞文学的大加捧吹，我们今天上了大学好不容易写一点烦恼，你就让我们抬起头来？我们不把人类的人文主义的过程来做梳理的话，不能解答这个问题。在三万五千年到五千年前的这一时期，人类还处于一种蒙昧的状态。那时候连文明史都没有，只不过有一点文明的迹象。到五千年前的时候开始有城邦出现，这时我们叫作人类的原始文明时期。但是一直有文明，比如冶金业、制陶业、农业、渔业，到三千二三百年前的时候，才有了楔形文字的出现。那也不过是图形文字、象形文字，但是毕竟可以记录了。

因此美国历史学家说人类历史从这里开始。到两千年前的时候，人类的历史最主要是神文化的历史。通过祭祀的历史，表达对神的尊崇、对神的屈服和恐惧。但是在距今两千几百年前的时候已经出现了伊索——希腊的奴隶。他虽为奴隶，却表达了对自由的强烈渴望。我们为什么说人文主义是自由、平等、博爱？在两千二百年前的时候，有个奴隶叫伊索，他表达了这种愿望。他第一个提出了对于奴隶和主人之间的关系的疑问，这是一个非同寻常的文化事。我们在读历史的时候，当我们感受这一点的时候，从三万五千年一直到五千年前，一直到两千二百年前伊索出现的时候，我们应该被历史深深感动。然后到公元前九百年到公元前八百年的时候，已经出现了《伊利亚特》，已经出现了《荷马史诗》。我们不能只当《荷马史诗》是神话来看，那里有人文。应该看到在特洛伊战争的时候两军作战，一方把另一方的主将打死之后，将他的尸体在沙场上拖了一圈。你们应该看到这个片段，是吧？然后他的老父亲在夜里化装深入敌营，找到对方，说我以一个上了年纪的老父亲，以一个王的身份，放下了我的尊严，向你这个胜者乞求把我儿子的尸体还给我。而对方还了，这是什么？这就是早期的人文啊，人道主义啊。我们人类的文明心理是这么一点点发育起来的。到了公元前四百年的时候，已经有了苏格拉底、柏拉图、亚里士多德，那时整个希腊的文化、艺术、建筑，已经那样的发达了，非常辉煌。而就是在那时的绘画和雕塑中，人类开始表现自己不只是神的奴仆，在绘画时想到把自己，把自己的情人、朋友、父亲，把自己最亲爱者的形象画在天神之中。人要争取和神平等的地位。小心谨慎而不被察觉。再后来，基督出现了。因此我们看西方文化，一直认为西方全部文化的支柱就是基督文化和它的科学，和它的人文哲学。我们习惯了都只不过把基督看作宗教。我对自己的观点还不敢确定，因此我不失时机，直到昨天还和我的朋友、复旦大学的另一位教授探讨这个问题。我说我的观点对不对，因为第二天我要到清华来讲这个问题。基督教本身是人类相当重要的一次人文文化的体现。在此之前，天主教崇尚上帝，但是基督教之耶稣·基督是人间母亲所生。基督还有个名字是"人之子"。因此天主教才要把基督教作为异教类来制止。我们看基督教里传达了一些什么。比如说，提出了如果战争不可避免，获胜一方对于所俘虏的儿童和妇女有责任加以保护。这不是人文吗？获胜一方要以仁慈之心对待俘虏，人不要去虐杀幼兽和怀孕的动物。人要热爱自己所赖以生存的土地和自然环境。当然《圣经》教条里是另外的话语。这些不都是今天我们要做的吗？富人要关注穷人的生活状态，要帮助那些患麻风病的人。富人有责任让穷人的孩子也同自己的孩子一样读得起书。因为穷人更穷的话，富人的生活不会更加幸福。这不是人文吗？在公元以后那么长的时间里，宗教本身又走向它的极端，被王权所利用，因此才变成了另外的样子，这时才出现了《十日谈》，开始嘲讽被王权利用了的变质了的宗教。人类的文化一直在那么漫长的时期里一点点地积累，先是人文的迹象，接着是人文的祈求、思想，人文的思潮潜移默化地在一些绘画、诗歌、史籍中出现，然后经过文化知识分子的提升，变成了18、19世纪的人文主义，自由、平等、博爱。《悲惨世界》所要张扬的是这些思想，那以后又用了二百年的时间，来夯实它。如果我们对这些不了解，我们就无法判断，在大仲马和雨果之间，为什么我们今天一定要纪念雨果？在雨果的《巴黎圣母院》和大仲马的《三个火枪手》之间，为什么《巴黎圣母院》得到的殊荣更高一些？因为《三个火枪手》不过是传奇故事加历史故事，而《巴黎圣母院》张扬的是那么激情的批判精神。又为什么在大仲马的《基度山伯爵》和雨果的《悲惨世界》之间，我们对后者尤其另眼相看？乃因前者只不过表现了复仇心理，而后者表现的是人道主义信仰。因此我对我的学生说，其他系的学生我不管，你们是中文系的，你要知道这两本书的区别在哪里。《基度山伯爵》所张扬的是欲望，《悲惨世界》所张扬的是信仰。就是这个区别，你没看出来，就愧是中文系的学生。而我们面对的现实是什么样的？为富不仁的现象我们见得还少吗？为官不仁的现象，同胞和同胞之间的冷漠我们见得还少吗？许多发生在我们国家里的事情在其他国家里都是极为震惊的。还不说"文革"时期，就是当代发生的，随便只要想听的话，都是极为震惊的。因此我觉得应该是这样：我不再想象自己是什么著名的作家，好像应该写出多了不起的作品。我只是希望以我的笔，以我这样的年龄，以最朴素的方式，能够在传达朴素的人文文化方面，哪怕是一首小诗，一篇散文、随笔，做一点事情。我已经在做了，免得以后说起我们这代人时说"他们无作为"。剩下的时间给大家提问题，我讲得太沉重了，是不是？

问：我手上有一本书是您写的《中国社会各阶层分析》，现在快十年过去了，中国社会发生了很大的变化，您在这里把中国社会阶层分成了七个部分。而现在社会阶层的差距越来越大，刚才您提到西方社会的基督教信仰问题，我们知道中国没有传统的普遍的宗教信仰。那么政治信仰呢，有一个功利化和教条化的倾向。那么想问的是，在我们这样一个没有普遍信仰，人们内心没有共同的价值认同的国家，很多人热衷于通过制度设计来弥补这种社会阶层的分裂，您认为这可行吗？您认为文化在社会的整合方面能够发挥什么作用？

答：我在很多场合和一些政治人士谈到这个问题的时候，我指出过他们思维上的不全面，就是认为通过政治制度可以达到人内心的情怀培养的目的。这是不实际的，此第一点。第二点，文化对于人性的培养，我们所要经历的时间恐怕不见得会比西方更短。好在我们现在方式很多，电视可以比纸质的传媒更快地来表达。但是电视文化也只不过把一个事件摆在我们面前，而不能作为一种令我们感动的情怀来细化某事件。影视剧可以，但如果不允许深刻的批判，则没有人文文化的自然空间。说到我那本书，是非常有局限性的。

我来给你们举个例子。这期的《读者》上有我的一篇小故事，叫作《箫之韵》，这当然是虚构的。我经常虚构这样的故事，然后经常直接把自己介入，然后别人就说，你总是巧妙地利用这一点塑造了自己是一个好人的形象。我说："如果我把自己塑造成一个坏人的话，别人就不相信了。别人不相信我是一个坏人。我们大家都是好人。"这故事是这样的：一个音乐学院毕业的女孩。她是学琴的，家境非常好，从来不识愁滋味，只不过有时候"为赋新词强说愁"，而且就业也不成问题，她还要到国外去深造。在她放假的时候，本地有一个画廊开业了，她的父亲和画廊的谭老板是朋友。画廊要招收一个会奏乐的乐师，她近水楼台先得月。设想在画廊中有这样的音乐，环境是非常优美的。女孩去了，认识了一个青年，名字叫穆晓晓。这女孩一下子就喜欢上了这个青年，他是那么眉清目秀，而且谭先生给他们都买了白浮绸的镶黑边的吹奏时穿的服装。但是后来她发现一些奇异的事情。首先谭老板虽然日进斗金，但还是那么小气，他还要把事业做得很大。他给穆晓晓的钱是很少的，但是你要随叫随到。我请了画家、评论家来座谈的时候，你得给我们伴奏，一小时给五十元或者一百元。穆晓晓怎样被聘的呢？在对众多应聘者都不满意之后，谭先生想起了他收到的一封信，这封信说："你能给一个天生的哑巴一次机会吗？我不会说话，但是我能吹箫。"谭先生用手机给他发了个短信，问他家是哪里的，师从谁，是不是学院出身，他都答无可奉告。于是就吹。一吹就非常好，就留下他了。

不久，画廊门口又来了一个修鞋的老头，谭先生觉得我的画廊门口是不可以有人修鞋的，让手下人把他赶走。修鞋的就说："这城市也要给我一个角落吃碗饭。"谭先生亲自去赶，老头再次相求，这时这个吹箫的青年出现了，老头就说："小先生，你们都是搞文艺的，你面子大，替我给你的老板说说情。"可是穆晓晓不会说话，他只用目光看着谭先生，谭先生经不住他的目光，一想自己做老板的人，而且是文艺家，就说："那好吧，你就在这里吧。但是我们有一个条件，凡是到我这来的人，进来你就给他免费擦鞋。"所以有些人仅仅为了擦鞋也要来进一下画廊，所以生意就非常好。谭先生的朋友包括梁晓声之流就来夸奖他，说："谭先生真有眼力，他虽然失声，气质多好，而且箫又吹得好！"谭先生也非常自得。有一天谭先生晚上出来的时候，发现老头趴在窗边往里看。谭先生问："都这么晚了，你怎么还不走呢？"老头说："我也喜欢听箫啊！"谭先生愣了，南方封闭的窗子老头是听不见屋里传出的箫音的。但是他也没当回事。

冬天到了，老头经常缩在门厅里，有次穆晓晓写了个字条（谭先生给他起了一个名字叫"穆清风"，说一个男青年不要叫穆晓晓，太女人化），说："老板，我可以送给那老大爷一杯热水吗？"老板一想：干吗热水？咖啡！那饼干、香蕉都给他吃吧！谭先生表现得非常好。老头千恩万谢。过了些天，有个台湾的富媪，带着保镖，带着秘书来签了一大笔合同，临走的时候说："我要他。"要穆晓晓跟她到她住的地方去，为她吹箫。谭先生说："那清风你就去吧。"因为谭先生刚签完合同。但是清风不去。这一切，那个学院派的女孩都看在眼里，她挡在门口，说："清风不能去。"谭先生说："你是我的雇员，我要你去你就得去。"后来老头也在门口说："人家孩子不愿意去，你们干吗拖人家？"保镖就把老头修鞋的箱子踢翻了，也把老头踢了几脚。谭先生很恼火，清风你怎么这样！这时候女孩说："老板你怎么这样？他们是什么人，凭什么他们可以带着一个青年去给她吹箫？就因为她有钱吗？"我们读书的时候为什么喜欢《简·爱》，简就是这样对书中的男主人公说的："以为我穷，以为我卑微，以为我难看，就以为我没有感情吗？我和你一样，心中是有感情的！"谭先生受到指责之后就当着两个青年的面，打手机告诉对方，合同全部取消，还骂了对方："你们这样是侮辱了我！"这时谭先生的形象在两个青年的眼中顿时高大起来。

　　又有一天，一个新加坡的画家来了，省市的领导都来了，画家非常满意，说："我去过那么多画廊，只有这里有音乐，而且是现场演奏的琴和箫，不是洋乐，我喜欢！"谭先生也非常高兴。正在此时，马路中间传来喊声："出事了！修鞋的老头被车撞了！"整个画廊肃静下来，哑子穆晓晓忽然说出话来，喊了一声："爷爷！"而且是女孩子的声音。他跑出去，他看着一辆车刚刚开走，顿足大喊："爷爷啊！"可是修鞋的老头并没有撞着，是别的一个老头。老头在边上说："晓晓，爷爷在这儿呢。"这时候祖孙二人抱在一起哭了。但是谭先生生气了："原来你是女的，原来你会说话，原来你欺骗了我！走人！"祖孙俩就走了。那个女孩也走了。若干天之后，谭先生觉得自己做得是不是不对呢？这时候，那女孩打电话告诉他："我早就知道她是女孩了，我还追求过'他'呢。当我知道她是女孩以后，我愿意和她一起骗你。因为她和你这位艺术家在一起，有这份钱挣，她感到非常安全。一个女孩子以吹箫的状态出来闯江湖是多么不容易，她的爷爷只好她走到哪儿，陪伴她到哪儿。"谭先生说："你去找她，找到的时候告诉我。"他们祖孙俩挣钱只因为她的姐姐在生病。有一天女孩打听到了晓晓的下落，来找谭先生。谭先生发过誓，说："晓晓不回来，我这里就不可能有别人在这里吹箫。"但是当女孩推开门的时候却发现，又有了另外的人在弹琴、吹箫。这事在谭先生那里，尽管他是搞艺术的，也已经淡忘了。

电影厂的编辑们听到我讲了这个故事，说："我们来拍一部电影吧。梁老师你来写。因为法国要跟我们有文化交流，要一批风格现实主义的、内容生活一点的、人物底层一点的电影。"我说我没有时间，但是最后一幕我已经想好了，就是这个学院派的女孩在暑假的时候背着大琴，迎着落日，走在城市的尽头，她的心声说："晓晓，不管这是不是你的真名字，我要找到你，我要帮助你！"但是我没有时间，我把这个故事在课堂上讲给我的学生听，我的学生觉得：老师你这是编的什么？因为老师在教写什么、为什么写和怎样写。我为什么产生这个念头呢？因为我确实有一些画家朋友，我也确实到过一个地方，我也确实看到这样一个孩子，我跟她聊天，她毕业了才挣一千五百多元钱。而我同时想到另一件事，就是我以前出差的时候，在90年代初吃大排档的时候，有那么多南乡村的小女孩在演唱，这时候我想起了《洪湖赤卫队》里的"手拿碟儿敲起来"的女孩，我们坐在那里一招手就过来，十块钱就点一支歌。我这个已经不是穷人的人经不起这个。主人还说"没唱好，梁老师不满意"，我梁老师早就满意了，是你们不满意！钱不给人家，女孩就哭，只好接着再唱。我仿佛从她们背后看到了一群同命运女孩的身影，再接着给我上一只大螃蟹，说一百八。我就说直接把这一百八给我，一百元我留下，八十元给她，不是挺好吗？正因为这些，早就想虚构一个故事，然后我把人物关系列在那里，我说同学们你们来编吧。二十六号我就让我的学生们在编。当然他们编得五花八门，比如说：这实际上是兄妹俩，妹妹在音乐学院，是高才生，她一定是爱上了谭先生，谭先生一定是有妇之夫，毁了妹妹的声誉，又毁了妹妹的学业，哥哥愤恨了，最后就把谭先生杀死了。还有的同学说，事实上还是兄妹恋。我就觉得我的学生们怎么了，现在一般的爱情已经过时了吗？开始是兄妹了，对吧？兄妹出生的时候是双胞胎，很早的时候父母出车祸死了。不不，不是出车祸，而是父亲负心于母亲，但是还没有结婚，母亲把双胞胎生下来之后就死了，告诉孩子你们的父亲是最坏的人。然后兄妹俩就分开了，经过了十五六年不认识。他们是亲兄妹，但是哥哥却爱上了妹妹。可这女孩并不爱哥哥，爱上了谭先生，谭先生其实是她的生父。我说亲爱的同学，你为什么要这样写？他说：我想尝试讨论一下超伦理的人类情爱。我就说了一番话，我好有一比，这就像是孩子搭积木，你们的老师只用寥寥的几块积木，一种简单的人物关系搭在那里，传达出我要传达的愿望。我也在想，可能我今天对你们讲的那些，关于文化，关于文学，包括我们今天这里讲的，对我的学生们，中文系的学生们，真的能进入几个同学的心中？

当然我也有我喜爱的学生。昨天我的一个女学生，她是湖南凤凰城里一个清贫的侗家的女儿，也曾经是我们学生刊物的主编。她现在毕业了，在《科技日报》打工。给老师打了电话，说："老师，我要采访您一下，我们的主编也陪我一起去。"说句实在话，我明天真想什么人也不见，但是我一想这关系到我学生的工作可持续性的问题。我的这个学生写过《秋菊》，写她家乡的邻家女孩，十六岁就要打工，十七岁就结婚，写了《阿婆谣》。当这样的两篇文章放在我手里的时候，老师终于看到了他的学生抬起头来，回过身去，写自己所独有的角度发现的人物。我在班上读，给其他人讲。我知道，现在要感动大学生是一件极为困难的事情，是不是？我的学生们都说发表作品这么难，我说："难吗？杨燕群的这两篇作品放在这，老师在刷牙在洗脸，还没洗完呢，就有到我家的记者编辑说：'这文章是谁写的？我要！'"我们的文化要这个！不是别的，是没写出来，没写得真实可信。

我还有个学生写过《父亲》，也是篇好文章。我们的研究生还办了一期刊物，我给他们确定，如果这里没有众多的文章，冲淡我们大学校园里那种甜蜜的轻飘的无病呻吟的写作氛围的话，你们下期不要办了！有足够分量的，不管是谁的，外校学生的，也发在我们的刊物上。我们的刊物也欢迎清华大学的学子来投稿。我在讲课的时候有一个矿业大学的男生，他写了几篇文章，我一下子发现这个学生不错，这次又给我们的《文音》投稿了，《文音》的主编说，还是他写得好。《文音》出过以后，在印刷的时候因为有了这样的内容，印刷社的女孩说："我看你们有一期写父亲的，有一期是写农村的，我看了好感动啊！你们下期还出吗？"这就是我们的人文写作和民间发生的联系！

当然因为我已经没有时间写作，我记得有一次某些影视剧编辑请我去，出题说"女人三十三"，梁老师能不能写？说女人三十三，那些白领啊，她们的婚姻处于一种动荡的阶段等。我说我没这经验。还有个选题说"男人六十六"，男人六十六了，临进养老院的心态，我说我离六十六还有若干年，我也写不来。投资方还在，我就说："我来讲一个故事吧。"我讲了一个小五姨的故事。作为一个作家我经常接到许多信，我接到过这样的信，不断地连续地给我写，而且字迹那么幼稚，副标题可以看作"一个陌生女孩的来信"。当然不是说她爱上了我这个五十多岁的作家。她说："梁作家，我们反复地给你写信，就是要把我们小五姨的事情告诉你，你能不能按照我们小五姨的事情写一部电视剧？如果你写了，我们堂兄弟姐妹几个人将永远感谢你。我们太爱我们的小五姨了。没有她，我们整个家族那么多家庭都不知道如何是好。"接下来我就不断地看，在四川有一户农家，生了四个女儿，当生下第五个女儿的时候，他们把她送到邻村了。他们原本想要一个儿子。邻村的老夫妻家境比较好，儿子在部队里做团长。他们着意培养这个女孩，因此这个女孩成为周边几个村里最优越的女孩。下雨天别的孩子要打赤脚，她有了自己的雨鞋，而且是粉红色的，有了折叠式的伞，她有了文具盒，有了手机。当她走在田间路上的时候，她是那么神气。这时她的四个姐姐背着柴火，或者干农活回来时满身稻草、满脸汗水，她们看着自己的小妹妹但是不能说。在这个情况下，她一天天长大。有一天，老父亲看到水牛发狂地向一群孩子冲去，而眼见就是自己的女儿遭殃时，父亲赶快去制服了水牛，父亲的腿被水牛踩断了。她只知道那是邻村的老头，她买了一点礼物去看望他。她非常礼貌。父亲那么想拥抱她，不能。后来她考上了卫校，成了省城大医院里的一名护士，成了护士长，而且把自己的养父母接到城市里去。父母经常说："如果她还是我们家的女儿，现在进城的就是我们啊！"但已不是。

她把养父母都养老送终，回到村里来告别，这时她听到人们说，你的家人都在村里。你有四个姐姐，还有你的父亲母亲。她一家一家地找，父母姐姐们落泪说："小妹，女儿啊，对不起你！"她也哭。以后又说："不是这个问题。因为我没有进过别的农家，我没想过你们的日子这么苦！叫我怎么办？"她回到城里后不久就回来，说："我已经辞去我的工作，我到一个叫深圳的地方，那里能挣更多的钱。"她对她的姐姐们说："你们的孩子长大以后，谁家的孩子第一个上学，我先给谁家寄钱。"那些孩子都听到小五姨的话。后来小五姨几乎十年没有回来。孩子们都渐渐长大，也有了雨鞋、折叠伞，上学也不用愁学费，当孩子们终于长到十七八岁，高中毕业的时候，他们觉得我们要离开家乡，到深圳去找我们的小五姨。小五姨那天没有时间接他们，他们走在城市的边缘，没落的地方。小五姨的房子也不过是一居室，只有六十平方米。四个青年很失落。他们以为小五姨在大城市里已经是另外的状态。小五姨，你的事业在哪？我们在村里听说你是做钻戒首饰的！小五姨说："我明天带你们看。"在偌大的商场里，在一个角落，也有小五姨的一个柜台。只不过一个柜台而已，卖着廉价的钻戒首饰。一个打工者在深圳那样的大城市，十年的时间也只能有这样的事业而已。但是就这个事业，它就可以负担起对整个家族的周济，后来孩子们找工作都要通过小五姨，小五姨是那样地受尊重。有时候孩子们一睡睡了一地，并且有时候姐姐们还要来，她这里成为一个家族在大都市里的根据地。十个人，连爸爸妈妈都要睡下。后来听别的在深圳打工的人说："我们当初去深圳的时候就是这样。"有一天，一个女孩忽然听到小五姨在向医院咨询："如果怀孕了怎么办？"女孩知道小五姨怀孕了。小五姨还没有结婚，她那天悄悄地跟着小五姨，看到小五姨第一次打胎了，她孤独的身影一个人进入医院。隔了那么长时间小五姨出来，坐在台阶上休息一会儿之后，女孩心想，小五姨背后的那个男人是谁？小五姨回到家里又变成了小五姨。又是那么自信，又是柔弱的肩膀上能担起担子的小女子，告诉大家我们可以开瓶红酒了。我告诉你们："今天小五姨已经把贷款还清了，这是我们自己的家。"孩子们一听高兴了，这房子完全属于我们大家了！孩子们永远可以在这里了！忽然，孩子们静下来，哭了："这本来应该是小五姨一个人的家！"小五姨告诉他们："你们要知道在中国每年有三亿多的农民在城市中迁徙，都是农村的、你们这么大年纪的男孩和女孩，中国的农村人口必须从九亿再减少，国家不能把它减少，全靠你们自己了。要像小五姨这样，你们能不能着陆，着陆在城市的哪个地方，五姨帮你们，你们自己也要努力。如果你们有谁谈恋爱了，有谁怀孕了，告诉五姨，五姨陪你们上医院，五姨不会责备你们的。"孩子们在背后的时候发生了争执。他们最小的一个弟弟忽然说："真不想五姨结婚。"如果五姨结婚，他们会失去这个根据地。而当表姐的扇了他一个耳光，说："宁可看到某一天有个男人那么爱她，而我们即使不再回这个共同的家，我们也是快乐的！"

我问学生："老师有这么一个构想，你们觉得这值得拍电视剧吗？"但是我来找谁写呢？这已经不是技术的问题。这一定要求有情怀。没有情怀，谁能凭技术把它编出来呢？前几天还有导演投资方说，小五姨怎么样？我说我真的没有时间。我甚至急到了什么程度，我在鲁迅文学院讲课，有一个女孩子二十岁没考上大学，但我觉得她是聪明的。我把她叫到家里，我说我给你讲这个故事，你能写出一个小五姨吗？我帮助你。后来我知道了，她是很难写出来的，因为这说到底不是技巧。耽误大家太多的时间，就此告辞。

主持人：今天我想梁老师的讲座应该用"震撼"两个字来形容，他给我们清华的学生提出了一个要求，因为清华的学生可能是经常埋头做实验，埋头于书本，而没有太多时间抬起头看开去或者转过身去。（梁老师：我插一句，我的学生们经常问："老师，你希望我们做什么工作？"我没有跟他们说你们将来去写作，我曾经说我希望我的学生中绝大多数去考公务员，我希望老师讲了很多的时候，学生接受了，他们做官都会和今天的许多官不一样。那是我最大的安慰。）

胡老师：我是跟梁老师一起参加国家图书馆文津奖评奖的时候认识他的。而且也了解到在国家图书馆那里有一个很高档次的讲座，叫作国家文津讲座。第一讲就是梁老师的"读书与人生"，我说梁老师你能不能给我们清华的学子们讲一讲，而且是在他很繁忙且身体不好的情况下给我们做了这样一个讲座。应该很好地向他表示感谢。梁老师开始讲十三亿七千万的中国人民需要笑声，大学不仅仅需要笑声，还更需要思想。我想今天的报告确实有一阵阵笑声，但更重要的是引发我们进行深入的思考。今天实际上梁老师给我们展现了波澜壮阔的从"五四"以来的文化画卷，怎么能客观地科学地评价这个历史文化画卷是一件不容易的事情。但是我感到他今天的讲座，是他怀着对中国文化发展的一种高度的责任感，而且特别是对于青少年一代的受众在文化作品面前所得到的一些影响进行深刻的思考。我感到对于我们当前，国家正面临着向创新型国家转型的时候，我们是特别需要思考的。今天梁老师用的是批判性的思维进行思考。我记得哈佛大学的杜维明教授，也是我们的客座教授，他说："我提倡批判性的思维，但不是一种情绪性的批判思维，而是一种建设性的批判思维，也就是说怀着对国家、对人民的高度的责任感。"最近温总理给我们清华的学子写了一封信是关于他的《乡村八记》的，提到"提倡一种对社会的高度的责任心，这种责任心来自对于国家深深了解和深深的热爱"，只有这样才能够用心读书，用心思考，用心讲话，用心写文章。我想今天梁老师的讲座在这方面会给我们启迪。

我想温总理的这些思想对于我们怎样去"读万卷书，行万里路"，也是一个很好的启示。最后再次向梁老师表示感谢！

翰墨：评读书明理

对于我，读是一种幸福；而写几近于"中毒"——好比对于女人，怀孕是一种欣慰，而临产意味着经受苦楚……

爱是文学艺术作品中老得不能再老的主题，却永远地老而不死，真真是"老不死"也。

尽管爱是一个"老不死"的主题，但是关于爱的小说、戏剧、诗和歌，也像它的读者、观众和听众一样，一批又一批地老了、旧了、死了。没死的，也不过象征性地"活"在文学史中、戏剧史中、老唱片店里。

《将进酒》，句句平实得几近于白话！最伟大最有才情的诗人，写出了最平易近人最豪情恣肆的诗，个中三昧，够我领悟一生。

《水浒传》中最煞有介事也最有损"好汉"本色的情节，是石秀助杨雄成功地捉了后者妻子的奸那一回。那一回一箭双雕地使两个酷武男人变得像弄里流氓。

一切的爱情小说，包括神话中的爱情故事和民间的爱情故事，都是有"性别"的。有的可归为"男性"类，有的可归为"女性"类，有的可归为"中性"类。比如《梁山伯与祝英台》，比如《罗密欧与朱丽叶》，就是"中性"类的爱情故事。

主人公为女性的文学并不一定只能或只许开出美的花朵。往往也能生出丑和恶。这样的文学名著是不少的。比如巴尔扎克的《贝姨》《搅水女人》，左拉的《娜娜》。

十之八九的女人读《简·爱》时虽然肯定会被简对爱的执着所感动，但是大多并不愿意碰到另一个罗切斯特时自己也学简。

"梁祝"之爱在丝毫没有性内容介入的情况下，就被"不可抗力"的外界因素摧毁了。没有性内容介入，而将爱表达得那么回肠荡气，构筑到那么浪漫的极致，使我一直崇拜得五体投地，认为是人类文学成就中的一朵奇葩、一个奇迹。

从先秦两汉到明清朝代才华横溢的女诗人、女词人，其命运又十之八九几乎只能是姬，是妾，是妓。

在西方，《金瓶梅》是被当作中国的第一部"最伟大的""极端自然主义的""空前绝后"的"性小说"的。这才评论到了点子上。

《金瓶梅》，它在每段赤裸裸的情欲和性的描写之后，总是"有诗为证"。而那些"诗"，几乎全部拙劣到了极点，后来就干脆不厌其烦地重复出现。同样的字、词、句，一而再，再而三地使用，好比今天看电视连续剧，不时插入同一条广告。

性爱在某些中国当代小说中，几乎只剩下了官能的壳。这壳里已几乎毫无人欲的灵魂。

"文革"中的文学和文化"表情"是面具式的，是百年文化中最做作最无真诚可言、最讨厌的一种"表情"。

20世纪90年代前五年的文化"表情"是"问题少年"式的。它的

"表情"意味着——"你"有千条妙计，"我"有一定之规……

《廊桥遗梦》也是一本"女性"化的爱情小说。而沃勒先生是照着她们（美国中年女人）准都会喜爱他（男主人公罗伯特）的诸多特点去刻画他的。好比当代动画师们，摸清了当代孩子们喜爱的人物特点设计动画英雄一样。

《廊桥遗梦》这一美国式的当代爱情故事，带有似乎那么纯朴的泥土气息，好比刚从地垄拔出来的萝卜。

中国文学、戏剧和电影电视剧中，为中国中年男女讲的爱情故事实在太少了。这和中国的国情似乎有极大的关系。像五十二岁的罗伯特那把年纪，在中国在 20 世纪五六十年代差不多开始做爷爷了。而五六十年代的中国男人，到了五十二岁，由于物质生活水平的普遍低劣，大多数也都老得没精气神儿了。

《廊桥遗梦》中，毫无深刻，但不乏感人之处。它感动我们的，不是十四年前的男女婚外恋，而是罗伯特的恪守诺言，以及他对弗朗西斯卡那种"曾经沧海难为水，除却巫山不是云"的专情。

《廊桥遗梦》好比是一个气象气球，它飘到中国上空，使我们经由它的出现，足以观测到我们自己所处的"社会气象"。"气象"二字所指，当然是爱情观念和家庭观念。

《廊桥遗梦》，是在中国人之性和爱的准则大塌陷前，从美国飘来的一只好看的风筝。

美国式的幽默，像中国的大碗茶，像中国的"二锅头"，像中国的大众小吃，像"T 恤衫"，没派头，谁穿了都合身。

信赖是不能和利益同时放到天平上去称的。

罗丹的雕塑《思想者》，乃是一个沉思着的裸体男人。他在沉思什么呢？如果是到哪儿去弄身衣服穿，如果是下一顿饭到哪儿去吃，那么雕塑似乎也可以命名为"一无所有"或"被弃的羔羊"之类是不是？但他所沉思的显然不是这些内容，故他不仅是在思想着，而且是思想者。

一部《根》，在美国掀起了一次"寻根"热；一本《海鸥·乔纳森》，使美国青年崇尚了一阵"乔纳森精神"；一首《龙的传人》，更加引起了台湾青年渴望回归祖国怀抱的热潮……

在普及中产生的大家才更是大家。

在普及中产生的经典才更是经典。

这乃是唐诗宋词的成就告诉我们的。

如今，好小说恐怕比不好的小说更需要"广告"。

小说家和小说评论家之间的关系，应是"中通外直"，不饰脂粉；不以恶人而恶其技，不以好其人而好其技；下笔先无私，成文则磊落。

在《包法利夫人》中，几乎每隔数页，便有情景、场面、氛围、细节的着意描写，使我们仿佛身临其境。

契诃夫《第六病室》的创作思想，其实就是主人公拉京医生在小说中说的那一句话："俄罗斯病了。"

国画的"普及"，与流行歌曲的流行，其作用于人们的意识的结果是大相径庭的。后者越流行，作词、作曲和演唱人的知名度越高。前者越"普及"，越在大众中泛化，其艺术魅力越减。

名气半大不大、似有若无的一批画家们，对重大艺术拍卖活动常常只能望洋兴叹。他们的向往之心，犹如小镇上的穷儿望着马戏棚，咬着指头巴望得到一张门票。

几乎中国一切文人、一切知识分子，似乎皆不太情愿正视李白也是想当官的，当不成官了也是很失落很苦闷的这样一个事实。因为那么一来，偶像倾斜，自己形象也是会大受损害的。

武侠小说的"文学气质"是反对旧秩序而且张扬民间正义的。

侦探推理小说的"文学气质"是一种法制前提之下形成的"气质"。是协助法制的，是反刑事罪恶、破坏刑事阴谋的，是称颂法制智慧的。

中国男人们的诗中、词中，不消说也每有如翳如絮的寂寞。读之，感觉他们仿佛在饮苦药。那是一种百般辗转而终无奈的寂寞。那是一种极不情愿的寂寞，像被疾病纠缠住了。

寂寞对于古时候的女诗人、女词人，却好比南洋女子嚼槟榔，或现在的女孩子们含话梅，是有几分消受着的意味的。

以我的眼看诗，常比以诗人们的眼看诗，看出较多的惊喜来。这是偏爱的结果，更是自卑的结果。

人和书的一种关系的真相乃是——无聊而持卷，消遣才读书。

目前是一个流行"拒绝"的时代，一本书一旦被认为有"布道"之嫌，于是遭拒绝就理所当然了。于是诲淫诲盗反而大行其"道"。

延安地方虽小，又穷又土，却是当时许多在文学和文艺方面才华横溢的青年云集的地方。简直可以说是他们的"奥林匹斯山"，也是他们的文艺"圣地"。

迈入新中国门槛的作家们，好比胸佩标识精神抖擞、神采奕奕的运动员步入了奥运会场。运动员赛前不是要经过体检的吗？检测服了兴奋剂没有。他们也都是经过了政治"检测"的。

年轻人尤喜谈论文学中的年轻人物，古今中外，皆合此律。好比今天的许多男女青少年，对当下电视中的人物能侃侃道来。

一位作家的才华是一回事，他们作品的文学价值也许是另一回事。好比一个人天生一副能成为大歌唱家的好嗓子，却并不意味着从他口中不管唱出一首什么歌都是经典歌曲。

我认为今天原本应该是一个杂文活跃的时代。而明摆着的道理，今天又根本不可能是一个杂文活跃的时代……偶见的杂文，那"意见"的锋芒所向，早已悄悄地由针对大社会的现象而明智地收敛了，专指向文坛或文艺界这"茶杯里的风波"了。

杂文，若要维护"种"的延续，大概是要和散文"远亲通婚"，生出某种有杂文血统的新散文来。

在文学中，"羞涩"一词较多地用以形容少女。

在现实中，不禁羞涩起来的尤其是少年。

第二辑　做立体的中国人

　　我愿我们未来的中国，"纸板人"少一些，再少一些；"立体人"多一些，再多一些。我愿"纸板人"的特征不成为不良的基因传给他们的下一代。我愿"立体人"的特征在他们的下一代身上，有良好的基因体现。

论大学

大学是人类之一概文明的"反应堆"。举凡人类文明的所有现象，无一不在大学里有所反映并进行反应。这里所言之"文明"一词，还包含人类未文明时期的地球现象以及宇宙现象。当然，也就同时包含对人类、对地球、对宇宙之未来现象的预测。

故大学里，"文明"一词与在词典中的解释是有区别的，也是应该有区别的。后者是一个有限含义的词汇，而前者的含义几乎是无限的。此结论意味着人类文明的现实能力所能达到的非凡超现实程度。而如此这般的非凡的超现实程度的能力，只不过是人类文明的现实能力之一种。

这里所言之"反应"一词，也远比词典中的解释要多意。它是排斥被动作为的。在这里，或曰在大学里，"反应"的词意一向体现为积极的，主动而且特别生动、特别能动的意思。人类之一概文明，都会在大学这个"反应堆"上，被分门别类，被梳理总结，被分析研究，被鉴别，被扬弃，被继承，被传播，被发展……

故，大学最是一个重视稳定的价值取向的地方。故，稳定的价值取向之相对于大学，犹如地基之相对于大厦。稳定的科学知识和丰富的科技成果，乃是自然科学发展的基础；稳定的人文理念和价值观，乃是社会科学发展的前提。

相对于自然科学，价值取向或曰价值观的体现，通常是隐性的。但隐性的，却绝不等于可以没有。倘居然没有，即使自然科学，亦必走向歧途。

例如化学本身并不直接体现什么价值观，但化学人才既可以应用化学知识制药，也可以制毒品，还可以用来制生化武器。于是，化学之隐性的科学价值观，在具体的化学人才身上，体现为显性的人文价值观之结果。

制假药往往不需要什么特别高级的化学专业能力，但那也还是必然由多少具有一些化学知识的人所为的勾当，而那是具有稳定的人文价值观的人所耻为的。故稳定的价值观，在大学里，绝不可以被认为只有社会学科的学子们才应具有的。故我认为，大学绝不仅仅是一个传授知识和教会技能的地方，还必须是一个培养具有稳定的价值观念的人才的地方。考察一个国家的发展和它的大学的关系，是具有决定性的一点。首先，大学教师们自身应该是具有稳定价值观念的人。对于从事文科教学的大学教师们，自身是否具有稳定的价值，决定着一所大学的文科教学的品质。

因为在大学里，再也没有别的什么学科，能像文科教学一样每天将面对各种各样的价值观问题。有时体现于学子们的困惑和提问，有时是五花八门的社会现象和社会问题反映到、影响到了大学校园。

为了达到一己之名利的目的不择手段是理所当然的人生经验吗？大学文科师生每每会在课堂上共同遭遇这样的问题。大学教师本身倘无稳定的做人的价值观念，恐怕不能给出对学子们有益的回答吧！

倘名利就在眼前，倘某些手段在犯法的底线之上（那样的手段真是千般百种、五花八门、层出不穷，在有的人们那儿运用自如，不觉为耻反觉得意），倘虽损着别人的利益却又令别人只有吞噬苦水的份儿，这种事竟也是做不得的吗？

窃以为，这样的"问题"成为问题本身便是一个问题。然而，无论在社会上还是在大学里，其成为"问题"已多年矣。幸而在大学里有一位前辈给出了自己明确的回答——他说："我不是一个坏人，我在顾及个人利益的同时，也很习惯地替他人的利益着想。"不少人都知道的，此前辈便是北大的季羡林先生。倘无几条终生恪守的德律，一个人是不会这么主张的。倘无论在社会上还是在大学里，不这么主张的人远远多于这么主张的人，那么"他人皆地狱"这一句话，真的就接近"真理"了。那么，人类到世上，人生由如此这般的"真理"所规定，热爱生活也就无从谈起了。

但我也听到过截然相反的主张。而且不是在社会上还是在大学里。而且是由教师来对学生们说的。

其逻辑是——根本不替他人的利益着想是无可厚非的。因为任何一个"我"，都根本没有责任在顾及自己的利益的同时也替他人的利益着想。他人也是一个"我"，那个"我"的一概利益，当然只能由那个"我"自己去负责。导致人在一己利益方面弱肉强食也没什么不好。因而强者更强，弱者要么被淘汰，要么也强起来，于是社会得以长足进步。

这种主张，有时反而比季老先生的主张似乎更能深入人心。因为听来似乎更为见解"深刻",并且还暗合着人人都希望自己成为强者的极端渴望。

大学是百家争鸣的地方。

但大学似乎同时也应该是固守人文理念的地方。

所谓人文理念,其实说到底,是与动物界之弱肉强食法则相对立的一种理念。在动物界,大蛇吞小蛇,强壮的狼吃掉病老的狼,是根本没有不忍一说的。而人类之所以为人类,乃因人性中会生出种种不忍来。这无论如何不应该被视为人比动物还低级的方面。将弱肉强食的自然界的生存法则移用到人类的社会中来,叫"泛达尔文主义"。"泛达尔文主义"其实和法西斯主义有神似之处。它不能使人类更进化是显然的。因而相对于人类,它是反"进化论"的。

我想,人类中的强者,与动物界的强者,当有人类评判很不相同的方面才对。

陈晓明是北大中文系教授,对解构主义研究深透。

据我所知,他在课堂上讲解构主义时,最后总是要强调——有些事情,无论在文学作品中还是在社会现实中,那是不能一解了之的。归根到底,解构主义是一种研究方法,非是终极目的。比如正义、平等、人道原则、和平愿望、仁爱情怀等。总而言之,奠定人类数千年文明的那些基石性的人文原则,它们是不可用解构主义来进行瓦解的,也是任何其他的主义瓦解不了的。像"进化论"一样,当谁企图以解构主义将人类社会的人文基石砸个稀巴烂,那么解构主义连一种学理研究的方法也就都不是了,那个人自己也就同时什么都不是了。

像季羡林先生一样，我所了解的陈晓明教授，也是一个不但有做人德律，而且主张人作为人理应有做人德律的人。

我由是而极敬他的。

我想，解构主义在他那儿，才是一门值得认真来听的一门课程。

又据我所知，解构主义在有的人士那儿，仿佛一把邪恶有力的锤。举凡人类社会普适的德律，在其锤下一概粉碎，于是痛快。于是以其痛快，使学子痛快。但恰恰相反，丑陋邪恶在这样的人士那儿却是不进行解构的。因为人类的社会，在他看来，仅剩下了丑陋邪恶那么一点点"绝对真实"，而解构主义不解构"绝对真实"，只解构"一概的虚伪"。

我以为虚伪肯定是举不胜举的，也当然是令我们嫌恶的。但若世界的真相成了这么一种情况——在"绝对的真实"和"一概的虚伪"之间，屹立着那么几个"东方不败"的坚定不移的解构主义者的话，岂不是太不客观了吗？

当下传媒，竭尽插科打诨之能事，以媚大众，以愚大众。仿此种公器之功用，乃传媒之第一功用似的。于是，据我所知，"花边绯闻"之炒作技巧，也堂而皇之地成为大学新闻课的内容。

报纸这一种传媒载体，出现在人类社会少说已有三百年历史；广播已有百余年历史；电视的出现已近半个世纪了——一个事实乃是，人类近二三百年的文明步伐，是数千年文明进程中最快速的；而另一个事实乃是，传媒对于这一种快速迈进的文明步伐，起到过和依然起着功不可没的推动作用。故以上传媒既为社会公器，其对社会时事公开、公正、及时的报道功用以及监督和评论责任；其恢复历史事件真相的功用以及通过那些事件引发警世思考的使命，当是大学新闻专业不应避而不谈的课程。至于其娱乐公众的功用，虽然与其始俱，但只不过是其兼有的一种功用，并不是它的主要功用。而"花边绯闻"之炒作技巧，不在大学课堂上津津乐道，对于新闻专业的学子们也未必便是什么学业损失。因为那等技巧，真好学的人，在大学校门以外反而比在大学里学会得还快、还全面。在大学课堂上津津乐道，即使不是取悦学子，也分明是本末倒置。传媒专业与人文宗旨的关系比文学艺术更加紧密；法乎其上，仅得其中；法乎其中，仅得其下；若法乎其下，得什么也就可想而知了。播龙种而收获跳蚤，自然是悲哀。但若有意无意地播着蚤卵，日后跳蚤大行其道岂不必然？

大学讲虚无主义，倘老师在台上讲得天花乱坠，满教室学子听得全神贯注——一个学期结束了，师生比赛似的以虚无的眼来看世界，以虚无的心来寻思人间，那么太对不起含辛茹苦地挣钱供子女上大学的父母们了！

大学里讲暴力美学，倘讲来讲去，却没使学子明白——暴力就是暴力，无论如何非是具有美感的现象；当文学艺术作为反映客体，为了削减其血腥残忍的程度，才不得不以普遍的人们易于接受的方式进行艺术方法的再处理——倘这么简单的道理都讲不明白，那还莫如干脆别讲。

将"暴力美学"讲成"暴力之美"，并似乎还要从"学问"的高度来培养专门欣赏"暴力之美"的眼和心，我以为几近于是罪恶的事。

大学里讲文学作品中人物的心理复杂性，比如讲《巴黎圣母院》

中的福娄洛神父吧——倘讲来讲去，结论是福娄洛的行径只不过是做了这世界上所有男人都想做的事而又没做成，仿佛他的"不幸"比爱斯梅拉达之不幸更值得后世同情，那么雨果地下有灵的话，他该对我们现代人做何感想呢？而世界上的男人，并非个个都像福娄洛吧？同样是雨果的作品，《悲惨世界》中的米里哀主教和冉·阿让，不就是和福娄洛不一样的另一种男人吗？

……

大学是一种永远的悖论。

因为在大学里，质疑是最应该被允许的。但同时也不能忘记，肯定同样是大学之所以受到尊敬的学府特征。人类数千年文明进程所积累的宝贵知识和宝贵思想，首先是在大学里经历肯定、否定、否定之否定，于是再次被肯定的过程。但是如果人类的知识和思想，在大学里否定的比肯定的更多，继承的比颠覆的更多，贬低的比提升的更多，使人越学越迷惘的比使人学了才明白点儿的更多，颓废有理、自私自利有理、不择手段有理的比稳定的价值观念和普适的人文准则更多，那么人类还办大学干什么呢？

以我的眼看大学，我看到情况似乎是——稳定的价值观念和普适的人文准则若有若无。

但是我又认为，据此点而责怪大学本身以及从教者们，那是极不公正的。因为某些做人的基本道理，乃是在人的学龄前阶段就该由家长、家庭和人文背景之正面影响来通力合作完成的。要求大学来补上非属大学的教育义务是荒唐的。我以上所举的例子毕竟是极个别的例子，为的是强调这样一种感想，即——大学所面对的为数不少的学子，他们在进入大学之前所受的普适而又必需的人文教育的关怀是有缺陷的，因而大学教育者对自己的学理素养应有更高的人文标准。

我也认为，责怪我们的孩子们在成为大学生以后似乎仍都那么"自我中心"而又"中心空洞"同样不够仁慈。事实上，我们的孩子们都太过可怜——他们小小年纪就被逼上了高考之路，又大多都是独生子女，肩负家长甚至家族的种种期望和寄托，孤独而又苦闷，压力之大令人心疼。毕业之后择业迷惘，四处碰壁，不但令人心疼而且想帮都帮不上，何忍苛求？

大学也罢，学子也罢，大学从教者也罢，其实都共同面对着一个各种社会矛盾、社会问题重垒堆砌的倦怠时代。这一种时代的特征就是——不仅普遍的人们身心疲惫，连时代本身也显出难以隐藏的病状。

那么，对于大学，仅仅传授知识似乎已经不够。为国家计，为学子们长久的人生计，传授知识的同时，也应责无旁贷地培养学子们成为不但知识化了而又坚卓毅忍的人，岂非遂是使命？

那种在大学里用政治思想取代人文思想，以为进行了政治思想灌输就等于充实了下一代人之"中心空洞"的完事大吉的"既定方针"，我觉得是十分堪忧的。

论大学精神

各位：

我曾在《光明日报》发表过两篇文章，《教育是诗性的事业》在先，《论大学》在后。两篇文章都是我成为北京语言大学教师之后写的。关于大学精神的一点点思索，不管是多么的浅薄，其实已经由两篇文章载毕。那么，今天听汇报的一点点看法，也就只能算是浅薄者的补充发言。浅薄者总是经常有补充发言的，这一种冲动使浅薄者或有摆脱浅薄的可能。

我在决定调入大学之前，恰有几位朋友从大学里调出，他们善意地劝我要三思而行，并言："晓声，万不可对大学持太过理想的幻感。"

而我的回答是——我早已告别理想主义。《告别理想主义》，是我五十岁以后发表的一篇小文。曾以为，告别了理想主义，我一定会活得潇洒起来，却并没有。于是每想到雨果，想到托尔斯泰。雨果终其一生，一直是一位特别理想的人道主义者。《九三年》证明，晚年的雨果，尤其是一位理想的人道主义者。而托尔斯泰，也一生都是一位特别理想的平等主义者。明年我六十岁了。现在我郑重地说——六十岁的我，要重新拥抱理想主义。我认为，无论对于自己的人生还是对于自己的国家还是对于全人类社会，泯灭了甚而完全丧失了理想，那么一种活法其实是并无什么快意的。我这么认为是有切身体会的。故我接着要说——我愿大学是使人对自己、对国家、对人类的社会形成理想的所在。无此前提，所谓大学精神无以附着。一九一七年一月九日，北大举行开学典礼，蔡元培先生发表著名的《就任北京大学校长之演说》；九十一年过去了，若重读其演说词，他对大学的理想主义情怀依然感人。

蔡先生在演说中对那时的北大学子寄予厚望，既希望北大学子砥砺德行，又希望北大学子改造社会。

他说："诸君为大学学生，地位甚高，肩此重任，责无旁贷，故诸君不唯思所以感己，更必有心励人……"

现在的情况与九十一年前很不相同。

那时，蔡先生对大学的定义是"大学者，研究高深之学问者也"。

若以本科生而论，恕我直言，包括北大学子在内，似乎应是——大学者，通过颁发毕业文凭，诚实地证明从业能力的所在而已。

故我对"大学精神"的第二种看法是——要建立在现实主义的基础上来说道。

连大学都不讲一点儿理想，那还能到一个国家的哪儿去觅理想的踪影呢？倘若一国之人对自己的国家连点儿理想都不寄望着了，那不是很可悲吗？

如果连大学都回避现实问题种种，包括大学生就业难的问题在内，那么还到一个国家的哪儿去听关于现实的真实声音呢？若大学学子渐渐地都只不过将大学视为逃避现实压力的避风港，那么大学与从前脚夫们风雪之夜投宿的大车店是没什么区别的了。

又要恪守理想，又要强调现实，岂非自相矛盾吗？

我的回答是——当今之大学，尤其是像中国这样一个人口众多，每年有数以百万计的大学学子跨出校园迈向社会的大学，其实是在为国家培养一批批思想意识上不普通，而又绝不以过普通的生活为耻的人。可现在的情况似乎恰恰反了过来，受过高等教育于是以过普通生活为耻的人很多，受过高等教育而思想意识与此前并未发生多大改变的人也很多。

如此说来，似乎是大学出了问题。

否。

我认为，一个家庭供读一名大学生，一个青年用人生最宝贵的四年乃至更长的时间就读于大学，尤其是像北大这样的大学——于是要求人生不普通一些，是完全可以理解的。社会成全他们的诉求，也是"以人为本"的体现。

在中国，普通人的生活之所以竟被视为沮丧的生活，乃是因为普通人的生活实在还是太过吃力的生活。要扭转这一点，对于一个国家而言也是很吃力的，绝非一日之功可毕。要扭转这一点，大学是有责任和使命的。然江河蒸发，而后云始布雨，间接而已。若仰仗大学提高 GDP，肯定是错误的理念。大学若不能正面地、正确地解惑大学学子之尴尬，大学本身必亦面临尴尬。

然大学一向是能够解惑人类许多尴尬的地方。大学精神于是在此过程中逐渐形成。人类之登月渴望一向停留在梦想时期，是谓尴尬。梦想变为现实，是大学培养出来的人们的功劳，也是大学的功劳。大学精神于是树立焉，曰"科学探索精神"。人类一向祈求一种相互制衡的权力关系，历经挫折也是尴尬。后在某些国家以某种体制稳定了下来，也是大学培养出来的人们的功劳，也是大学的功劳，曰"政治思想力"。

十几年前，我随中国电影家代表团访日，主人请我们去一小餐馆用餐，只五十几平方米的营业面积，主食面条而已。然四十岁左右的店主夫妇，气质良好，彬彬有礼且不卑不亢。经介绍，丈夫是早稻田大学历史学博士，妻子是东京大学文学硕士。他们跨出大学校门那一年，是日本高学历者就业难的一年。

我问他们开餐馆的感想，答曰："感激大学母校，使我们与日本许多开小餐馆的人们不同。"问何以不同。笑未答。临辞，夫妇二人赠我等中国人他们所著的书，并言那只是他们出版的几种书中的一种。其书是研究日本民族精神演变的，可谓具有"高深学问"的价值。一所大学出了胡适，自然是大学之荣光。胡适有傅斯年那样的学生，自然是教师的荣光。但，若国运时艰，从大学跨出的学子竟能像那对日本夫妇一样的话，窃以为亦可欣慰了。当然，我这里主要指的是中文学子。比之于其他学科，中文能力最应是一种难以限制的能力。中文与大学精神的关系也最为密切。大学精神，说到底，文化精神耳。

最后，我借雨果的三句话表达我对大学精神的当下理解："平等的第一步是公正。""改革意识，是一种道德意识。""进步，才是人应该有的现象。"如斯，亦即我所言之思想意识上的不普通者也……

关于情感教育

一、首先我们强调，本课程所言之"情感"二字，当然的，非仅指爱情现象的那一种情感；也不是包括亲情和友情关系便全部涵括了的那一种情感。不，不是这样的。我们的课程所关注、研讨、分析和提升的情感，很丰富，很广博。

马克思说："人是一切社会关系的总和。"这"一切社会关系"，包括政治、经济、法律、科技等。自然，也包括人类的情感现象。也就是说，倘忽视人类社会的林林总总的情感现象，则"人是一切社会关系的总和"这一句话，不能成立，起码是有严重缺陷的概括。或换一种说法，人和社会和他人的一切社会关系，最终必然会呈现于人的情感方面。

二、谁教育谁？

师生共同接受教育。

师生相互教育。

我们共同地、自觉地自己教育自己。并且，将这一种自我教育，首先当成对自身有益的精神保健。

那么，究竟谁是教师呢？一言以蔽之——文化。古今中外人类文明发展至今的文化遗产中，蕴含着极为丰富的解读人类情感现象的正面的和反面的记录，都可作为我们的教材。

我要再强调一点，情感教育这一门课程，不是和我们的中文专业无关的课程，也不是中文专业的辅助课程，而是和我们的中文专业密不可分的课程。简直可以这样说，忽略人类情感现象的研究、分析、了解，中文其实已不再是中文，人类的一切文艺的文化的现象，便全都没有了文艺的和文化的精神可言。比如毕加索——如果我们不研究、不了解他和他一生所从事的绘画艺术之间的深刻的情感关系，不了解他和他所处的时代的情感关系，则我们无法理解他的某些画。

当然，人类的全部文艺的文化的发展过程，是一个不断扬弃的过程。即使我们教学的是中文，中文和我们的关系，也远不及社会和我们的关系那么紧密。

故我们的眼，我们的耳，我们的心，不能只去看、听和想从前的人事，文艺中的人事，文化中的人事，更要关注现实。我们必然要立足于今天审视文化，也必然要借助文化来解析现实。

我们的情感教育所涉及情感现象较多，比如情调、情绪、情结、情愫、情操、情怀……依我想来，情调是后天的，易变的；往往与时尚有关，甚至某阶段比较刻意的、做作的一种表层面的情感现象，每具有欺人性和自欺骗性，却又往往是宁愿的、愉悦的。

而情绪，则是一种司空见惯的情感的冲动表现。每一个人都常有这样的情况，企图掩饰是一件极难之事。比之于情调，它是情感的真实流露。不一定可取，但肯定真实。一般情况下，它是一种应该予以宽容的情感表现。但同时，又是一种需要克制的情感表现。

情结乃是情感长期堆积于心而形成的意识块垒。通常并无大害，只不过使人一厢情愿地一往情深，但也可能导致人的情感偏执，于是远离了客观和真实。

情愫是可持续的、相对稳定的情感现象，每以相对稳定的价值取向为其基础。

情操乃是在情愫的基础之上升华了的一种情感现象。这一词汇的表意是决然正面的。它所体现的情感之质，高于人类所普适的情感之质。它并非人人都具有的一种情感现象。正因为如此，一个有情操可言的人，几乎必有良好的信仰和操守，于是可敬。

情怀是一种超越一般情感本能的，受理性引导而又与理性水乳相融的情感现象。世上没有一个人是没有什么情操可言而居然有情怀的；世上也没有一个人是有情怀的而居然毫无操守。

情怀乃是一种大情感，使人具有不寻常的情感之境界。这使有情怀的人有时有点儿像宗教徒。他们的信仰不一定与宗教有关，但肯定和人类情感的崇高方面有关。

最基本的情怀是人道主义以及对公平和正义的超一己利益关系的主张。真正的公仆人物理应是对国家对民族对公众有着责任性质的真挚情怀的人。国家和民族若有许多这样的人，幸也。以上种种情感现象，都必然地生发于人的心里，亦作用于人的心，于是决定人的心理的明暗，于是体现为林林总总的言行：高尚、无私、爱、同情、宽容、感激、理解……或相反：恨、妒、歧视、轻蔑、嫌恶、恐惧、自私自利……而有时，情怀以相反的状态所表现的恰恰是它的优秀之质。比如，对于不道德的、丑陋邪狞的人事所表现的轻蔑和嫌恶，拒绝同流合污也。诸位，我们每一个人，不分性别、年龄、职业、社会地位和贫富，几天内，至少有一次会受到以上正反两个方面的情感所影响。我们的人性是有先天弱点和缺点的。我们不必修行为圣人。但我们若不互相进行情感的教育，若不师从于人类文化中的文明，我们有可能渐渐成为邪劣之辈，丑陋之人，而我们还不自知。仅仅具有本能情感的人是没有进化的人。因为本能的情感，那是动物也有的。甚至，连动物身上，也偶尔表现有超本能的情感。诸位，没有文化方式所进行的教育，人类的历史将停止在奴隶社会，而那时的人类，是凶恶的。比地球上的任何一种动物都凶恶。我关于我们的情感教育课程的发言结束了，谢谢诸位！

关于好人、坏人

同学们：

前周课上，我们也讨论到了这一话题。下面我谈我的看法，讨论是由易中天先生的一段话引起的，我先将他的话抄在黑板上：

> 我们中国的道德评价有个很坏的东西，就是一定要把人分成好人与坏人、善与恶。其实君子与小人，都处在中间地带。两端是什么呢？是圣人，圣人的等级比君子高。最低的那一端，是恶人。大量的是中间地带的普通人、寻常人。

有一位解正中先生，在《书屋》杂志发表文章，指出易中天先生的话是自相矛盾的——圣人即好人中最好的人，恶人即坏人中最坏的人，这应该是没有什么歧义的。认为有圣人和恶人存在，却不承认有好人与坏人之分，于是不能自圆其说。

我们读了解正中先生的文章的主要段落，首先我要称赞，他的文章文风很好。尽管是反驳文章，但并不尖酸刻薄、咄咄逼人，态度温良，词句厚道谦和，所谓"君子文风"是也。这一点，既不但我要学习，同学们也要学习。抓住一点，不计其余，极尽羞辱攻讦之能事，仿佛只有这样才算高明，此等文风大不可取。切记。

解文进一步认为——好坏善良之分，这一种对人的评价，外国也是如此的，不唯中国文化仅有，因而可以说是普世的。如果说这样的评价区分是"很坏"的，那么就等于说全世界的文化在此点上都"很坏"了。

解文以上的两个观点，我是完全同意的。

按照易中天先生的分法，我和同学们，都是处于中间地带的人，即普通人，寻常人。如果在我们看来，两端的人其实无所谓好坏，圣人非好，恶人不坏，那我们大多数人，还配叫人吗？易先生所谓的君子和圣人，还值得为一个好坏善恶不分的人类社会而君子而圣人吗？

如此说来，易中天先生岂不是说了段该遭到千夫所指的话了吗？

我觉得，也不是的。如果我们不仅仅是从字面上，而是从本意去理解易先生的话，那么我认为他的话是有一定道理的。

我理解的他的话的本意应该是——历史中和现实生活中有不少的人，是难以简单地以好坏善恶来分类的。而在文学、戏剧、电影中的某些人物，尤其难以简单地以好坏善恶来区分。

比如曹操，他在判断力混乱的情况之下，误杀了吕伯奢的家人，还一不做，二不休，连沽酒归来的吕伯奢老汉也杀了，这是很罪过的行径，却又不能简单地便认定曹操是一个坏人、恶人，因为他的杀念，委实并非起于他内心里一贯的"坏"。同样是这一个曹操，大军进发，马踏禾田时，他不是体恤到了农民的辛苦、命将士绕路而行吗？

《红与黑》中的于连，好人乎？坏人乎？

《九三年》中的朗德纳克，法国大革命时期，保王党阵营的统帅，一个"有着利嘴和爪子"的人物。他镇压起革命者及其家属来，冷酷如杀人机器。但是，他又不顾个人安危，重返埋伏圈内，为的是救三个被困在火屋中的流浪孩子，结果被公社的联军士兵俘虏……

他是好人，还是坏人呢？

公社的联军司令官叫郭文，他认为他不能下令枪决一个刚刚救了三个流浪儿的命的人，尽管对方是公社的头号死敌。他放走了朗德纳克，结果自己被公社的军事法庭判处死刑……

他的做法是对，还是错呢？

看，我们有时不但难以简单地用好坏善恶来将人归类，而且连他们的行为的对错都难下结论了。易中天先生的话，还启发我们进一步思考以下几点：

一、人的一生是一个几十年的过程，因而每一个人都是一个极大可能变化的个体。穷的有可能变富，富的有可能变穷，普通的有可能变得不普通，不普通的有可能变得普通；同样，曾经的好人有可能因一念之差犯了十恶不赦的罪行；曾经的坏人忽人性转变，放下屠刀立地成佛的例子也不少。

所以中国有一句话是"盖棺定论"。而这一句话恰恰证明，在对人作道德评价这方面，中国文化中有很好的东西。故连陶渊明都叹："千秋万岁后，谁知荣与辱。"意思是，虽棺已盖，却还无定论。

二、人类以往的历史，风云动魄、铁血惊心的时候多，中国的历史，尤其如此。在那一种情况之下，霸业的、家国的、阶级的、政治集团的、个人追求与主张的林林总总的外因往往推动、影响乃至迫使人做出这样那样非主观意愿的抉择，因而若简单地以好坏善恶来将人归类，便很容易犯低级的错误。比如中国的从前，将人分为"红五类"和"黑五类"，便是很坏的做法。而"黑五类"中，便有"坏分子"一类。"文革"后绝大多数获得平反，原来他们即使算不上是好人，也根本不是什么坏人。

三、时代毕竟不同了。但正因为时代不同了，好人、坏人也更容易区分了。一个良好的时代，绝不是一个不分好人、坏人的时代，而是一个对坏人的界定更严格的时代。比如在从前的中国，一个人若被判了刑，那么从那一天始，便无疑是一个坏人了。现在我们还这样认为自然就不对了。因为一个人被判了刑，只证明他犯了法，他还有悔过自新的机会。

但恶人确乎还是存在的，比如解正文在文中所举的那类人——土匪、海盗、毒枭、黑恶势力头子、流氓团伙打手、谋财害命者、杀人放火者等，即使他们也有悔过自新的可能，但在此之前，视其为坏人，绝不等于是中了中国文化中"很坏的东西"的毒……

但是比较一下中西文化，也确有这么一种现象，即西方人一般很少直接用"坏"这个字来评价人。对于西方人，更经常的说法是："那家伙是人渣。""那人是伪君子。""凶恶透顶。""危险。""一个需要提防的人。""一个仇恨社会的人。""一个不惜用别人的生命换一听饮料来饮的人。"……他们为什么很少直接用"坏"这个字呢？表意思维的习惯区别而已。"坏"是不具体的，因而不明确，仿佛把话说到家了，听来却等于什么也没说。通常情况之下，西方人的表意习惯更求明确性，如此而已。故绝不可理解成，西方的社会是一个没有好人、坏人之分的社会。那样的一个国家，古往今来，在世界上是不曾有过的……

关于真理与道理

各位同学：

前周课上，我们读了《书屋》的两篇文章。关于真理与道理，两篇文章观点相反。其一认为，真理之理才更真，因为绝大部分所谓真理相对于自然科学而言，如 1+1=2，水 +100 摄氏度 = 沸腾；我们还可以为其补充很多例子，如三角形两边之和大于第三边，如两点之间最短的线是直线等。而人世间的道理，因带有显然的主观色彩，对错便莫衷一是，甚至往往极具欺骗性。与之相反的观点则认为，人世间的许多道理，虽然不能以科学的方法证明其对错，却可以从人性的原则予以判断，比如救死扶伤，比如舍己为人，比如知恩图报；古往今来，人同此心，心认此理，遂成普世之理。这样的一些道理，早已成为共识，根本无须再经科学证明的，自然也不具有欺骗性，倒是所谓真理，往往被形形色色的权威人物长期把持着解说权，逐渐沦为愚弄大众的舆论工具，正因为前边冠以"真"字，本质上却又是荒谬的，所以比普世道理具有更大的欺骗性。

同学们也就以上两种相反的观点纷纷表达了自己的看法，也同样莫衷一是。

下面我谈谈我的一些看法，算是参与讨论，仅供大家参考。

一、据我所知，"真理"一词，对于我们中国人，其实是舶来词。原词当出于宗教，指无须怀疑的要义，最初指上帝本人对人类的教诲。

二、真理一词后来被泛用了。对于人类，某些自然科学方面的认识成果，也是无须怀疑的，而且无须再证明。于是这些认识成果，同样被说成是"科学真理"。

三、求真是人类的天性，怀疑也是人类的天性。人类社会的秩序，需要靠某些共识来维系。共识就是大家认为是对的，反之为不对的。所谓普世价值观、普世原则，其实也就是这样一些道理而已。普世并非百分百的意思，是绝大多数的意思，使百分百的人类接受同一道理是根本不可能的。但有些道理，显然是接受的人越多越好。怎么才能使更多的人虔诚接受而不怀疑呢？除了将某些道理视为真理，似乎也再没有更好的方法。这便是"真理"一词从宗教中被借用到俗世中的目的。

四、但是现在，情况发生了变化，那就是——即使在自然科学界，"真理"一词也不常被使用了。因为，人类已经取得的认知自然世界的成果，其实用自然世界的真相来表述，显然比"真理"更为确切。何况，许多真相仍在被进一步探究，探究的动力依然是怀疑。而所谓"真理"，是不允许怀疑的。而不允许怀疑，是不符合科学精神的。

五、在一切社会学话题之中，"真理"一词更是极少被用到了。因为在人类社会中，某些普世的价值观念、普世的原则，历经文化的一再强调，已经被主流认可，人文地位相当稳定，进一步成为不可颠覆的共识。既然如此，那样一些道理，又何须偏要被说成是什么"真理"呢？比如人道主义。

六、当代人慎用"真理"一词，将从宗教中借用的这一词汇，又奉还给了宗教，意味着当代人对于自然科学界的"真"和社会现象中的"理"，持更加成熟也更加明智的态度了。科学真相比之于科学真理，表意更准确；普世共识比之于人间真理，说法也更恰如其分。今天，"真理"一词除了仍存在于宗教之中，再就是还存在于古典哲学中了。可以这样讲，真理和道理，哪一种理的真更多一些、骗更少一些——此争论，除了公开发生在两位中国知识分子之间，在别国知识分子之间，是不太会发生的。

七、那么，是否意味着两位中国知识分子闲极无聊，钻牛角尖呢？我觉得也不能这么认为。事实上我相当理解他们——在从前的中国，有太多的歪理，以"大道理"的强势话语资格，甚至干脆以"真理"的话语资格，堂而皇之地大行其道，不允许人们心存任何一点儿怀疑，要求人们必须绝对信奉。这一种过去时的现象，给两位中国当今的知识分子留下了太深的印象。那印象也许是直接的，也许是间接的。他们都试图以自己的文章，对今人做他们认为必要的提醒。我从中看出了两位中国知识分子的良苦用心。

八、我进而认为，表面看起来，他们的观点是那么对立，其实又是那么一致。一言真理才真，道理易有欺骗性；一言道理普世，于是为真，"真理"往往披着真的袈裟，却实属荒唐，怎么说又是"那么一致"呢？

在从前的中国，歪理有时以"真理"的面目横行，有时也以"道理"的说教惑人。故一人鄙视那样的"真理"，一人嫌恶那样的"道理"，所鄙视的、所嫌恶的，都是实质上的歪理。

所以我说他们又是那么一致。

究竟歪理伪装成真理的时候多，还是伪装成道理的时候多，这倒没有多大争执的必要了⋯⋯

纸篓该由谁来倒

一只纸篓——在教室门口，也在讲台边上，满的。我在讲台上稍一侧身，就会看见它。它一直在那儿，也应该就在那儿。通常总是满的。插着吸管的饮料盒，抑或瓶子，还有诸种零食袋、面包纸、团状的废纸，往往使它像一座异峰突起的山头。

教室门口没有一只纸篓如同家门口连一双拖鞋都没有，是不周到的；教室门口有一只满得不能再满的纸篓如同家门口有一双脏得不能再脏的拖鞋，是使人感觉很不舒服的。我每次走入教室心里总是寻思，似乎有必要对它满到那般程度做出反应。或言，或行。

"哪位同学去把纸篓倒一下啊？"此言也。

我确信只要我这么说了，立刻会有人去做。

自己默默去倒空纸篓。此行也。

有点儿以身作则的意思。

我想行比言更可取。于是我"作则"了两次，第三次还打算那么去做的，有一名同学替我去做了。他回到教室后，对我说："老师，有校工应该做这件事，下次告诉她就行。"

将纸篓倒空，来回一分钟几十步路的事。教学楼外就有垃圾桶。

女校工我认识，每见她很勤劳地打扫卫生，挺有责任感的。而且，我们相互尊敬，关系友好。我的课时排在上午三四节。而她一早晨肯定已将所有教室里的纸篓全都倒空过，是上一二节课的学生使纸篓又满了。无论是我去告诉她，还是某一名同学去告诉她，她都必会前来做她分内的事。但我又一想，她可能会认为那是对她工作的一种变相的批评。使一个本已敬业的人觉得别人对自己的工作尚有意见，这我不忍。

我反问："有那种必要吗？"

立刻有同学回答："有。"——见我洗耳恭听，又说，"如果我们总是替她做，她自己的工作责任心不是会慢慢松懈了吗？"

我不得不暗自承认，这话是有一定的思想方法性质的道理的，尽管不那么符合我的思想方法。

我又反问："是不是有一条纪律规定，不允许带着吃的东西进入教室啊？"

答曰："有。但那一只纸篓摆在那儿不是就成了多余之物，失去实际的意义了吗？"

于是第三种看法产生了："其实那一条纪律也应该改变一下，改成允许带着吃的东西进入教室，但不允许在老师开始讲课的时候还继续吃。"

"对，这样的纪律更人性化，对学生具有体恤心。"于是，话题引申开来了。显然已经转到对学校纪律的质疑方面了。内容一变，性质亦变。

我说："那不可能。大约任何一所大学的纪律，都不会明文规定那一种允许。"

辩曰："理解。那么就只明文规定不允许在老师讲课的时候吃东西。将允许带着吃的东西在课前吃的意思，暗含其中。"

我不禁笑了："这不就等于是一条故意留下空子可钻的纪律了吗?"

辩曰："老师，如果不是因为课业太多太杂，课时排得太满，谁愿意匆匆带点儿吃的东西就来上课呢?"于是，话题又进一步引申开来了。内容又变了，性质亦又变了。而且，似乎变得具有超乎寻常的严肃性，甚至是企图颠覆什么的意味儿了。当然，我和学生们关于一只纸篓的谈话，只不过是课前的闲聊而已。但那一只纸篓以后却不再是满的了，我至今不知是谁每次课前都去把它倒空了。

由而我想，世上之事，原本是"横看成岭侧成峰，远近高低各不同"的。这乃是世事的本体，或曰总象。缺少了这一种或那一种看法，就是不全面的看法。有时表面上看法特别一致，然而不同的看法仍必然存在。有时某些人所要表达的仅仅是看法而已，并不实际上真要反对什么、坚持什么。更多的时候，不少人会放弃自己的看法，默认大多数人的任何一种看法，丝毫也没有放弃的不快。只要那件事并不关乎什么重大原则和立场——比如一只纸篓究竟该由谁去把它倒空。这样的事在我们的生活中比比皆是，每一个人都可以随自己的意愿选择一种做法。只要心平气和地倾听，我们还会听到不少对我们自己的思想方法大有裨益的观点。那些观点与我们自己一贯对世事的看法也许对立，却正可教育我们——一个和谐的社会，首先应是一个包容对世事的多元看法合理存在的社会。不包容，则违论多元？不多元，则遑论和谐？

在我所亲历的从前的那些时代，即使是纸篓该由谁来倒空这样一件事，即使不是在大学里，而是在中小学里，也是几乎只允许一种看法存在的。可想而知，那是一种被确定为唯一正确的看法。另外的诸种看法，要么不正确，要么错误，要么极其错误，要么简直是异端邪说，必须遭到严厉批判。比如竟从纸篓该由谁倒的问题，居然引申到希望改变一条大学纪律，并因而抱怨学业压力的言论，即是。久而久之，人们的思想方法被普遍同化了，也普遍趋于简单化了。仿佛都渐渐地习惯于束缚在这样的一种思维定式中，即人对世事的看法只能有一种是正确的，或接近正确的。与之相反，便是不正确的，甚或极其错误的。如此一来，不但不符合世事的总象，也将另外诸种同样正确的看法，划到"唯一正确"的对立面去了。

其实，人对世事的看法，不但确乎有五花八门的错误，连正确也是多种多样的。正因为有人对世事的五花八门的错误的看法存在，才有人对世事的多种多样的正确的看法形成。世人对世事所公认的那一种正确的看法，历来都是诸种正确的看法的综合。这个世界上从来没有谁能够独自对某件事——哪怕是一件世人无不亲历之事，比如爱情吧——做出过完全正确的看法。

走出高等幼稚园

这也真是一种可悲。

我们已然有了三亿多儿童和少年，却还有那么多的男青年和女青年硬要往这三亿之众的一部分未成年的中国小人儿里边挤。甚至三十来岁了，仍嗲声嗲气对社会喋喋不休地宣称自己不过是"男孩"和"女孩"。那种故作儿童状的心态，证明他们是多么乞求怜爱、溺爱、宠爱……

这其中不乏当代之中国大学生。

甚至尤以中国大学生们对时代对社会的撒娇耍嗲构成最让人酸倒一排牙的当代中国之"奶油风景"……

我想说我们中国的孩子已经够多的了。我想说我们中国已经是这地球上孩子最多的国家了。

而那受着和受过高等教育、原本该成为最有希望的青年的一批，却赖在"男孩"和"女孩"的年龄段上，自我感觉良好地假装小孩不知究竟打算装到哪一天……

放眼现实你会看到另一种景象。恰恰是那些无幸迈入大学校门的一批，他们并非"天之骄子"，在人生的"形而下"中闯荡、挣扎、沉浮，因而也就没了假装"男孩"假装"女孩"的资格。假装小孩子就没法继续活下去。他们得假装大人，假装比他们和她们的实际年龄大得多成熟得多的大人……这是另一种悲哀。

明明还是孩子的早早地丧失了孩子的天真和天性……

明明是青年又受着和受过高等教育的一批，却厚脸憨皮地装天真、装烂漫、装单纯……

那么，中国的大学的牌子统统摘掉，统统换上某某"高等幼稚园"得了！

我的外国朋友中，有一位是美国的中学校长。这位可敬的女士曾告诉我——她每接一批新生，开学的第一天，照例极其郑重极其严肃地对她的全体学生说一番话。

她说的是——"女士们、先生们，从今天起，你们应该自觉地意识到，你们不再是孩子了。我们的美利坚合众国请求她的孩子们早些成为青年。为了我们的美国，我个人也请求你们……"

问题还不仅仅在于"男孩""女孩"这一种自幻心理是多么可笑的心理疾病，问题更在于——它还导致一种似乎可以命名为"男孩文化"或"女孩文化"的"文化疟疾"！这"文化疟疾"，首先在大众文化中蔓延，进而侵蚀一切文化领域。于是不知从哪一天开始，中国之当代文化，不经意间就变得这样了——娇滴滴，嗲兮兮，甜丝丝，轻飘飘，黏黏糊糊的一团。电视里、电台里、报纸上，所谓"男孩"和"女孩"装嗲卖乖的成系统的语言，大面积地填塞于我们的视听空间，近十二亿中国人仿佛一下子倒退到看童话剧的年龄去了。许多报刊都在赶时髦地学说"男孩"和"女孩"才好意思那么说的话。三十大几的老爷们儿硬要去演"纯情少年"的角色，演得那个假模酸样，所谓的评论家们还叫好不迭……

真真是一大幅形形色色的人们都跟着装小孩学小孩的怪诞风景。这风景迷幻我们，而且，注定了会使我们变得智障，变得男人更不像男人、女人更不像女人！

因为我和大学生们接触颇多，某些当公司老板和当报刊负责人的朋友便向我咨询——首先该从大学毕业生中招收什么样的？

我的回答从来都是——凡张口"我们男孩如何如何"或"我们女孩怎样怎样"的一律不要。因为他们还没从"高等幼稚园"里毕业。

我给大学校长们的建议是——新生入学第一天，不妨学说那位美国女校长的话——"女士们、先生们，从今天起……"

做立体的中国人

一

二十几年前，倘有人问我——在中国，对文学以及与之紧密相关的姊妹艺术的恰如其分的鉴赏群体在哪里？我会毫不犹豫地回答：在大学。

做十几年前我开始怀疑自己的这一结论。尽管那时我被邀到大学里去做讲座，受欢迎的程度和二十几年前并无区别，然而我与学子们的对话内容却很是不同了——二十几年前学子们问我的是文学本身，进言之是作品本身的问题。我能感觉到他们对于作品本身的兴趣远大于对作者本身，而这是文学的幸运，也是中文教学的幸运；十几年前他们开始问我文坛的事情——比如文坛上的相互攻讦、辱骂，各种各样的官司，飞短流长以及隐私和绯闻。广泛散布这些是某些媒体的拿手好戏。我与他们能就具体作品交流的话题已然很少。出版业和传媒帮衬着的并往往有作者亲自加盟的炒作在大学里颇获成功。某些学子们读了的，往往便是那些，而我们都清楚，那些并不见得有什么特别之处。

现在，倘有人像我十几年前那么认为，虽然我不会与之争辩什么，但我却清楚地知道那不是真相。或反过来说，对文学以及与之紧密相关的姊妹艺术的恰如其分的鉴赏群体，它未必仍在大学里。

那么，它在哪儿呢？

对文学以及与之紧密相关的姊妹艺术的恰如其分的鉴赏群体，它当然依旧存在着。正如在世界任何国家一样，在 21 世纪初，它不在任何一个相对确定的地方。它自身也是没法呈现于任何人前的。它分散在千人万人中。它的数量已大大地缩小，如使它的分散变成聚拢，乃是一件不容易的事。它是确乎存在的，而且，也许更加纯粹了。

他们可能是这样一些人——受过高等教育，同时，在社会这一个大熔炉里，受到过人生的冶炼。文化的起码素养加上对人生、对时代的准确悟性，使他们较能够恰如其分地对文学、电影、电视剧、话剧乃至一首歌曲、一幅画或一幅摄影作品，得出确是自己的，非是人云亦云的，非是盲目从众的，又基本符合实际的结论。

当然，他们也可能由于这样那样的原因，根本没迈入过大学的门槛。那么，他们的鉴赏能力，则几乎便证明着人在文艺方面的自修能力和天赋能力了。

人在文艺方面的鉴赏能力，检验着人的综合能力。

卡特竞选美国总统获胜的当晚，卡特夫人随夫上台演讲。由于激动，她高跟鞋的后跟扭断了，卡特夫人扑倒在台上。斯时除了中国等少数几个国家（当年我们的电视机还未普及），全世界约十几亿人都在观看那一实况。

卡特夫人站起后，从容走至麦克风前，说："女士们，先生们，我是为你们的竞选热忱而倾倒的。"

能在那时说出那样一句话的女性，肯定是一位具有较高的文艺鉴赏能力的女性。

迄今为止，法国历史上唯一的一位海军女中将，当年曾是文学硕士。对于法国海军和对于那一位女中将，文学鉴赏能力高也肯定非属偶然。

丘吉尔在二战中的历史作用是举世公认的，他后来获得了诺贝尔文学奖。细想想，这二者之间的关系是深刻的。

是的，我固执地认为，对文艺的鉴赏能力，不仅仅是兴趣有无的问题。这一点在每一个人的人生中所能说明的，肯定比"兴趣"二字大得多。它不仅决定人在自己的社会位置和领域做到了什么地步，而且，决定人是怎样做的。

二

前不久我所在大学的同学们举办了一次"歌唱比赛"——二十七名学生唱了二十七首歌，只有一名才入学的女生唱了一首民歌，其他二十六名学生唱的皆是流行歌曲。而且，无一例外的是——我为你心口疼、你为我伤心那一类。

我对流行歌曲其实早已抛弃偏见。我想指出的仅仅是——这一校园现象告诉了我们什么？

告诉我们——一代新人原来是在多么单一而又单薄的文化背景

之下成长的。他们从小学到中学，在那一文化背景之下"自然"成长，也许从来不觉得缺乏什么。他们以相当高的考分进入大学，似乎依然仅仅亲和于那一文化背景。但，他们身上真的并不缺乏什么吗？欲使他们明白缺失的究竟是什么，已然非是易事。甚而，也许会使我这样的人令他们嫌恶吧？

到目前为止，我的学生们对我是尊敬而又真诚的。他们正开始珍惜我和他们的关系。这是我的欣慰。

三

大学里汉字书写得好的学生竟那么少。这一普遍现象令我愕异。

在我的选修生中，汉字书写得好的男生多于女生。

从农村出来的学生，反而汉字都书写得比较好。他们中有人写得一手秀丽的字。

这是耐人寻味的。

我的同事告诉我——他甚至极为郑重地要求他的研究生在电脑打印的毕业论文上，必须将亲笔签名写得像点儿样子。

我特别喜欢我班里的男生——他们能写出在我看来相当好的诗、散文、小品文等。

近十年来，我对大学的考察结果是——理科大学的学生对于文学的兴趣反而比较有真性情。因为他们跨出校门的择业方向是相对明确的，所以他们丰富自身的愿望也显得由衷；师范类大学的学生对文学的兴趣亦然，因为他们毕业后大多数是要做教师的。他们不用别人告诉自己也明白——将来往讲台上一站，知识储备究竟丰厚还是单薄，几堂课讲下来便在学生那儿见分晓了；对文学的兴趣特别勉强，甚而觉得成为中文系学子简直是沮丧之事的学生，反而恰恰在中文系学生中为数不少。

又，这么觉得的女生多于男生。

热爱文学的男生在中文系学生中仍大有人在。

但在女生中，往多了说，十之一二而已。是的，往多了说，十之八九，"身在曹营心在汉"，学的是中文，爱的是英文。倘大学里允许自由调系，我不知中文系面临的是怎样的一种局面。倘没有考试的硬性前提，我不知他们有人还进入不进入中文课堂。

四

中文系学子的择业选择应该说还是相当广泛的。但归纳起来，去向最多的四个途径依次是：留校任教，做政府机关公务员，做大公司老总文秘，或是做报刊编辑、记者及电台、电视台工作者。

留校任教仍是中文系学子心向往之的，但竞争越来越激烈，而且，起码要获硕士学位资格，硕士只是一种起码资格。在竞争中处于弱势，这是中文系学子内心都清楚的。公务员人生，属于仕途之路。他们对于仕途之路所需要的旷日持久的耐心和其他重要因素望而却步。做大公司老总的文秘，仍是某些中文系女生所青睐的职业。但老总选择的并不仅仅是文才，所以她们中大多数也只有暗自徒唤奈何。能进入电台、电视台工作，她们当然求之不得。但非是一般人容易进去的单位，她们对此点不无自知之明。那么，几乎只剩下报刊编辑、记者这一种较为可能的选择了。而事实上，那也是最大量地吸纳中文毕业生的业界。但，另一个不争的事实乃是，报刊编辑、记者早已不像十几年前一样，仍是足以使人欣然而就的职业。尤其"娱记"这一职业，早已不被大学学子们看好，也早已不被他们的家长们看好。岂止不看好而已，大实话是——已经有那么点儿令他们鄙视。这乃因为，"娱记"们将这一原本还不至于令人嫌恶的职业，在近十年间，自行地搞到了有那么点儿让人鄙视的地步。尽管，他们和她们中，有人其实是很敬业很优秀的。但他们和她们要以自己的敬业和优秀改变"娱记"这一职业已然扭曲了的公众形象，又谈何容易。

这么一分析，中文学子们对择业的无所适从、彷徨和迷惘，真的是不无极现实之原因的……

五

"学中文有什么用？"

这乃是中文教学必须面对，也必须对学子们予以正面回答的问题。可以对"有什么用"作多种多样的回答，但不可以不回答。

我原以为这只不过是一个当代问题，后来一翻历史，不对了——早在 20 世纪 20 年代时，清华学校文科班的"闻一多"们，便面临过这个问题的困扰，并被嘲笑为将来注定了悔之晚矣的人。可是若无当年的一批中文才俊，哪有后来丰富多彩的新文学及文化现象供我们今人津津受用呢？

中文对于中国的意义自不待言。

中文对于具体的每一个中国人的意义，却还没有谁很好地说一说。

学历并不等于文化的资质。没文化却几乎等于没思想的品位，情感的品位也不可能谈得上有多高。这类没思想品位也没情感品位的中国人我已见得太多，虽然他们却很可能有着较高的学历。所以我每每面对这样的局面暗自惊诧——一个有较高学历的人谈起事情来不得要领，以其昏昏，使人昏昏。他们的文化的全部资质，也就仅仅体现在说他们的专业，或时下很流行的黄色的"段子"方面了。

一个人自幼热爱文学，并准备将来从业于与文学相关的职业无怨无悔，自然也就不必向其解释"学中文有什么用"。但目前各大学中文系的学生，绝非都是这样的学子，甚而大多数不是……

那么，他们怎么会成了中文学子呢？

因为——由于自己理科的成绩在竞争中处于劣势，而只能在高中分班时被归入文科；由于在高考时自信不足，而明智地选择了中文，尽管此前的中文感性基础几近于白纸一张；由于高考的失利，被不情愿地调配到了中文系，这使他们感到屈辱。他们虽是文科考生，但原本报的志愿是英文系或"对外经济"什么的……那么，一个事实是——中文系的生源的中文潜质，是极其参差不齐的。对有的学生简直可以稍加点拨而任由自修，对有的学生却只能进行中学语文般的教学。

不讲文学，中文系还是个什么系？

六

中文系的教学，自身值得反省处多多。长期以来，忽视实际写作水平的提高，便是最值得反省的一点。若中文的学子读了四年中文，实际的写作水平提高很小，那么不能不承认，是中文教学的遗憾。不管他们将来的择业与写作有无关系，都是遗憾。

在全部的大学教育中，除了中文，还有哪一个科系的教学，能更直接地联系到人生？

中文系的教学，不应该仅仅是关于中文的"知识"的教学。中文教学理应是相对于人性的"鲜蜂王浆"。在对文学做有品位的赏析的同时，它还是相对于情感的教学，相对于心灵的教学，相对于人生理念范畴的教学。总而言之，既是一种能力的教学，也是一种关于人性质量的教学。

所以，中文系不仅是局限于一个系的教学。它实在是应该成为一切大学之一切科系的必修学业。

中文系当然没有必要被强调到一所大学的重点科系的程度，但中文系的教学，确乎直接关系到一所大学一批批培养的究竟是些"纸板人"还是"立体人"的事情。

我愿我们未来的中国，"纸板人"少一些，再少一些；"立体人"多一些，再多一些。我愿"纸板人"的特征不成为不良的基因传给他们的下一代。我愿"立体人"的特征在他们的下一代身上，有良好的基因体现。

教育是诗性的事业

一向觉得，"教育"两字，乃具诗性的词。

它使人联想到另外一些具有诗性的词——信仰、理想、爱、人道、文明、知识等。

它使人最直接联想到的词是——母校、学生时代、恩师、同窗。还有一个词是"同桌"——温馨得有点儿妙曼，牵扯着情谊融融的回忆。

学校是教育事业的实体。学生将自己毕业的学校称为母校，其终生的感念，由一个"母"字表达得淋漓尽致。学生与教育这一特殊事业之间的诗性关系，无须赘言。

没有学生时代的人生是严重缺失的人生，正如没有爱的人生一样。

"师道尊严"强调的主要非是教师的个人尊严问题，而是教育之"道"，亦即教育的理念问题。全人类的教育理念从前都未免偏狭，"尊严"两字是基本内容。此二字相对于教育之"道"，也包含着古典的庄重的诗性，虽然偏狭。人类现代教育的理念十分开放，学校不再仅仅是推动个人通向功成名就的"管道"，实际上已是关乎一个民族、一个国家乃至全人类文明前景的摇篮……

于是教育的诗性变得广大了。

"教育"二字，令我们视而目肃，读而声庄，书而神端，谈而切切复切切。

因为它与一概人的人生关系太紧密啊！

一个生命就是一次空前绝后的奇迹。父母的精血决定了生命的先天质量。生命演变为人生的始末，教育引导着人生的后天历程。

对于每一个具体的人，左右其人生轨迹的因素尽管多种多样，然而凝聚住其人生元气不散的却几乎只有一件事情，那就是教育的作用和——恩泽。

因为教育与社会的关系太紧密啊！

一个绝大多数人渴望享受到起码教育的愿望遭剥夺的社会，分明地是一个被关在文明之门外边的社会。在那样的社会里，极少数人的幸运，除了给极少数人的人生带来成就和光荣，很难也同时照亮绝大多数人精神的暗夜。

教育是文明社会的太阳。

因为教育与时代的关系太紧密啊！

爱迪生为人类提供了电灯，他改变了一个时代。但是发电照明的科学原理一经被写入教育的课本里，在一切有那样的课本被用于教学而电线根本拉不到的地方，千千万万的人心里便首先也有一盏教育的"电灯"亮着了……

全世界被纪念的军事家是很多的，战争却被人类更理智地防止着；全世界被纪念的教育家是不多的，教育事业却被人类更虔诚地重视了。

少年和青年们谈起文学家、文艺家难免是羡慕的，谈起科学家难免是崇拜的，谈起外交家、政治家难免是钦佩的，谈起企业家难免是雄心勃勃的——但是谈起教育家，则往往是油然而生敬意的了（如果他们也了解某几位教育家的生平的话）。因为有一个事实他们必定肯于默认——世界上有些人是在富有了之后致力于教育的，却几乎没有因致力于教育而富有的人。他们正从后者鞠躬尽瘁所致力的事业中，获得人生最宝贵的益处……

教育家和教育工作者是体现教育诗性的优美的诗句。

而教育的诗性体现着人类诸关系之中最为特殊也最为别致的一种关系——师生关系的典雅和亲近。

所以中国古代有"一日为师，终身为父"的箴言，所以中国古代将拜师的礼数列为"大礼"。这当然是封建色彩太浓的现象，我觉得反而损害了师生关系的典雅和亲近。

那么，让我们来分析一下，上学这件事，对于一个学龄儿童，究竟意味着些什么吧。

记得我报名上小学那一天，哥哥反复教我十以内的加减法，因为那将证明我智力的健全与否。母亲则帮我换上了一身干干净净的衣服，并一再替我将头发梳整齐。我从哥哥和母亲的表情得出一种印象：上学对我很重要。我从别的孩子们的脸上得出另一种印象：我们以后将不再是个普通的孩子……

报完名回家的路上，忽听背后有一个清脆的声音高叫我的"大名"——也就是我出生后注册在户口簿上的姓名。回头看，见是邻院的女孩儿。她的母亲和我的母亲要好，我和她熟稔至极，也经常互相怄气。此前我的"大名"从没被人高叫过，更没被一个熟稔的女孩儿在路上高叫过。而她叫我的小名早已使我听惯了。

我愕然地瞪着她，几乎有点儿恓惶起来。

她眨着眼，问我："怎么，叫你的学名你还不高兴呀？以后你也不许叫我小名了啊！"又说，"你再欺负我，我就不告诉你妈了，要告诉老师了！"

一个人出生以后注册在户口簿上的名字，只有当他或她上学以后才渐被公开化。对于孩子们而言，小学校是社会向他们开放的第一处"人生操场"，班级是他们人生的第一个"单位"。人与教育的诗性关系，或一开始就得到发扬光大，或一开始就被教育与人的急功近利的不当做法歪曲了。

儿童从入学那一天起，一天天改变了"自我"的许多方面。他或她有了一些新的人物关系：老师、同学、同桌。有了一些新的意识：班级或学校的荣誉，互相关心和帮助、尊敬师长以及被一视同仁平等对待的愿望等等。有了一些新的对自己的要求：反复用橡皮擦去写在作业本上的第一个字，横看竖看总觉得自己还能写得更好。甚至不惜撕去已写满了字的一页，直至一字字一行行写到自己满意为止……

第一个"五"分，集体朗读课文，课间操，第一次值日……几乎所有的小学生，都怀着本能般的热忱进入了学生的角色。

那一种热忱是具有诗性的，是主动而又美好的，是在学校这一教育事业的实体环境培养之下萌生的。如果他或她某天早晨跨入校门走向班级，一路遇到三位甚至更多位老师，定会一次次郑重其事地驻足、行礼、问好。如果他或她已经是少先队员，那么定会不厌其烦地高举起手臂行标准的队礼。怎么会烦遇到的老师太多了呢，因为那在他或她何尝不是一种愉快呢？

当我们中国人在以颇为怀疑的眼光审视西方某些国家里实行的对小学生的"快乐教育"时，我们内心里暗想的是——那不成了幼儿园的继续了吗？

其实不然。

据我想来，他们或许正是在以符合自己国家国情的方式，努力体现着教育事业之针对小学生的诗性吸引力。

当我们在反省我们自己的中小学教育方法时，我想说，我们或许正是在丧失着教育事业针对小学生们的诗性内涵。

当我们全社会都开始检讨我们的中小学生所面临的学业压力已成甸甸重负时，依我看来，真正值得我们悲哀的乃是——中小学教育事业的诗性质量，缘何竟似乎变成了枷锁？

将一代又一代儿童和少年培养成一代又一代出色的人，这样的事业怎么可能不是具有诗性的事业呢？

问题不在于"快乐教育"或其他教育方式孰是孰非，各国有各国的国情。别国的教育方式，哪怕在别国已被奉为经验的方式，照搬到中国来实行，那结果也很可能南辕北辙。问题更应该在于，我们中国人自己的头脑中，是否有必要进行这样的思考：如果我们承认教育之对于学生，尤其对于中小学生确乎是具有诗性的事业，那么我们怎样在中小学校保持并发扬光大其诗性的特征？

儿童和少年到了学龄，只要他们所在的地方有学校，不管那是一所多么不像样子的学校；只要他们周围有些孩子天天去上学，不管是多数还是少数，他们都会产生自己也上学的强烈愿望。

这一愿望之对于儿童和少年，其实并不一概地与家长所灌输的什么"学而优则仕"或自己暗立的什么"鸿鹄之志"相关。事实上即使在城市里，绝大多数家长也并不经常向独生子女灌输那些，绝大多数的学龄儿童也断然不会早熟到人生目标那么明确的程度。

它主要体现着人性对美好事物的最初的趋之若渴。

在孩子的眼里，别的孩子背着书包单独或结伴去上学的身影是美好的；学校里传出的琅琅读书声是美好的；即使同样是在放牛，别的孩子骑在牛背上看书的姿态也是美好的……

这一流露着羡慕的愿望本身亦是具有诗性的。因为羡慕别的孩子的书包和羡慕别的孩子的新衣服是那么不同的两种羡慕。

这一点，在许多文学作品甚至自传作品中有着生动的描写。一旦自己也终于能去上学了，即或没有书包，即或课本是旧的破损的，即或用来写字的只不过是半截铅笔，即或书包是从母亲的某件没法穿了的衣服上剪下的一片布做成的，终于能去上学了的孩子，内心里依然是那么激动……

这也不是非要和别的孩子一样的"从众心理"。

因为，情形很可能是这样的，当这个曾强烈地羡慕别人能去上学的孩子向学校走去的时候，他也许招致另外更多的不能去上学的孩子们巴巴的羡慕目光的追随。斯时，后者才是"众"……

我曾到过很偏远的一个山区小学。那学校自然令人替老师和孩子们寒心。黑板是抹在墙上的水泥刷了墨，桌椅是歪歪斜斜的带树皮的木板钉成的，孩子们的午饭是每人自家里装去的一捧米合在一起煮的粥，就饭的菜是半盆盐水泡葱叶。我受委托去向那一所小学捐赠一批书和文具。每个孩子分到书和文具的同时还分到一块橡皮。他们竟没见过城市里卖的那种颜色花花绿绿的橡皮，以为是糖块儿，几乎全都往嘴里塞……

我问他们："上学好不好？"

他们说："好。还有什么事儿比上学好呢！"

问："上学怎么好呢？"

都说："识字呀，能成有文化的人啊。"

问："有没有志向考大学呢？"

皆摇头。有的说读到小学毕业就得帮家里干活了，有的以庆幸的口吻说爸爸妈妈答应了供自己读到初中毕业。至于识字以外的事，那些孩子们根本连想也没想过……

解海龙所摄的、成为"希望工程"宣传明星的那个有着一双大大的黑眼睛的小女孩儿，凝聚在她眸子里的愿望是什么呢？是有朝一日能跨入名牌大学的校门吗？是有朝一日戴上博士帽吗？是出国留学吗？是终成人上人吗？

我很怀疑她能想到那么多那么远。

我觉得她那双大大的黑眼睛所巴望的，也许只不过是一间教室，一块老师在上面写满了粉笔字的黑板，一套属于她的课桌椅——而她能坐在教室里并且不必想父母会因交不起学费而发愁，自己也不必因买不起课本文具而愀然……

总而言之，我的意思是，恰恰在那些被叫作穷乡僻壤的地方，在那些期待着"希望工程"资助教育事业的地方，在简陋甚至破败的教室里，我曾深深地感受到儿童和少年无比眷恋着教育的那一种简直可以用"粘连"二字来形容的、"糯"得想分也分不开的关系。

　　那是儿童和少年与教育的一种诗性关系啊！

　　我在某些穷困农村的黄土宅墙上，曾见过用石灰水刷写的这样的标语："再穷也不能穷了教育；再苦也不能苦了孩子！"它是农民和教育的一种诗性关系啊！有点儿豪言壮语的意味儿。然而体现在穷困农村的黄土宅墙上，令人联想多多，看了眼湿。

　　我的眼并不专善于从贫愁形态中发现什么"美感"，我还未矫揉造作到如此地步。我所看见的，只不过使我在反观我们城市里的孩子与教育，具体说是与学校的关系时，偶尔想点儿问题。

　　究竟为什么，恰恰是我们可以坐在宽敞明亮的教室里，而且根本不被"学费"二字困扰的孩子，对上学这件事，对学校这一处为使他们成材而安排周到的地方，往往表现出相当逆反的心理呢？

　　这一种逆反的心理，不是每每由学生与教育的关系，与学校的关系，迁延至学生与老师与家长的关系中了吗？

　　不错，全社会都看到了中小学生几乎成了学习的奴隶，猜到了他们失乐的心理，看到了他们的书包太大太重，看到了他们伏在桌上的时间太长久了……

　　于是全社会都恻隐了。于是采取对他们"减负"的措施。但又究竟为什么，动机如此良好的愿望，反而在不少家长们内心里被束之高阁，仿佛你有千条妙计，我有一定之规呢？但又究竟为什么，"减负"了的学生，有的却并不肯"自己解放自己"，有的依然小小年纪就满心怀的迷惘与惆怅呢？如果他们的沉重并不主要来自书包本身的压力，那么又来自什么呢？

一名北京市的初二学生在寄给我的信中写道：

> 我邻家的哥哥姐姐们，大学毕业一年多了，还没找到工作，可都是正牌大学毕业的呀！我十分努力，将来也只不过能考上一般大学。我凭什么指望自己将来找到一份普普通通的工作竟会比他们容易呢？如果难得多，考上了又怎么样？学校扩招并不等于社会工作也同时扩招呀！可考不上大学，我的人生出路又在哪里呢？爸爸妈妈经常背着我嘀咕这些，以为我听不到。其实，我早就从现实中看到了呀！一般大学毕业生们的出路在何方呢？谁能给我指出一个乐观的前景呢？我现在经常失眠，总想这些，越想越理不出个头绪来……

倘这名初二女生的信多多少少有一点儿代表性的话，那么是否有根据认为——我们的相当大一批孩子，从小既被沉重的书包压着，其实也被某种沉重的心事压着。那心事本不该属于他们的年纪，却不幸地过早地滋扰着、困惑着他们了……他们也累在心里，只不过不愿明说。

我们的孩子们的状态可能是这样的：一、爱学习，并且从小学三四年级起，就将学习与人生挂起钩来，树立了明确的学习目标的；

二、在家长经常的耳提面命之下，懂了学习与人生的密切关系的；三、有"资格"不想也不必怎样努力，反正自己的人生早已由父母负责铺排顺了的；四、厌学也没"资格"，却仍不好好学习，无论家长和老师怎样替自己着急都没用的；五、虽明白了学习与人生的密切关系，虽也孜孜努力，却仍对考上大学没把握的。

对第一种孩子不存在什么学习负担过重的问题，倒是需要家长关心地劝他们也应适当放松。对第二种孩子，家长就不但应有关心，还应有体恤之心了。不能使孩子感到，他或她小小的年纪已然被推上了人生的"拳击场"，并且断然没有了别种选择……

前两种孩子中的大多数，一般都能考上大学。他们和他们的家长，无论社会在主张什么，总是"按既定方针"办的。

对第三类孩子，社会和学校并不负什么特别的责任。"减负"或"超载"也都与他们无关。甚至，只要他们不构成某种社会负面现象，社会和学校完全可以将他们置于关注之外、谈论之外、操心之外。

第四类孩子每与青少年社会问题有涉。他们的问题并不完全意味着教育的问题，也并非"中国特色"，几乎每个国家都有此类青少年存在。他们应是一个值得关注的问题，却也不必大惊小怪。

第五类孩子最堪怜。从他们身上折射出的，其实更是教育背后凸显的人口众多、就业危机问题。无论家长还是学校，有义务经常开导他们，使他们比较能相信——我们的国家还在发展着。这发展过程中，国家捕捉到的一切机遇，其实都在有益的方面决定着他们将来的人生保障……我们为数不少的孩子，确乎过早地"成熟"了。本来，就中小学生而言，他们与学校亦即教育事业的关系，应该相对单纯一些才好。"识字，成有文化的人。"——就是单纯。在这样一种儿童和少年与教育事业的相对单纯的关系中，教育体现着事业的诗性；孩子体验着求知的诗性；学校成为有诗性的地方。学校和教室的简陋不能彻底抵消诗性。教师和家长对学生之学业要求，也不至于彻底抵消诗性。

但是，倘学校对于孩子成了这样的地方——当他们才小学三四年级的时候，教师和家长就双方面联合起来使他们接受如此意识：如果你不名列前茅，那么你肯定考不上一所好中学，自然也考不上一所好高中，更考不上名牌大学，于是毕业后绝无择业的资本，于是平庸的人生在等着你；而你若连大学都考不上，那么你几乎完蛋了。等着瞧吧，你连甘愿过普通人生的前提都谈不上了。街头那个摆摊的人或扛着四十公斤的桶上数层楼给邻家送纯净水的人，就是以后的你……

这差不多是符合逻辑的，差不多是现实。同时，也差不多是某些敏感的孩子的悲哀。这一点比他们的书包更沉。这一点，一旦被他们过早地承认了，"减负"不能减去他们心中的阴霾。于是教育事业对于孩子们所具有的诗性，便几乎荡然无存了。最后我想说——如果某一天，教师和家长都可以这样对中小学生讲——你们中谁考不上大学也没什么。瞧瞧你们周围，没考上大学的人不少啊！没考上大学就过普通的人生吧，普通的人生也是不错的人生啊！……

倘这也差不多是一种逻辑、一种现实，那么，我们就有理由根本不谈什么"减负"不"减负"的话题了。中小学教育的诗性，就会自然而然地复归于学校了。当然，这样一天的到来，是比"减负"难上百倍的事。我却极愿为我们中国的中小学生祈祷这样一天尽早到来！

为自己办一所大学

现在，全中国的大学都在有计划而又尽量地扩招，更有新的大学在兴办着。确乎，有机会读大学的下一代，人数比例是快速地增加了。

但是，不少在别人看来很幸运地考上了大学的学子们，往往一年二年读下来，随之对他们的大学感到了失望。除了名牌大学和热门专业的学子们状态良好，那一种失望是较普遍的。他们在被形容为"金色年华"的六年的时间里，连续经历三次中国特色的升学考试。而那六年从人的心理年龄来讲，是本不该经历那么严峻的"事件"的。真的，他们所经历的三次考试，无论对于他们自己，还是对于家长，难道还不算是严峻的"事件"吗？他们原本以为，终于考上了大学，终于可以在经历了三次严峻的"事件"之后喘息一下了，可是大学里的学业更加繁重，要学四十几门之多，连星期六和星期日还要加课。

家长们普遍有着这样的一种观点——我们已经尽我们的能力使你们无忧无虑了，你们要做好的事情只有一桩，那就是学习。而学习是多么愉快之事啊，你们怎么还水深火热似的呢？

看来，这未免是太局外人的疑问了。

某件事的性质无论对人是多么有益的，当它的进行时成了一种超负荷的过程时，它对人的性质往往会倾斜向反面。即使它的性质原本是诗性的，其诗性也会不同程度地被抵消掉。

大学的课程真的需要四十几门之多吗？

这四十几门之多的课程，究竟是在以学生为中心的教育理念之下确定了的，还是太多地考虑到了其他的因素？

这四十几门之多的课程，真的反而有利于专业的精深吗？

是不是课程的门类越多，便越体现着综合素质的培养呢？

若论综合素质的培养，则我以为，普遍的大学里最薄弱的环节，薄弱得几乎被忽视的环节，反而是人文思想教育的方面了。

而大学里，无论理科的工科的还是文理综合类大学里，倘薄弱了人文思想之教育，那也就几乎将大学的教育功能降低到了民间匠师的水准了。

而即或从前民间的匠师，也是既教技艺，又教做人的。"师傅领进门，修行在个人"——不是好师傅的座右铭，而是好徒弟的座右铭。从前，父母对孩子引至师傅跟前，行过拜师之礼后（从前拜师之礼是大礼），往往说的一句话是——"师傅，托付给您了！"正包含着父母对孩子将来成才的双重的希望——谋生的技能方面和立世的做人方面。而从前的师傅，如果是一位好师傅的话，也总是尽量从两方面不负重托的。"认认真真演戏，清清白白做人。""货真价实，童叟无欺。""同行相冤，莫如相全。"这些都是从前的师傅对徒弟的训诲，具有民间的极朴素的人文教育的意味。初级是很初级的，但毕竟是尽心思了。

现在的大学，一届一届、一批一批地向社会输送着几乎纯粹的技能型人。而几乎纯粹的技能型人，活动于社会的行状将无疑是简单功利的。其人生也每因那简单功利而磕磕绊绊，或伤别人，或害自己。

但是在四十几门课程的压力之下，教师们又怎么能做得比从前的师傅们更好？学子又怎么能在大学里也兼顾做人的自修？

我听说过这样一件事，是一位外国朋友告诉我的，发生在他的外资公司在中国公开招聘的现场：一名大学生填表格之际，错了揉，揉了又错，揉成的纸团便扔在地上；而另一名大学生接连替之捡起，没发现纸篓，便揣在自己兜里……

我的外国朋友将这一切看在眼里，他手指着两名大学生，说："你，不要填了，因为你没有必要再接受面试了；你，也不要填了，后天可以直接来面试。"

我还是不写出那名连填表资格都当场被取消了的大学生是哪一名牌大学的学子了吧。但那一名不必填表就被允许直接面试，并被录取了的学生，我的外国朋友告诉我他是——郑州的一所纺织机械学院的男生。这件事其实和他们各自的学校毫无关系。却不能不说和他们各自做人方面的起码自修有关系。

这世界上的任何一所大学都无法连这一点也一并教着，那么大学就真的是高等幼稚园了。

大学里要不要减负，也主要是国家教委的事情。

其实我最想说的是要说给大学学子们的话：既然对中国大学的

现状不满意，那么就自己为自己办一所大学吧，在自己的心灵里。学生，只是自己一个人；教师，是一切古今中外的学者，或作家，或诗人；教材，是一切自己喜欢的读物，或历史的，或文艺的，或传记的，或足以陶冶性情的甚或足以消遣的。这不用教委决定，这是自己完全做得了主的事；教育方针——自修以及自娱式的阅读，一种最容易向自己一个人推行的教育方针。

这肯定会使你们在大学里的时间更不够用。

那么我进一步的谏言是：除了几门直接关系你们将来择业问题的硬主科，其他一概的课程，对付个及格就行了。某些被列为主科或必考的课程，我以为，无论是对于教着的教师还是学着的学子，都是不值得必争一搏二地对待的。

我对教文化选修课的老师们也斗胆谏言，那就是，千万思想明白了，目前，我和你们在大学里的使命，不妨理解为是一种减缓学子们课程多多的压力，使他们得以换脑的一种方式。在这一纯粹为使他们轻松一时的前提之下，我们或多或少潜移默化地将人文的营养提供给学子们，完全由他们任意地选择性地接受。倘他们的评价是——"我并不反感"，我以为我们便有理由欣慰。

我为将来的中国学子们做这样的虔诚祈祷：有一天在中国有一所按照新理念兴办起来的大学出现了，学子可以只按照愿望主攻一门主科和几门副科。主科当然定是他们为了迈出校门以后择业而学的，副科是他们为了第二职业而学的。教这些课程的老师，又一定会是使他们学得深学得透的老师。其余一概课程，全由他们凭兴趣选修，从社会学到心理学到文化艺术甚至到收藏到烹饪，好比最丰盛的自助餐。目的只有一个，那就是到他们毕业的时候，他们能说："大学不仅仅教给了我谋生之本，还使我成了一个可爱的人，幸运的人，是我一辈子最怀念的地方！"

给自己的头脑几分尊重

读过《安娜·卡列尼娜》这一部名著的人，必记得开篇的两句话——"幸福的家庭是相似的，不幸的家庭各有各的不幸。"

这两句话，在中国也早已是名言了。最近我因授课要求，重新翻阅该书某些片段。掩卷沉思，开篇的两句话，仍是全书中最令我联想多多的话。

曾有学生问我——为什么这两句话会成为名言？我的回答是，首先，《安娜·卡列尼娜》成为名著，这个前提很重要。学生又问，如果《三国演义》没有成为名著，"凡天下大事，分久必合，合久必分"就不称其为名言了吗？如果范仲淹的《岳阳楼记》没有成为名篇，"先天下之忧而忧，后天下之乐而乐"就不称其为名句了吗？……

当然，还可以举出另外许多例子。名言名句不仅出现在小说、诗词、歌赋中，也出现在戏剧、电影、电视中，甚至出现在法庭诉讼双方的答辩中，出现在演讲中的时候更是举不胜举……

关于《安娜·卡列尼娜》这一部小说，托尔斯泰曾写下过三十几段开篇的文字，最后才选择了"幸福的家庭是相似的，不幸的家庭各有各的不幸"两句话。据说，倘用俄语来朗读这两句话，会有诗一般的语韵。这大概也是俄国人特别认同托尔斯泰的原因吧。

我的回答究竟使我的学生满意了没有？进而使自己满意了没有？不是这里非要交代清楚的。

我想强调的其实是这样一种思想——喜欢提问题的人一定是喜欢思考问题的人。人类倘不喜欢思考，我们至今还都是猴子。历史上有人骂项羽"沐猴而冠"，正是恨他遇事不动脑子好好想一想。

窃以为，错误的思想是相似的，正确的思想各有各的正确。当然，正确和错误是相对的，姑妄言之而已。

这里所说的"错误的思想"，确切地说，是指种种不良的甚至邪恶的思想。比如以为损人利己天经地义，以为仗势欺人天经地义，以为不择手段达到沽名钓誉之目的天经地义，于是心安理得，皆属不良的邪恶的思想。是的，在我看来，这样的一些思想是相似的。它们的共同点乃是——夜半三更，扪心自问，有时候还是怕遭天谴的。谢天谢地，迄今为止，这样的一些思想从来不是大众思想的主流。比如"无毒不丈夫"一句话，你不能不承认它也意味着一种思想。然而真的循此思想行事的人，其实是很少很少的。何况此话原本似乎是"无度不丈夫"——果而如此，恰恰是提醒人要善于思考的话。

迄今为止，人类头脑中产生的大部分思想，指那类被我们大部分人所能接受的、认同的，以指导我们行为和行动的后果来判断，是对社会进步有益的——那样一些思想，它们不应只是少数人头脑中产生的思想，而应是我们大多数人，甚至每一个人头脑中都会产生的思想。

我们中国人依赖少数人的头脑为我们提供有益的思想——实在

是依赖得太久太久了，而这几乎使我们自己的头脑的思考能力变得有点儿退化了。

这意味着我们对自己的头脑失去了尊重。现在这个现象似乎也在全球化。有个美国学者写了一本书，叫《娱乐至死》，说的是大家都远离思考，都进入了娱乐状态，从生下来就开始娱乐，一直玩到死。他认为，人类的思想和文化并非窒息于专制，而是死于娱乐。这实在是非常智慧的警世之论。窃以为，不智慧的人是相似的，智慧的人各有各的智慧。

我们需要将我们每个人对自己的头脑的尊重意识重新树立起来。

我们将会发现——正确的思想不但是人类思想的主流，不但各有各的正确，而且经常形成于我们自己的头脑之中。

给自己的头脑几分尊重——于是，我们不仅仅是思想的被动的接受者，也能是思想的主动的提供者了。

给自己的头脑几分尊重——于是，我们明白了这样一个道理：别人的头脑里产生的别种的思想，只要不是邪恶的，也是必须予以尊重的。

给自己的头脑几分尊重——于是，我们明白了这样一个道理：即使我们确信自己头脑里产生的思想是正确的、睿智的，即使别人也这样公认，那也只不过是关于世相，甚至是关于一件事情的许多种正确的、睿智的思想之一而已。

给自己的头脑几分尊重——非但不能使我们因而变得狂妄自大，恰恰相反，将使我们变得更加谦逊和更加温良。因为我们的头脑里会产生出对我们的修养有要求的思想。

给自己的头脑几分尊重——将使我们在对待人生、事业、名利、时尚、爱情、亲情、友情等方面，不再一味只听前人和别人怎么阐释怎么宣讲，而也有自己的独立的见解了。

我们难道不是都清楚这样一种关于世事的真相吗？——别人用别人的思想企图说服我们往往是不那么容易的，只有自己说服了自己，自己才是某种思想的信奉者。

这世界上没有不长叶子的根和茎。我们的头脑乃是我们作为人的"根"，我们认识世界的愿望乃是我们作为人的"茎"。我们既有"根"亦有"茎"，为什么不让它长出思想的叶子来呢？

给自己的头脑几分尊重——我们因而发现，不但人类的社会，连整个世界都需要我们这样；我们因而感受到，不但人类的社会，连整个世界都少了某些荒诞性，多了几分合理性。

给自己的头脑几分尊重——我们因而发现，娱乐使我们同而不和，思考使我们和而不同。

给自己的头脑几分尊重——我们将会发现，思考的过程、产生思想的过程，是一个非常快乐的过程。这种快乐是其他快乐无从取代的。

给自己的头脑几分尊重——我们将因而活得更像个人，更愉快，更自然……

电影是一个国家的明信片

巴尔扎克曾言：小说是一个民族的秘史。任何比喻都是有缺陷的。但是这一点不应妨碍我们接受那些较为恰当的比喻。

而我对电影的比喻乃是——它如同一个国家的声像的明信片，以商品出口的方式，将一个国家的过去、现在甚至将来的资料，文娱性地展示给世界。

像文学一样，人类的历史已有多么悠久，电影的触角就已经回探到了多么悠久。现在，它的触角竟然回探到了人类在地球上出现之前。三维动画片《恐龙世界》形象而又逼真地做到了这一点，而此前全世界并无一部同样内容的小说。文学已有千余年历史，电影的历史只不过才百年。谁都不得不承认，电影在反映历史方面，具有比文学或其他艺术更敏捷的能动性。可以这样形容，那是一种"快速反应"式的人类文娱现象。

人类的文学现象，基本上体现为一种顺应历史时期的现象。文学的历史品质，也基本上是一种纪录现象。

而电影则不同，电影与它以前的历史的关系，不可能不是"时光倒流"的关系。电影在"时光隧道"之中，几乎畅行无阻。尽管，它所重现的历史，往往被极大程度地娱乐化了，被游戏了。但我们这里，先仅谈它的"文娱"化之"文"的方面，亦即具有超娱乐的那一种文化意义。同时我认为，不重视电影之超娱乐的意义来看待电影，不应是大学中文系学子的电影观。大学中文系之学子对电影的认知水平，理当高于一般电影观众。

在重现历史真相、探究历史事件发生的过程（大到人类进化过程，小到一个历史人物之死）中，文学做得多么好，电影就差不多做到了那么好。而文学不能留给人的可见印象，电影却可见性地留给了人。一部电影也许不能告诉人们一部历史书那么多、那么细，这是电影的短处，但电影可以使文字形象化，而这也是电影（当然也是声像技术）无与伦比的长处。

电影是人类复制和重现历史的好途径。尽管这一种复制和重视，比之于真的历史，难免会掺杂了人为戏剧化的成分，使之与严格的历史，亦即正统史书的权威性有一定的差别，但也正是那些戏剧化的成分，吸引了人们对于历史的兴趣。而更多的人对历史发生了兴趣，更多的人才会思考历史，包括那些不识字因而不能从书本上知道历史的人。而对历史的思考多一点儿，对现实的困惑才会少一点儿。因为它可能直接就是人的一种工作。

一部历史性的书籍，往往是超功利的。往往意味着是一种脑力劳动的奉献。它的功利，往往是后来现象。一部文学作品，往往也可能是这样，因为它往往只意味着是作家表达的意愿。

相比而言，电影是特别商业化的文娱现象。因为电影不可能是一个人完成的事情，它是诸多艺术业界从业者通力合作的结果。它需要较大甚至巨大的资金投入。而除了国家行为，世界上肯于承担经济亏损的严重后果而拍电影的人，是极少的。此点决定了电影先天的商业属性。

也正因为这样，实际上我们迄今并没看到，有任何一个国家复制了一部特别完整的、电影式的历史。但几乎每一个国家，都拍摄过不少反映它多个时期的历史事件和历史人物的电影。将这些电影组合在一起，或能跳跃式地反映某一国家从历史走向现在的粗略过程。

故也可以说，电影是一个国家的"老照片"册。

电影对于一个国家的现实的反映，其能动性也是绝不逊于文学的。

在这里，"现实"二字，首先，是一个相对的时间概念，一般指当下时代。一个时代以十年计，那么严格的现实题材，无论对中国还是外国，应指二〇〇〇年至二〇一〇年之间的电影题材。注意，我们这里说的是题材，即内容的时间背景。其次，是指风格。我们都知道，现实主义是一种创作风格。我们这里谈的，是指以现实主义的风格反映现实生活的电影。各个国家的多个时代，都有现实题材的经典电影。已经成为过去时现象的这一类电影，我们叫它90年代的现实题材电影、80年代的现实题材电影、70年代的、60年代的等等。一般而言，四十年以前之内容的，我们又该叫它准历史电影了，比如《芙蓉镇》《天云山传奇》《巴山夜雨》，既然"文革"已成历史，那么它们当然是准历史题材的电影——距现时代不太悠久的一种历史。当然，这些分法是相对的。

可以这样说，现实题材的电影像现实题材的文学一样，对于现实具有无孔不入的反应的敏感、兴趣和能动性，像镜子，有时又像放大镜，甚至像显微镜，还有时像多棱镜或哈哈镜。

当传统的现实主义被电影编导们认为不足以承载他们对现实的表现欲时，于是自然而然地产生了荒诞现实主义、黑色现实主义、心理现实主义、魔幻现实主义、病态现实主义、意识流现实主义、生活流现实主义等等现实主义的"异种"。

电影运用这么多的现实主义方式反映现实，而且曾争先恐后地反映现实，那么现实社会中居然还没被电影反映过的边角，确乎不多了。电影却仍在瞪大着它的睽注之眼扫描现实，时刻准备有所动作。

当然，我们这里谈的主要是外国电影。

谁都难以否认，中国电影的现实主义之能动空间是极有限的。

中国电影很"中国特色"，另当别论。

近十年来，美国生产了一大批超现实题材的电影。

美国的历史在世界诸国中差不多是最短的。

美国本身没有太多的历史题材可供电影来进行炮制。

美国电影的长项是现实题材和超现实题材。两者之间，后一种电影是美国的最长项电影。

美国超现实题材电影十之七八乃是具有科幻和异怪色彩的商业大片。它在这方面的制作实力每使别国望洋兴叹。

但是中国电影界显然对美国大片缺乏分析，因而陷入了认识误区。

在美国，普适的人文元素一向被认为是商业大片必须承载的元素，诸如英雄主义、牺牲精神、拯救使命、正义、崇高、见义勇为、舍己为人等等。

没有此类元素，所谓商业大片，就几乎等于是高级的声像杂耍。

可以不深刻，但是不可以不郑重。

美国大片编导们深谙此理。

他们不但在力图吸引观众眼球方面深谙此理，在弘扬人类正面价值观方面也一向毫不含糊。

没有一位美国大片导演，甘愿被视为只不过是一个高级的声像杂耍人。

而在中国，情况分明反了过来。

我们很难从非国家行为的大片中看到对人类正面价值观念的自信的表现，倒是对阴谋诡计的着力构思似乎来得更加自信和如鱼得水。

也许，我们的大片编导们，根本不信人类有什么正面的稳定的价值观念吧！

果真如此，中国大片除了能夸耀其宣传造势和商业利润，还能有另外的什么良好感觉吗？

以上个人看法，不一定对，甚而也许偏颇。无非是抛砖引玉，启发同学们即使在看一部娱乐电影时，头脑之中也要想点问题。

中文系乃是一个对任何文化现象都应进行思想的专业。中文系乃是整合人的思想力的专业。

中国故事
——记我的学生俞德术和杨燕群

光阴似游云。调入北京语言大学，已三年矣。

三年中，我有幸教过些非常可爱的好学生。我很喜欢他们。他们有什么忧烦，也每向我倾诉，或在电话里，或到家里来。而我，几乎帮不了他们。夜难寐时，扪心自问，实愧为人师。听学生言人生之一波三折，心疼事也。

俞德术和杨燕群，便是我喜爱的两名好学生。不仅我喜爱他们，语言大学中文系的老师几乎都喜欢他们。他们是没任何争议的好学生。对于大学中文系，以及教中文的老师，他们是多么宜善的学生。他们是一心一意冲着"中文"二字才报考中文系的。中文老师教他们这样的学生，是欣慰，也是幸运。

我调入语言大学后，曾这么表明过我的态度：第一，不教大一、大二，也不教大四，只教大三。第二，不带研究生。

依我想来，大一、大二，是普遍之中文学子需要在大学里进行"中文"热身的两年。因为他们成长的文化背景是特别多元亦特别芜杂的，且以娱乐性为最大吸引力，而大学课堂上讲授的文学，大抵是要叩问意义和价值的那一种。相对于中国，这一点非常重要。在中国，倘大学中文课堂上讲授的文学，居然是兴趣阅读的那些，则未免令人悲哀。故我常对我的学生们这么要求："不要强调自己喜欢读哪类作品、喜欢看哪类电影，而要明白自己必须读哪类作品、必须看哪类电影！因为你们不是别的什么专业的学生，而是中文专业的学生。中文既是一个专业，便有专业之教学宗旨。"

一名高三学生倘从初一开始便孜孜不倦地读了许多文学作品，那么他很可能在高考竞争中失利败北；而他居然坐在中文课堂上了，则往往意味着他从初中到高中并没读过多少课外的文学作品。所以大一、大二，他们也要补读些大学中文学子起码应该读过的文学书籍才好。到了大四，任何一个专业的学子，面临考研冲刺和择业压力，心思已难稳定——那最是中文课成效甚微之时。故我明智地将"欣赏与创作"课开在大三。至于带研究生，我想，喜欢中文而又果真具有中文评创潜质的学生会不会成为自己的研究生，乃是由缘分来决定的，非我自己所能选择，于是不存妄念。

俞德术和杨燕群，便是两名喜欢中文而又果真具有中文评创潜质的学生。

德术是我教过的第一届学生之一，是他那一班的班长，但并不是我那一门选修课的班长。我那一门选修课的班长，我很随意地任命了另一名男生，他后来也成为我喜欢的学生。我自然对我的学生们一视同仁地喜欢，区别仅仅是——哪些学生对选择了中文无怨无悔，我难免会更偏爱他们几分。三年前有二十几名学生选择了我开的选修课，男生居半，皆无怨无悔者。我和他们情谊深矣，他们人人都给我留下很深的印象。

记得我在第一节课上点名认识大家时，往黑板上写下了"德术"二字，看着，寻思着，遂问："德者，修养也，当避术唯恐不及。你的名字何以起得偏偏亦德亦术呢？有什么深意吗？"

德术坐在最后一排，憨厚地无声地笑。

我欲调解课堂气氛，诚心揶揄："天机不可泄露是吗？那么下课你留下，悄悄告诉老师。为师是求知若渴之人也。"

众同学笑。

德术红了脸，不好意思地说："一生下来父亲给起的。别人从没问过我，我也从没问过我父亲。"

我竟真的觉得"德术"二字非比寻常了，忍不住又问："你父亲是从事什么工作的人呢？"

他迎着我的目光，坦白地说出两个字——"农民"。

……

从学校回到家里，于是多思，暗想我的调侃，是否会伤害了那一名叫俞德术的男生的自尊心呢？也许是受了传媒的影响，我在从文学界转至教育界之前，形成了某些对中国当代大学学子不良的印象。其中之一便是——心理敏感多疑，自尊心过强且脆薄。而我乃率性之人，出语殊无遮拦，于是唯恐无意间伤害到了他们的自尊心。

下一周我上课时，早早地就来到了教室里，见德术从我面前经过时，我叫住他，说："俞德术，老师郑重向你道歉。"他愣愣地看着我，不解。我说："老师不该在课堂上当众调侃你的名字。"他又憨憨地笑了，脸也红了，连说："没事的，没事的……"反而不知所措的样子。我说:"你不小心眼儿?"他求援地问几名男生:"不,不,不信你问他们……"几名男生也都笑了,皆曰:"老俞根本不是那种小心眼的人!"我大为释怀,不由得亲密地拍了拍他的肩。从那一天起,我牢牢记住了他的名字。

是的,男同学有时叫他"德术",更多的时候叫他"老俞"。尽管他长着一张端正又纯朴的脸,满脸稚气。而且呢,在所有的男生中个子还偏矮(那一届的男生中很有几个是高大的小伙子)。

他在男生中极具威信,在女生中尤受拥戴。

有次,我背着男生们问女生:"你们是不是都很喜欢德术?"

她们纷纷点头。

又问:"为什么?"

答曰:"德术对同学们总是像大哥哥!"

"老师,德术可懂事啦!"

"全班数他家生活最困难,但是你看他总是一副那么乐观的神情!""自己家里那么多愁事,当班长还当得特别负责任,处处关心同学们,我们内心里都很敬佩他。"女生们说到他,就像说一位兄长。

那一天下课后,我到学办去了解他的家庭情况,遂知他是一名来自大山深处的农家子弟,父母不但都是农民,且身体都很不好;有一个弟弟,常年在外省打工,靠苦力挣点儿血汗钱,微济家庭;还有一个妹妹,正上初中;他自己,是靠县里一位慈善人士资助才上得起大学的。他第一年高考落榜,第二年高考成为全县的文科状元……

于是我想,以后我要特别关爱德术这一名贫困的农家学子。每在课堂上望着他时，目光没法儿不温柔。

两个月后，我资助班里的男同学办起了一份一切纯粹由他们做主的刊物《文音》。

但我翻罢第一期刊物，在课堂上将他们严肃地、毫不留情地批评了一通——大意是校园学生刊物那种飘、玄、虚、甜的莫名烦恼，佯装愁悒，卖弄深刻的毛病太甚。记得我曾板着面孔，手指着窗外大声质问，课堂上一片肃静，学生们第一次领教了他们的梁老师也有脾气。

德术是《文音》的社长，另一名我同样喜欢的好学生吴弘毅（已考取北大中文系研究生）是主编。

那一天，他们的自尊心受到了一次来自我的打击——也几乎可以说是攻击。

后来，德术就交给了我他的第一篇小说《少年和邮差》：讲一个少年，只能到离家四十余里的县城去上中学，还要翻过一座乱碑杂立、荒冢叠堆的山。一个星期日，他因母亲病了，返校时晚。走至半路，大雨滂沱，雷电交加。他多希望能碰到一个人陪他过那座山。但果然碰到一个从头到脚罩在黑雨衣里的人之后，他心里反而更觉恐惧了。那是一名乡间邮差，他也要翻过那一座山回自己家住的村庄去，他胃病犯了，疼得蹲在山脚。他向少年讨吃的。少年书包里有六个鸡蛋，是母亲一定让他带着的。那是他在学校里一星期苦读的一点儿营养来源。少年一会儿给邮差一个鸡蛋，生怕邮差不陪自己往前走了。而邮差，吃了两个鸡蛋以后，不忍再吃少年的第三个鸡蛋了。他将少年遮在雨衣内，不但陪少年翻过了山，还陪少年走过了自己家住的村庄，一直将少年送到县城里，送到校门口。少年的父亲，以前也是邮差，也就是说，是一个每月能靠送信拿一份少得可怜的"工资"的农民。路上，少年已经从邮差口中得出结论——正是对方，使自己的父亲丢了邮局系统的编外工作，转而去矿上替私人矿主采煤，并死于矿难……少年下一个星期返校前又自己煮了几个鸡蛋，在每一个鸡蛋上都扎了些孔，往里填塞了毒药。他在山脚下等着那邮差，并且等到了。然而邮差不再向他讨吃的。少年硬给，邮差也不接了。邮差陪少年翻过了山，一路尽说些勉励少年好好学习的话。再以后的几年里，少年和邮差经常成为路伴。再再以后那少年考上了北京的一所大学。毕业后，少年用第一个月的工资，为邮差买了一双雨靴和一件雨衣。但他寄出的东西被退回了，因为那邮差已死于胃癌……

我读罢德术的"作业"，如获至宝，非常激动，在课堂上以大加赞赏的话语点评了它，并由之谈到大学校园文学之情调和我所再三讲解的文学情怀和区别……

而德术，竟显得那么不知所措。分明地，那太出乎他的意料了。

接着，他又写出了一篇两万八千余字的《父亲》，与我获全国短篇小说奖的《父亲》的字数几乎相等。只不过他写的是一位农民父亲，而我写的是一位工人父亲。

我评价他的《父亲》同样是一篇"力作"。

颓败的农家的房屋；被贫穷压迫得几乎根本没有欢乐时光可言的日子；脾气越来越坏的父亲；父母间无休止的争吵；受了委屈而赌气出走的弟弟，几次面临辍学的无奈的妹妹；自己一度的轻生念头……一切一切，德术这个来自大山深处的农家学子全都如实写来，毫无隐讳。他写得冷静又克制。然而，那真的是一篇情怀深郁的小说。

记得我曾在课堂上这么说："当某些来自穷困之境的学子千方百计企图掩住自己的穷困的家庭背景时，德术的《父亲》是需要大勇气的写作，这一份勇气是极其可敬的！"

于是同学们鼓掌了。我清楚，掌声并非因我的话而起，同学们是因了德术的勇气才情不自禁的。

我"指示"他的两篇小说要同时发在下一期的《文音》上。

下课后，他真诚地对我说："老师，我是社长，不要一期发我两篇，那多不好！"

我说："好。"

我回到家里，他又往我家里打了一次电话，重申他的态度。

而我专断地说："那是我的决定。"

那一期《文音》特厚，主编吴弘毅写了《父亲的天空》；男生孙同江写了农村题材的小说《天良》；方伟嘉写了《雨夜》；班上的诗人裴春来写了小镇组诗，后来有两首重发在《人民文学》上……

我开始经常请男生们吃饭了。每次主要由德术点菜，并替我结账。他专拣便宜的菜点，一心为我省钱。自然，我每次免不了亲自点几道菜，以使餐桌上荤素兼备。对于我，那是一些快乐的日子，我的学生们给予我的。

有次我当着几名男生的面问德术有女朋友没有。他微微一笑，垂下头，竟没回答一句话。几天后，我在学校的信箱里有了德术写给我的一封信，信中说："老师，我认为我现在还没资格谈情说爱。

我已决定不考研了。我要争取在毕业前多增长一点儿中文的从业能力，毕业后尽快找到工作，挣一份工资，帮我弟弟成家，供我妹妹上学，为我家里盖起一幢像样的房子……"我于是联想到女同学说他懂事的话。有弟弟有妹妹的学子，和独生子女学子的不一样，正体现在这些方面。其懂事，也体现在这些方面。德术毕业前，我曾替他联系过一个文化单位，他也去实习过三四个月，给那单位留下了很好的印象。但最终，我和他共同的愿望还是落空了。

目前，德术是北京一家晚报社的记者，负责报道影视和文化娱乐新闻。他爱他的工作，也胜任愉快。但，每天的工作量是很大的。我最近几次见到的他，比当学子时瘦多了。然而他确乎更加乐观和自信了。因为，他那一份工资是比较令他满意的。毕竟，对于他，为生存而谋的人生，应该摆在首位。

杨燕群是俞德术下一届的女生。她是侗家女儿，是从一个离县城二百多里的小小的侗寨考入北京语言大学的。她的第一志愿便是中文系，她是冲着中文考大学的。她崇拜沈从文。沈从文的家乡凤凰城是她们那个县的邻县。

到了她这一届，我教的选修课已有五十来名学生了。我舍不得占用上课的时间点名，所以大多数同学我都叫不上名字来。对于她，很长一段时期内我不曾注意过。她是一名纤小而沉静的女生，说话像我一样，语速缓慢。

我从人文学院的院刊《来园》上，读到了一篇人物散文《阿婆谣》，又是一番惊喜。事实上我认为，写人物的散文与写人物的小说，有时有些区别，有时并无大的区别。比如鲁迅笔下的闰土，倘写时情节细节再丰富些，未尝不会是一篇《祝福》那样的小说。所以我在点评《阿婆谣》时指出，视其为小说或散文，已根本不重要。在这一类文学作品中，人物本身即主题，即意义，即所谓文学的价值所在。重要的倒是，写某一个具体的人物这一种写作初衷是否有特别的意义，以及是怎样的意义。

燕群写的是自己的阿婆——一位侗家老人，一位对生活和生命抱着极其达观的态度，韧性极强的，一辈子辛劳不止而又从不叹怨命运、从不以辛劳为不幸为苦楚的老人。她身上闪耀着一种最底层的民众身上所具有的浑朴的本能的人生诗性。连我们若同情她的辛劳不止，都会显得我们自己太不知人性的况味。一只仿佛长在阿婆背上的竹篓，将燕群从小背到大，后来又背她的弟弟……

我对同学们说："《阿婆谣》回答了这样一个问题——写什么、为什么写和怎样写三者的关系，在中文的教学中是不能颠倒了来谈论的。文学作品的优劣首先并不是由怎样写来决定的。一个尊重文学的人，他更多的时候其实是在反复地决定写什么，是在反复地叩问为什么写。《阿婆谣》意味着，在大学校园内学子们的写作几乎千篇一律的现象中，与众不同才具个性。别人写什么我也写什么，别人怎样写我也怎样写，于是被同化。"

那一天我才知道，燕群是《来园》的主编。我们的《来园》也一向由同学们自己办的。

不久，燕群交给我一篇作业是《秋菊》，她写的是她邻家叫她为"姐"的少女：幼年丧父，母亲生性迟钝，小弟弟还需秋菊整天背着，而秋菊自己也不过才十二三岁。生活是穷得家徒四壁了。母亲能使一家三口每天吃上三顿饭就已不错，连盐也得经常向"姐"家借。而秋菊对人生最大的憧憬，也可以说是野心，则只不过是希望有哪一个好心的村人偷偷将她领到外地去打工。没人给过她希望。因为她还分明是个小姑娘。在全村人中，"姐"对她最好。所以她有一天鼓起勇气，向"姐"提出了自己的请求。她满眼含泪，那等于已是哀求。但"姐"只有拒绝她，因为"姐"只不过是到县城里去读书，而不是在打工。因为"姐"自己也没有去过比县城更远的地方。秋菊的绝望可想而知。然而她泪流满面竟还是没有哭出声。但手中的碗掉在地上碎了，向"姐"家借的盐，白花花撒了一地……"姐"上高中时，才十五岁多一点儿的秋菊出嫁了。她的母亲和她同一天又嫁人了，男方是一个瘸老头儿；而娶走她的男人，虽然才三十四岁，但也竟比她大整整十八岁，因为她才十五岁，是隐瞒了年龄才嫁得了人的。人们说她的丈夫除了经常醉酒，再没有什么别的大缺点。母女二人在同一时刻，也在同一阵爆竹声中上了两个不同的男人赶来的马车，各奔东西。弟弟随母亲去了。一家三口就如这般闹着玩儿似的解体了。在"姐"也就是燕群的印象中，那一天的秋菊，第一次穿了一身新，红衣红裤红鞋子，神色是那么懵懂，那么恓惶和无助，仿佛不是新嫁娘，仿佛被别人打扮了一番，只不过是要去演一场自己不感兴趣，也不懂，只有别人才懂的乡村"社戏"。当两辆马车各奔东西时，秋菊终于喊了一声"娘"，在马车上哭了。而乡亲们，尤其是阿婆，则都感到那么欣慰——秋菊一家三口总归可以活下去了。阿婆在整件事中起到无比善良又无比热心的作用，她一会儿望着这边远去的马车，一会儿望着那边远去的马车，祷告般地喃喃着："这下就好了，这下就好了……"

当燕群作为大学学子回到家乡探家时，听阿婆告诉新闻似的说，秋菊要做母亲了。这个秋菊叫过"姐"的女大学生，忍不住到乡卫生院去看望了秋菊一次，秋菊刚生下孩子，由于体质弱，奶水不足，而且乳头也凹陷着，所以两个乳头被系了线绳，朝上吊着。秋菊居然略微胖了一点儿。秋菊接受那样的"治疗"显然很疼。疼得紧皱双眉的秋菊，不好意思地，以小小的声音又叫了一声"姐"。那一年的秋菊，还是差几个月才满十八岁。待周围没别人时，秋菊说："姐，我到大城市去打工的心思一直也没死……"

记得我曾在课堂上说："杨燕群，你交的不仅是作业。如果这还不算是文学作品，那么老师就不知道什么才算是文学作品了。"

我还说："杨燕群同学的秋菊，比张艺谋拍的电影《秋菊打官司》，对人具有强大得多的震撼力。"

燕群的《秋菊》使我非常感动。《秋菊》也使我看真切了，我教的这一名女生，她有一颗善良的、富有同情的心。从《阿婆谣》到《秋菊》，是她的文学情怀的一次提升，一次从亲情到社会人文情怀的提升。燕群的毕业论文是她那一届学生中最好的，题目是"从儿童视角看乡土小说的家园诗性"，行文清丽练达，不炫辞藻，老师们给出了最高分数。

我曾私下里对一位老师说："杨燕群在文学的理性思维和感性思维两方面都是一名难得的中文系学生。"而那一位老师说："能教这样的学生是教师的福气。"

和德术一样，燕群也有一个弟弟。因家境之难以成全，她也放弃了考研……如今她在北京一家报社工作。那是一份大报，却不是党报。故名牌大是颇大的，效益却似乎不怎么好。燕群被招为临时的记者，工资微薄。

但是她并未沮丧，像她的外婆一样达观着。

有次，她给我打电话，说一家私营企业的老板表示要录用她做文秘，问我她去还是不去。

我的第一反应是："给多少工资？"

她说比报社给的工资多不少。

我说："去！不要错过机会。"

她又问："那，文学呢？"

我说："生存第一，爱情第二，文学第三！"

她那端沉默片刻，低声道："我怕以后回不到文学了。"

我说："人生很长，别这么想。"

自觉等于没有作正面的回答，又说："倘真回不到文学了，不回到文学也罢。只要你以后人生顺遂，老师们便都替你高兴。"

然而燕群没去当文秘，至今仍留在那一家报社，至今仍寻找机会与文学发生最亲密的接触……

而我，对于德术和燕群这样的学生，内心每生大的内疚。早知他们迈出校门后的从业方向将注定了是当记者，我又为何不在他们是学生时，多给予他们一些采访的经验呢？

现在，我在我的选修课上，几乎方方面面与中文有关的能力都见缝插针地讲讲了。说来好笑，我曾将几大册广告设计图本带到课堂上，煞有介事地侃侃而谈广告创想的现象……

当代之中国大学的中文应该怎么个教法，我实已困惑。

然而有一点我是非常清楚的——社会所普遍需求的非是原态的知识，而是由知识化成的从业能力。那么，凡与中文学科相关的能力，我通晓几许，就尽我所能给予我的学生们吧！归根结底，在当前的时代，仅靠书本知识居然得以为生的，毕竟只不过是极少数。大多数人都要靠能力来从业。我已是一个不希图什么成就感的人。身为教学工作者，见我的学生们一个个都好好地工作着、生活着，我便得安慰。否则，大沮丧也！

诲人：训谆谆教导

父亲从来不做自己胜任不了之事。他一生不喜欢那种滥竽充数的人。

母亲也就以她母性的本能，义不容辞地将儿女庇护在自己身边。像一只母鸡展开翅膀，不管自家的小鸡抑或别人家的小鸡，只要投奔过来，便一概地遮拢翅下……

只有那些明知自己做不到的人，才往往喋喋不休地证明自己……行动总是比无动于衷更具影响力。任何一种行动本身便是一种影响，任何一种行动本身都能起到一种带动作用。记得我小的时候，家母对我的第一训导就是——不许撒谎。"不忍"就意味着"心太软"。

"心太软"每每要付出代价。最沉重的代价是搭上自己的命。一种情况是始料不及，另一种情况是舍生取义。"师傅领进门，修行在个人。"——不是好师傅的座右铭，而是好徒弟的座右铭。怀疑是一种心理喷嚏，一旦开始便难以中止。高贵的人不必是圣人。不是圣人一点儿也不影响他们是高贵的。人啊，敬畏时间吧。因为，它比一位神化的"上帝"对我们更宽容，也比一位神化的"上帝"对我们更严厉。一个人的欲望的非理性增长，也很可能毁了一个人的一生。

人类欲望的无节制膨胀，也可能毁了人类，毁了地球。你要多多关注现实，使你的眼，你的心，你的思想，常对现实处于反应敏感的状态。如我所常比喻的，像海星那般。和人忘乎所以地玩一小时，胜过和人交往一年对人的认识……

希望是某种要付出更高代价的东西。希望本身无疑是精神的享受，也许还是世界上主要的精神享受。

阳光底下，再悲惨、再恐怖的事情，都能以人的胸襟和对生命的热爱而将它包容。人类正是靠了这一种伟大的能力繁衍到今天的。

享乐的海绵堆也是能吞没人的。

我们在我们是儿童的时候就已经开始教育我们自己了。

我们在我们是少年的时候，就已经开始怀疑甚至强烈排斥大人们对我们的教育了。

老年人，也许只有老年人，在临近生命终点的阶段，积一生几十年之反省的力量，才可能彻底否定自己对自己教育的失误。

至今我仍是一个活在"好人山"之山脚下的人。仍是一个活在"坏人坑"之坑边上的人。在"山脚下"和"坑边上"两者之间，我手执人的羞耻感这一"教鞭"，比以往任何时候都更加"师道尊严"地教诲我自己这一个"学生"。

没有学生时代的人生是严重缺失的人生，正如没有爱的人生一样。

教育是文明社会的太阳。

浅薄而故作高深，在大学时期是最可以原谅的毛病。倘不过分，不失为一种大学生的可爱。

人心比一切房间都小。一切房间都可用不同档次的家具摆满，而人心之充实却是不容易达到的境界。是否人心内越空落，越需要往家里添置更多的东西呢？

　　我从前引人为友太轻率。太一厢情愿。还太"滥"。如今的我，正改着这缺点。

　　一个好人的去世，定给我们留下许多怀念。有如心灵的营养，滋润着我们的情感，使我们的情感更趋于良好与美好的挂牵。这实在是好人辞世前对我们的最后贻赠啊！

　　即使你的思想真比他人深刻，也绝不应因这一点而忽略了他人的存在。

　　世上，是真有一些人的人心，只能用地狱比喻的。否认这一点是虚伪。害怕这一点是懦弱。

　　祈祷地狱般的心从善，是迂腐。好比一个人愚蠢到了祈祷这世上不要有苍蝇、蚊子、跳蚤、蛆、毛毛虫、毒蛇和蝎子之类。

　　一个人的名气，和一个人究竟可敬不可敬，有很多时候恰恰是成反比的。

　　一种活法，只要是最适合自己的，便是最好的，最美的。当然，这活法，首先该是正常的正派的活法。

　　一个正日渐变得虚伪起来的人，大抵是奉献不出多少真情抚慰别人的心灵的。连自己都对自己看透了，都对自己很不屑的人，还是以不走近他为好。

　　当我们长大成人了，我们才感到失落。当我们失落了，我们才感到愤怒。当我们愤怒了，我们才感到失望。当我们感到失望了，我们才觉醒。当我们觉醒了，我们才认为有权谴责！

我认为，对于身为教师者，最不应该的，便是以贫富来区别对待学生。

教育的社会使命之一，就是应首先在学校中扫除嫌贫爱富媚权的心态！正直与否，这是一个人品质中最重要的一点。你的朋友们是你的镜子。你交往一些什么样的朋友，能"照"出你自己的品质来。一个产生了又坏又强烈的欲望的人，一个这样的人而不能够审省、判断自己欲望的好坏，并且不能够控制它，那么这个人对别人是危险的人。每一种欲望的满足，几乎都是以放弃另一种或另几种欲望为代价的。有所准备的人，必能从糟的活法重新过渡到另一种好的活法，避免被时代碾在它的轮下。人总是要比的。比的意识几乎伴随人的一生。人老了还是要比。

人是活到老比到老的。比是人生的功课。能学好这门功课不容易。当爸的感觉在现代是越来越变得粗糙而暧昧了啊！决定我们命运的，不是我们的际遇，而是我们对过去际遇的看法。看一个人的品格如何，更要看这个人对无利于他的人取什么态度。只要我们自己不俗，则与他人的交往便不至于被俗所染。我不主张年轻人培养什么"交际"能力。年纪轻轻的，时间和精力不用在正地方，"交"的什么"际"？自然地与人交往而非技巧地与人交往，这最好。人生得一知己固然少点。得"一帮"也就不叫知己了，成"弟兄会"了。三五知己可也。

我只知世上有一种友情如陈酿——我珍重这一种友情。我对这一种友情的原则是——绝不利用来将自己的困难强加于人。

一个人的威望中如果仅剩下了权威在分明地突出着，那么他也就没什么魅力了。

被认为优良的事物，必定会成为中心事物。

人也是这样。

我们依赖于母亲而活着，像蒜苗之依赖于一棵蒜。当我们到了被别人估价的时候，母亲她已被我们吸收空了，没有财富和知识。母亲是位一无所有的母亲。

嫉妒人是没有办法的事。从伟大的人到普通的人，都有嫉妒之心。没产生过嫉妒心的人是根本没有的。

敬意和卑恭联系在一起，有人必认为是轻贱可笑的。一直以来，我自己也这么觉得。但一种卑恭的敬意由心而生时，我终于明白，它往往也可以证明那敬意的真实。

人怎么看待自己美或不美，怎么面对人人都无法最终避免的衰老，实际上更是一个人生观问题。而自我意识是无法整形和美容的……

同是文盲，母亲与父亲不大一样。父亲是个崇尚力气的文盲，母亲是个崇尚文化的文盲。

父亲的教育方式是严厉的训斥和惩罚。父亲是将"过日子"的每一样大大小小的东西都看得很贵重的。母亲的教育方式堪称真正的教育。她注重在人格、品德、礼貌和学习方面。

我们企图说服别人，又都很难被别人说服。

有句话说："江山易改，本性难移。"人的秉性，也主要指人的气质。气质，无论高低优劣，对人来说都是根深蒂固的。

第三辑 人性的原点

　　水往低处流这一点最接近人性的先天本质。人性体现于最自私的一面时，于人永远是最自然而然的。正如水往低处流时最为"心甘情愿"。一路往低处流着的水不可能不浑浊。

论崇高

崇高是人性善的极致体现，以为他人为群体牺牲自我作前提。

一个时期以来，"崇高"二字，在中国成了讳莫如深之词，甚至成了羞于言说之句。我们的同胞在许多公开场合眉飞色舞于性，或他人隐私。倘谁口中不合时宜地道出"崇高"二字，那么结果肯定地大遭白眼。

而我是非常敬仰崇高的。我是非常感动于崇高之事的。

我更愿将崇高与人性连在一起思考。

我认为崇高是人性内容很重要也很主要的组成部分。我确信崇高也是人性本能之一方面。确信它首先非是任何一类道德说教的成果。既非宗教道德说教的成果，亦非政治道德说教的成果。

我确信人性是由善与恶两部分截然相反的基本内容组成的。若人性恶带有本性色彩，那么人性善也是带有本性色彩的。人性有企图堕落的不良倾向，堕落往往使人性快活；但人性也有渴望升华的高贵倾向，升华使人性放射魅力。长久处在堕落中的人其实并不会长久地感到快活，而只不过是对自己人性升华的可能性完全丧失信心，完全绝望。这样的人十之七八都曾产生过自己弄死自己的念头。

产生此种念头而又缺乏此种勇气的堕落者往往是相当危险的。他们的灵魂无处突围便可能去伤害别人，以求一时的恶的宣泄。那些在堕落中一步步滑向人性毁灭的人的心路，无不有此过程。

但人性虽然天生地有渴望升华的高贵倾向，人类的社会却不可能为满足人性这一种自然张力而设计情境。这使人性渴望升华的高贵倾向处于压抑。于是便有了关于崇高的赞颂与表演，如诗，如戏剧，如文学史和民间传说。人性以此种方式达到间接的升华满足。

崇高是人性善的极致体现，以为他人为群体牺牲自我作前提。我之所以确信崇高是人性本能，乃因在许多灾难面前，恰恰是一些最最普通的人，其人性的升华达到了最最感人的高度。

一九六一年十二月十七日，巴西某马戏团正在尼泰罗伊郊区的一顶尼龙帐篷下表演，帐篷突然起火，二千五百名观众四处逃窜，其中大部分是儿童。

一个农民站在椅子上，大喊："男人们不要动，让我们的孩子们先逃！"

他喊罢立刻安坐下去。

火灾被扑灭后，人们发现三十几个人集中坐在椅子上被活活烧死，都是农民。

没谁对他们进行过政治性的崇高说教。他们都非是教徒，无一人生前进过一次教堂。

一八八九年五月三十一日，位于美国宾夕法尼亚州的约翰斯敦水库十二英里长的水库堤坝全线崩溃，泻出水量四十万立方英尺，五十六亿加仑的水重达二千万吨，压塌了山谷，顿时将约翰斯敦和周围的十几个城镇摧为废墟。

下游城镇的几乎全体居民发动了空前自觉的营救。许多人为救他人而献身。

一九一三年，美国俄亥俄、印第安纳、伊利诺伊等州洪水泛滥成灾，十二万五千居民被困在屋顶和树上，许多居民自发地组成了互救队，涌现了许多感人的崇高、英雄主义的事迹。七十高龄的国家货币注册公司经理帕特逊，只着短裤，独自驾舟往返于各街道之间，从水中救起几十人……十二名电报业务员坚守岗位六十余小时，她们不知亲人安危与否，半数人因过度疲劳而昏倒。俄亥俄州特立华大学的学生们也涌现出了一桩桩可歌可泣的营救事迹。两名学生和一位老教授划船救了几十人后，船被大浪掀翻，师生三人一起遇难……

伊利诺伊州州长灾后的一次讲演中有这样一句话："在此次灾难中，上帝引导我们中许多人舍生忘死，先人后己。这些人便是上帝，他们人性中的崇高美点永垂不朽！"

世界各地从古至今的每一次灾难中都曾有崇高之烛闪耀过。我们人类的人性中的崇高美德接受过何止百次严峻的检阅？

一九九八年，中国南北两地的抗洪救灾，也何尝不是经受这样的大检阅呢？之所以感人，恰因那种种的崇高，乃是被标定在人性最高的位置上昭示于我们啊！

其他任何位置，依我看来，都非那种种崇高真本的位置。中国人，珍视啊！千万不要扭曲了它啊！一想到这里，我不禁忧郁起来……

人性似水

天地之间，百千物象，无常者，水也；易化者，水也；浩渺广大无边际者，水也；小而如珠如玑甚或微不可见者，水也。

人性似水。

一壶水沸，遂蒸发为汽，弥漫满室，削弱干燥；江河湖海，暑热之季，亦水汽若烟，成雾，进而凝状为云，进而作雨。雨或霏霏，雨或滂沱，于是电闪雷鸣，每有霹雳裂石、断树、摧墙、轰亭阁；于高空遇冷，结晶成雹；晨化露，夜聚霜……总之一年四季，十二个月二十四节气，雨、雪、霜、雹、露、冰、云、雾，无不变形变态于水；昌年祸岁，也往往与水有着密切的关系。乌云翻滚，霓虹斜悬，盖水之故也；碧波如镜，水之媚也；狂澜巨涛，水之怒也；瀑乃水之激越；泉乃水之灵秀；溪显水性活泼；大江东去一日千里，水之奔放也。

人性似水。

水在地上，但是没有什么力量也没有什么法术可以将它限制在地上。只要它"想"上天，它就会自由自在地随心所欲地升到天空进行即兴的表演。于是天空不宁。水在地上，但是没有什么力量也没有什么法术可以将它限制在地上。只要它"想"入地，即使针眼儿似的一个缝隙，也足可使它渗入到地下溶洞中去。这一缝隙堵住了，它会寻找到另一缝隙。针眼儿似的一个缝隙太小了吗？水将使它渐渐变大。一百年后，起先针眼儿似的一个缝隙已大如斗口大如缸口。一千年后，地下的河或地下的潭形成了，于是地藏玄机。除了水，世上还有什么东西能像水一样在天空、在地上、在地底下以千变万化的形态存在呢？

人性似水。

我们说"造物"这句话时，头脑之中首先想到的是"上帝"，或法力仅次于"上帝"的什么神明。但"上帝"是并不存在的，神明也是并不存在的。起码对如我一样的无神论者而言是不存在的。水却是实在之物。以我浅见，水即"上帝"。水之法力无边。水绝对地当得起是"造物"之神。动物加植物，从大到小，从参天古树到芊芊小草，从蜗蚁至犀象，总计百余万科目、种类，哪一种哪一类离得开水居然能活呢？哪一种哪一类离开了水居然还能继续它们物种的演化呢？地壳的运动使沧海变成桑田，而水却使桑田又变成了沧海。坚硬的岩石变成了粉末，我们认为那是风蚀的结果。但风是怎样形成的呢？不消说，微风也罢，罡风也罢，可怕的台风、飓风、龙卷风也罢，归根结底，生成于水。风只不过是水之子。"鬼斧神工"之物，或直接是水的杰作，或是水遭风完成的。连沙漠上也有水的幻象——风将水汽从湿润的地域吹送到沙漠上，或以雨的形态渗入到很深很深的沙漠底层，在炎日的照射之下，水汽织为海市蜃楼……

人性似水。

水真是千变万化的。某些时候、某种情况下，又简直可以说是千姿百态的。鸟瞰黄河，蜿蜒透透，九曲十八弯，那亘古之水看去竟是那么柔顺，仿佛是一条即将临产的大蛇，因了母性的本能完全收敛其暴躁的另面，打算永远做慈爱的母亲似的。那时候那种情况下，它真是恬静极了，能使我们关于蛇和蟒的恐怖联想也由于它的柔顺和恬静而改变了。同样是长江，在诗人和词人们的笔下又竟是那么不同。"万里长江飘玉带，一轮明月滚金球"，意境何其浩壮幽远而又曼妙啊！"乱石穿空，惊涛拍岸，卷起千堆雪"，却又多么气势险怵，令人为之屏息啊！人性亦然，人性亦然。人性之难以一言而尽，似天下之水的无穷变化。

人性似水。人性确乎如水啊！

水成雾；雾成露；一夜雾浓，晨曦中散去，树叶上，草尖上，花瓣上，都会留下晶莹的露珠，那是世上最美的珠子。没有任何另外一种比它更透明，比它更润洁。你可以抖落在你掌心里一颗，那时你会感觉到它微微的沁凉。你也能用你的掌心掬住两颗、三颗，但你的手掌比别人再大，你也没法掬住更多了。因为两颗露珠只消轻轻一碰，顷刻就会连成一体。它们也许变成了较大的一颗，通常情况下却不再是珠子；它们会失去珠子的形状，只不过变成了一小汪水，结果你再也无法使它们还原成珠子，更无法使它们分成各自原先那么大的两颗珠子。露珠虽然一文不值，却有别于一切司空见惯的东西。你可以从河滩上捡回许许多多自己喜欢的石子，如果手巧，还可以将它们粘成各种好看的形状。但你无法收集哪怕是小小的一碟露珠占为私有。无论你的手多么巧，你也无法将几颗露珠穿成首饰链子，戴在颈上或腕上炫耀于人。这就是露珠的品质，它们看去都是一样的，却根本无法收集在一起，更无法用来装饰什么，甚至企图保存一整天也不是一件容易之事。你只能欣赏它们。你唯一长久保存它们的方式，就是将它们给你留下的印象"摄录"在记忆中。露珠如人性最细致也最纯洁的一面，通常体现在女孩儿和少女们身上。我的一位朋友曾告诉我，有次她给她的女儿讲《卖火柴的小女孩儿》，她那仅仅四岁的女儿泪流满面。那时的人家里还普遍使用着火柴。从此，女孩儿有了收集整盒火柴的习惯，越是火柴盒漂亮的她越珍惜，连妈妈用一根都不允许。她说等她长大了，要去找到那卖火柴的小女孩儿，并且将自己收集的火柴全都送给卖火柴的小女孩儿。她仅仅四岁，还听不明白在那一则令人悲伤的故事中，其实卖火柴的小女孩儿已经冻死。是的，这一种露珠般的人性，几乎只属于天真的心灵。

人性似水。

山里的清泉和潺潺小溪，如少男和少女处在初恋时期的人性。那是人自己对自己实行的第一次洗礼。人一生往往也只能自己对自己实行那么一次洗礼。爱在那时仿佛圣水，一尘不染；人性第一次使人本能地理解什么是"忠贞"。哪怕相爱着的两个人一个字也不认识，从没听谁讲解过"忠贞"一词。关于性的观念在现代的社会已然"解放"，人性在这方面也少有了动人的体现。但是某些寻找宝物似的一次次在爱河中浮上潜下的男人和女人，除了性事的本能的驱使又是在寻找什么呢？也许正是在寻找那如清泉和小溪一般的人性的珍贵感受吧？

静静的湖泊和幽幽的深潭，如成年男女后天形成的人性。我坦率地承认二者相比我一向亲近湖泊而畏避深潭。除了少数的火山湖，更多的湖是由江河的支流汇聚而成的，或是由山雪融化和雨后的山洪形成的。经过了湍急奔泻的阶段，它们终于水光清漪波平如镜了。倘还有苇丛装点着，还有山郭作背景，往往便是风景。那是颇值得或远或近地欣赏的。通常你只要并不冒失地去试探其深浅，它对你是没有任何危险性的。然而那幽幽的深潭却不同，它们往往隐蔽在大山的阴暗处，在阳光不易照耀到的地方。有时是在一处凸着的山喙的下方，有时是在寒气森森潮湿滴水的山洞里。即使它们其实并没有多么深的深度，但看去它们给人以深不可测的印象。海和湖的颜色一般是发蓝的，所以望着悦目。江河哪怕在汛季浑浊着，却是我常见的，对它们有一种熟悉的感觉。然而潭确乎不同。它的颜色看去往往是黑的。你若掬起一捧，它的水通常也是清的。然而还入潭中，又与一潭水黑成一体了。潭水往往是凉的，还往往是很凉很凉的。除了在电影里出现过片段，在现实生活中偏喜在潭中游泳的人是不多的。事实上与江河湖海比起来，潭尤其对人没什么危害。历史上没有过任何关于潭水成灾的记载，而江河湖海泛滥之灾全世界每年到处发生。我害怕潭可能与异怪类的神话有关。在那类神话中，深潭里总是会冷不丁地跃出狰狞之物，将人一爪捕住或一口叼住拖下潭去。潭每使我联想到人性"城府"的一面。"城府"太深之人不见得便一定是专门害人的小人。但是在这样的人的心里，友情一般是没有什么位置的。正义感公道原则也少有。有时似乎有，但最终证明，还是没有。那给你错误印象的感觉，到头来本质上还是他的"城府"。如潭的人性，其实较少体现在女人身上。"城府"更是男人的人性一面。女人惯用的只不过是心计。但是有"城府"的男人对女人的心计往往一清二楚，他只不过不动声色，有时还会反过来加以利用，以达到自己的目的。

一切水都在器皿中。盛装海洋的，是地球的一部分。水只有在蒸发为汽时，才算突破了局限它的范围，并且仍存在着。

盛装如水的人性的器皿是人的意识。人的意识并非完全没有任何局限。但是它确乎可以非常之巨大，有时能盛装得下如海洋一般广阔的人性。如海洋的人性是伟大的人性，诗性的人性，崇高的人性。因为它超越了总是紧紧纠缠住人的人性本能的层面，使人一下子显得比地球上任何一种美丽的或强壮的动物都高大和高贵起来。如海洋的人性不是由某一个人的丰功伟绩所证明的。许多伟人在人性方面往往残缺。具有如海洋一般人性的人，对男人而言，一切出于与普罗米修斯同样目的而富有同样牺牲精神的人，皆是。不管他们为此是否经受过普罗米修斯那一种苦罚。对女人而言，南丁格尔以及一切与她一样心怀博爱的她的姐妹，也皆是。

如水的人性亦如水性那般没有常性。水往低处流这一点最接近着人性的先天本质。人性体现于最自私的一面时，于人永远是最自然而然的。正如水往低处流时最为"心甘情愿"。一路往低处流着的水不可能不浑浊。水在什么坑坑洼洼的地方还会成为死水，进而成为腐水。社会谴责一味自私自利着的人们时，往往以为那些人之人性一定是卑污可耻并快乐着的。而依我想来，人性长期处于那一种状态未必真的有什么长期的快乐可言。引向高处之水是一项大的工程。高处之水比之低处之水总是更有些用途，否则人何必费时费力地偏要那样？大多数人之人性，未尝不企盼着向高处升华的机会。当然那高处非是尼采的"超人"才配居住的高处。那种"高处"算什么鬼地方？人性向往升华的倾向是文化的影响。在一个国家或一个民族里，普遍而言，一向的文化质量怎样，一向的人性质量便大抵怎样。一个男人若扶一个女人过马路，倘她不是偶然跌倒于马路中央的漂亮女郎，而是一个蓬头垢面破衣烂衫的老妪，那么他即使没有听到一个谢字，他也会连续几天内心里充满阳光的。他会觉得扶那样一个老妪过马路时的感觉，挺好。与费尽心机勾引一个女郎并终于如愿以偿的感觉大为不同，是另一种快活。如水的人性倒流向高处的过程，是一种心灵自我教育的过程。但是人既为人，就不可能长期地将自己的人性自筑水坝永远蓄在高处。那样子一来人性也就没了丝毫的快乐可言。因为人性之无论于己还是于他人，都不是为了变成标本镶在高级的框子里。真实的人性是俗的，是的，人性本质上有极俗的一面。一个理想的社会和与之相适应的文化不该是这样的一把剪刀——以为可以将一概人之人性极俗的一面从人心里剪除干净；而且明白它，认可它，理解它，最大程度地兼容它；同时，有不俗的文化在不知不觉之中吸引和影响我们普遍之人的人性向上，而不一味地"流淌"到低洼处从而一味地不可救药地俗下去……

我们俗着，我们可以偶尔不俗；我们本性上是自私自利的，我们可以偶尔不自私自利；我们有时心生出某些邪念，我们也可以偶尔表现高尚一下的冲动；我们甚至某时真的堕落着了，而我们又是可以从堕落中自拔的……我们至死还是没有成为一个所谓高尚的人，有道德的人，脱离了低级趣味的人；但是检点我们的生命，我们确曾有过那样的时候，起码确曾有过那样的愿望……

人性似水，我们实难决定水性的千变万化。

但是水啊，它有多么美好的一些状态呢！

人性也可以的。

而不是不可以——一个社会若能使大多数人相信这一点，那么这个社会就开始是一个人文的社会了……

沉默的墙

在一切沉默之物中，墙与人的关系最为特殊。

无墙，则无家。

建一个家，首先砌的是墙。为了使墙牢固，需打地基。因为屋顶要搭盖在墙垛上。那样的墙，叫"承重墙"。

承重之墙，是轻易动不得的。对它的任何不慎重的改变，比如在其上随便开一扇门，或一扇窗，都会导致某一天突然房倒屋塌的严重后果。而若拆一堵承重墙，几乎等于是在自毁家宅。人难以忍受居室的四壁肮脏。那样的人家，即使窗明几净也还是不洁的。人尤其忧患于承重墙上的裂缝，更对它的倾斜极为恐慌。倘承重墙出现以上状况，人便会处于坐卧不安之境。因为它时刻会对人的生命构成威胁。

在墙没有存在以前，人可以任意在图纸上设计它的厚度，高度，长度，宽度，和它在未来的一个家中的结构方向。也可以任意在图纸上改变那一切。

然而墙，尤其承重墙，它一旦存在了，就同时宣告着一种独立性了。这时在墙的面前，人的意愿只能徒唤奈何。人还能做的事几乎只有一件，那就是美化它，或加固它。任何相反的事，往往都会动摇它。动摇一堵承重墙，是多么的不明智不言而喻。

人靠了集体的力量足以移山填海。人靠了个人的恒心和志气也足以做到似乎只有集体才做得到的事情。于是人成了人的榜样，甚至被视为英雄。一个再平凡不过的人，在自己的家里，在家扩大了一点儿的范围内，比如院子里，又简直便是上帝了。他的意愿，也仿佛上帝的意愿。他可以随时移动他一切的家具，一再改变它们的位置。他可以把一盆花从这一个花盆里挖出来，栽到另一个花盆里。他也可以把院里的一株树从这儿挖出来，栽到那儿。他甚至可以爬上房顶，将瓦顶换成铁皮顶。倘他家的地底下有水层，只要他想，简直又可以在他家的地中央弄出一口井来。无论他可以怎样，有一件事他是不可以的，那就是取消他家的一堵承重墙。而且，在这件事上，越是明智的人，越知道不可以。

只要是一堵承重之墙，便只能美化它，加固它，而不可以取消它。无论它是一堵穷人的宅墙，还是一堵富人的宅墙。即使是皇帝住的宫殿的墙，只要它当初建在承重的方向上，它就断不可以被拆除。当然，非要拆除也不是绝对不可以，那就要在拆除它之前，预先以钢铁架框或石木之柱顶替它的作用。

承重墙纵然被取消了，承重之墙的承重作用，也还是变相地存在着。

人类的智慧和力量使人类能上天了，使人类能蹈海了，使人类能入地了，使人类能摆脱地球的巨大吸引力穿过大气层飞入太空登上月球了；但是，面对任何一堵既成事实的承重墙，无论是雄心大志的个人还是众志成城的集体，在科学高度发达的今天，还是和数千年前的古人一样，仍只有三种选择——要么重视它既成事实了的存在；要么谨慎周密地以另外一种形式取代它的承重作用；要么一举推倒它炸毁它，而那同时等于干脆"取消"一幢住宅，或一座厂房，或高楼大厦。

墙，它一旦被人建成，即意味着是人自己给自己砌起的"对立面"。

而承重墙，它乃是古今中外普遍的建筑学上的一个先决条件。是砌起在基础之上的基础。它不但是人自己砌起的"对立面"，并且是人自己设计的自己"制造"的坚固的现实之物。它的存在具有人不得不重视它的禁讳性。它意味着是一种立体的眼可看得见手可摸得到的实感的"原理"。它沉默地立在那儿就代表着那一"原理"。人摧毁了它也还是摧毁不了那一"原理"。别物取代了它的承重作用恰证明那一"原理"之绝对不容怀疑。

而"原理"的意思也可以从文字上理解为那样的一种道理——一种原始的道理，一种先于人类存在于地球上的道理。因为它比人类古老，因为它与地球同生同灭，所以它是左右人类的地球上的一种魔力，是地球本身赋予的力。谁尊重它，它服务于谁；谁违背它，它惩罚谁。古今中外，地球上无一人违背了它而又未自食恶果的。

墙是人在地球上占有一定空间的标志，承重墙天长地久地巩固这一标志。

墙是比床、比椅、比餐桌和办公桌与人的关系更为密切的东西。因为人每天只有数小时在床上，因为人并不整天坐在椅上。也不整天不停地吃着或伏案。但人眼只要睁着，只要是在室内，几乎无时无刻看到的都首先是墙。即使人半夜突然醒来，他面对的也很可能首先是墙。墙之对于人，真是低头不见抬头便见。

所以人美化居住环境或办公环境，第一件要做的事便是美化墙壁。为此人们专门调配粉刷墙壁的灰粉，制造专门裱糊墙壁的壁纸。壁纸从前的年代只不过是印有图案的花纸，近代则生产出了具有化纤成分的壁膜和不怕水湿的高级涂料。富有的人家甚至不惜将绸缎包在板块上镶贴于墙。人为了墙往往煞费苦心。

然而墙却永远沉默着，永远无动于衷，永远宠辱不惊。不像床、椅和桌子，旧了便发出响声。而墙，凿它，钻它，钉它，任人怎样，它还是一堵沉默的墙。

我童年的家，是一间半很低很破的小房子。它的墙壁是根本没法粉刷的，也没法裱糊。再说买不起墙纸。只有过春节的时候，用一两幅年画美化一下墙。春节一过，便揭下卷起，放入旧箱子，留待来年春节再贴。穷人家的墙像穷人家的孩子，年画像穷人家的墙的一件新衣，是舍不得始终让它"穿在身上的"。

后来我家动迁了一次。我们的家终于有了四面算得上墙的墙。那一年我小学五年级。从那一年起，我开始学着刷墙。刷墙啊！多么幸福多么快乐的事啊！那年代石灰是稀有之物。为了刷一遍墙，我常常预先满城市寻找，看哪儿在施工。如果发现了哪儿堆放着石灰，半夜去偷一盆。有时在冬天，端着走很远的路，偷回来时双手都冻僵了。刷前还要仔细抹平墙上的裂纹。我将炉灰用筛子筛过，掺进黄泥里，和成自造的水泥。几次后，我刷墙不但刷出了经验，而且显示出了天分。往石灰浆里兑些蓝墨水，墙就可以刷成我们现在叫作"冷色"的浅蓝色。兑些红墨水，墙就可以刷成我们现在叫作"暖色"的浅红色。但对于那个年代的小百姓人家墨水是很贵的。舍不得再用墨水，改用母亲染衣服的蓝的或红的染料。那便宜多了，一包才一角钱。足够用十几次。我上中学后，已能在墙上喷花。将硬纸板刻出图案，按住在墙上；一柄旧的硬毛刷蘸了灰浆，手指反复刮刷毛，灰点一番番溅在墙上；不厌其烦，待纸板周围遍布了浆点，一移开，图案就印在墙上了。还有另一种办法，也能使刷过的墙上出现"印象派"的图案。那就是将抹布像扭麻花似的对扭一下，蘸了灰浆在墙上滚。于是滚出了一排排浪，滚出了一朵朵云，滚出了不可言状的奇异的美丽。是少年的我，刷墙刷得上瘾，往往一年刷三次。开春一次，秋末一次，春节前一次。为的是在家里能面对自己刷得好看的墙，于是能以较好的心情度过夏季、"十一"和春节。因而，居民委员会检查卫生，我家每得红旗。因而，我在全院，在那一条小街名声大噪。别人家常求我去刷墙，酬谢是一张澡票或电影票……

后来我去乡下，我的弟弟们也被我带出徒了。

住在北影一间筒子楼的十年，我家的墙一次也没刷过。因为我成了作家，不大顾得上刷墙了。

搬到童影已十余年，我家的墙也一次没刷过。因为搬来前，墙上有壁膜。其实刷也是刷过的。当然不是用灰浆，而是用刷子蘸了肥皂水刷干净。四五次刷下来，墙膜起先的黄色都变浅了……

现在，墙上的壁膜早已多处破了。我也懒得刷它了，更懒得装修。怕搭赔上时间心里会烦，亦怕扰邻。但我另有美观墙的办法，哪儿脏得破得看不过眼去，挂画框什么的挡住就是。于是来客每说："看你家墙，旧是太旧了，不过被你弄的还挺美观的。"

现在，我家一面主墙的正上方，是方形的特别普遍的电池表。大约一九八三年，一份叫《丑小鸭》的文学杂志发给我的奖品，时价七八十元。表的下方，书本那么大的小相框里，镶着性感的玛丽莲·梦露。我这个男人并不唯独对玛丽莲·梦露多么着迷。壁膜那儿只破了一个小洞，只需要那么小的一个相框。也只有挂那么小的一个相框才形成不对称的美。正巧逛早市时发现摊上在卖，于是以十元钱买下。满墙数镶着玛丽莲·梦露的相框最小，也着实有点儿委屈梦露了。"她"的旁边，是比"她"的框子大出一倍多的黑框的俄罗斯铜版画，其上是庄严宏伟的玛丽亚大教堂，是在俄罗斯留学过，确实沾亲的一位表妹送给我的。玛丽莲·梦露的下方，框子里镶的是一位青年画家几年前送给我的小幅海天景色的油画。另外墙上同样大小的框子里还镶着他送给我的两幅风景油画，都是印刷品。再下方的竖框里，是芦苇丛中一对相亲相爱的天鹅的摄影，是《大自然》杂志的彩页。我由于喜欢剪下来镶上了。一对天鹅的左边，四根半圆木段组成的较大的框子里，镶着列维斯坦的一幅风景画：静谧的河湾，水中的小船，岸上的树丛，令人看了心驰神往。此外，墙上另一幅黑相框里，镶着金铂银铂交相辉映的耶稣全身布道相。还有两幅是童影举行电影活动的纪念品。一幅直接在木板上镶着苗族少女的头像，一幅镶着艺术化了的牛头，那一年是牛年。那一幅上边是《最后的晚餐》，直接压印在薄板上，无框。墙上还有两具瓷的羊头，一模一样；一具牛头：一具全牛，我花一百元从摊上买的。还有别人送我的由一小段一小段树枝组成的带框工艺品，还有两名音乐青年送给我的他们自己拍的敖包摄影，还有湖南某乡女中学生送给我的她们自己粘贴的布画，是扎着帕子的少女在喂鸡，连框子也是她们自己做的。这是我最珍视的，因为少女的心意实在太虔诚。还有一串用布缝制的五彩六色的十二生肖，我花十元钱在早市上买的，还有如意结、如意包、小灯笼什么的，都是早市上二三元钱买的……

以上一切，挡住了我家墙上的破处、脏处，并美化了墙。

我这么详尽地介绍我家一面主墙上的东西，其实是想要总结我对墙的一种感想——墙啊，墙啊，永远沉默着的墙啊，你有着多么厚道的一种性格啊！谁要往你身上敲钉子，那么敲吧，你默默地把钉子咬住了。谁要往你身上挂什么，那么挂吧，管它是些什么。美观也罢，相反也罢，你都默默地认可了。墙啊，墙啊，你具有的，是一种怎样的包容性啊！

尽管，人可以在墙上想写什么就写什么，想画什么就画什么，想挂什么就挂什么，想把墙刷成什么颜色就刷成什么颜色——然而，无论多么高级的墙漆，都难以持久，都将随着岁月的流逝渐渐褪色，剥落；自欺欺人或被他人所骗往墙上刷质量低劣的墙漆，那么受害的必是人自己。水泥和砖构成的墙，却是不会因而被毁到什么程度的。

时过境迁，写在墙上的标语早已成为历史的痕迹，写的人早已死去，而墙仍沉默地直立着；画在墙上的画早已模糊不清，画的人早已死去，而墙仍沉默地直立着；挂在墙上的东西早已几易其主，由宝贵而一钱不值，或由一钱不值身价百倍，而墙仍沉默地直立着；战争早已成为遥远的大事件，墙上弹洞累累，而墙沉默地直立着……

墙什么都看见过，什么都听到过，什么都经历过，但它永远地沉默地直立着。墙似乎明白，人绝不会将它的沉默当成它的一种罪过。每一样事物都有它存在的一份天职。墙明白它的天职不是别的，而是直立。墙明白它一旦发出声响，它的直立就开始了动摇。墙即使累了，老了，就要倒下了，它也会以它特有的方式向人报警，比如倾斜，比如出现裂缝……

人知道有些墙是不可以倒下的，因而人时常观察它们的状况，时常修缮它们。人需要它们直立在某处，不仅为了标记过去，也是为了标志未来。

比如法国的巴黎公社墙。

人知道有些墙是不可以不推倒它的。比如隔开爱的墙；比如强制地将一个国家和一个民族一分为二的墙……

比如种族歧视的无形的墙；比如德国的柏林墙。

人从火山灰下、沙漠之下发掘出古代的城邦，那些重见天日的不倒的墙，无不是承重之墙啊！它们沉默地直立着，哪怕在火山灰下，哪怕在沙漠之下，哪怕在地震和飓风之后。

像墙的人是不可爱的。像墙的人将没有爱人，也会使亲人远离。墙的直立意象，高过于任何个人的形象。宏伟的墙所代表的乃是大意象，只有民族、国家这样庄严的概念可与之互喻。

一个时代又一个时代过去了，像新的墙漆覆盖旧的墙漆；一批风云际会的人物融入历史了，又一批风云际会的人物也融入历史了，像挂在墙上的相框换了又换；战争过去了，灾难过去了，动荡不安过去了，连辉煌和伟业也将过去。像家具，一些日子挪靠于这一面墙，一些日子挪靠于另一面墙……而墙，始终是墙，沉默地直立着。而承重墙，以它之不可轻视告诉人：人可以做许多事，但人不可以做一切事；人可以有野心，但人不可以没有禁忌，哪怕是对一堵墙……

冰冷的理念

事实上，我是一个非常崇尚理念思维的人。依我想来，理念乃相对于激情的一种定力。当激情如烈马狂奔，如江河决堤，而理念起到及时又奏效的掣阻作用的时候，它显得那么难能可贵，甚至显得那么俊美。

我崇尚理念，恰因我属性情中人。性情中人，一般是较难本能地内敛自己对人对事的态度、立场、观点、好恶而又不露声色的。理念的定力是我身上所缺少的。这缺少每使我的言行不禁冲动起来。一旦冲动，几乎无所顾虑，无所讳畏。四十岁以前的我，尤其如此。

我的档案说明了这一点——当年我是知青，从连队调到团部，档案中有一条是"思想不够成熟"。而"思想"在当年，不消说是指"政治思想"。是"机关"知青了，"思想"还是一直没能成熟起来。结果从团部被"发配"到木材加工厂，档案里又多了同样的一条。上大学前，连队对我做的鉴定仍有这一条。大学毕业的鉴定中有，但措辞是善意的——"希望思想早日成熟"。从北影调至童影的鉴定中一如既往地有，措辞已经颇具勉励性——"希望思想更成熟些。"

故四十岁前的我，对"成熟"二字，几乎可以说是抱着一种对天敌般的厌憎。好比素食主义者从生理上反感荤腻大餐。至今我也不太清楚，在中国，究竟怎样的思想才算地道的"成熟"。而且，又依我想来，倘一个人，从六十年代至九十年代并无时代空白地活过来，思想却一直善于与各个阶段的"主流"政治思想一拍即合，被肯定为"成熟"，分析他那思想"成熟"的过程，我们是不是会不难发现那"成熟"的丑陋呢？

但是这些都暂且不去说它了罢。

其实我是想向读者坦白——我这个崇尚理念思维、赞赏理念定力的人，后来竟对理念之光的瑰丽，更确切地说，是对"中国特色"的理念所产生的逻辑方式，心生出了不可救药的动摇和怀疑。动摇和怀疑是由一件具体之事引起的。那事引起的观点争论，纷纷扬扬于十年前，也可能是十五六年前。一名大学里的在校硕士生，为救一位落水的老人，自己反倒淹死了。当然，老人是获救了，或者我的记忆有误，老人竟也没有获救。总之，在我看来，这是一件高尚的、感人的事。那名大学生的行为，似乎怎么也不至于遭到舆论否定的吧？当年却不然。较热烈的讨论首先在几所大学里展开了。后来竟由讨论而辩论。

一种我不太能料想得到的观点是——一名硕士生，为救一位老人而冒生命危险，难道是值得的么？那老人即使获救，究竟还能再活几年呢？他对社会还能有些什么贡献呢？他不已经是一个行将寿归正寝的自然消费人了么？这样的一位老人的生命，与植物人的生命又有什么区别呢？其生命价值，又究竟在哪一点上高过一草一石呢？而一名硕士生，他的生命价值又是多么宝贵！何况当年中国的硕士生并不像今天这么多！他也许由硕士而博士，而博士后，而教授，而专家学者，那么他对中国甚至对世界的贡献，不是简直没法预估么？更何况他的生命还会演绎出多姿多彩的爱情哦！而那位老人的生命再延长一百年也显然是黯然无光的啊！

这分明是一种相当理念的观点。这一种相当理念的观点，当年在大学里代表了似乎绝对多数的学子们的观点。你简直不能说这一种观点不对。但正是从那时起，我感觉到了"中国特色"的理念所产生的逻辑方式的冰冷……和傲慢。于是当年又有另一种观点介入讨论。这另一种观点是——如果那名硕士生所救非是一位老人，而是一个儿童，也许就比较值得了吧？显然，这是一种很缺乏自信的，希望回避正面辩论，达到折中目的之观点。但这一种折中的观点，当年同样遭到了义正词严的驳斥：如果那儿童智障呢？那儿童将来一定能考上大学么？如果考不上，他不过是一个芸芸众生中的平庸之人。以一名硕士生的生命换一个平庸之人的生命，不是对其更宝贵的生命的白白浪费呢？即使那儿童将来考上大学了，考上的肯定会是一所名牌大学么？肯定会接着考取到硕士学位么？再假设，如果那儿童长大后堕落成罪犯呢？谁敢断言绝对没有这一种可能性？

当年这一讨论和辩论，曾在报刊上报道过，似乎还在电视中进行过，最后不了了之。但给我留下的印象却是——"不值得"派引起的共鸣似乎更普遍……

当年我便隐隐地感到，那讨论和辩论，显然与当年的中国人，尤其青年人，尤其当年的大学生对人性的理念认识有关。翻一翻我们的祖先留下的五千余年的思想遗产，这一种讨论和辩论，即使在我们祖先中的哲人之间，似乎也是从来没涉及过的。甚至全世界的思想史中，也没有留下关于这一话题的讨论的残迹。

当然，我们谁都知道——老父与稚子同时沉浮于波涛，或老母与爱妻同处生死倏忽之际，做儿子、做父亲、做丈夫的男人究竟先救哪一个的古老人性考问。

还没有一个男人回答得最"正确"。

因为这种考问在本质上是根本没有所谓"正确"答案的。它呈现的是人性每每陷入的两难之境，以及因此而感到的迷惘。这迷惘中包含着沮丧。

但由于这一人性考问限定在与人最亲密的血缘关系和爱恋关系之间，故无论先救哪一个，似乎又都并不引发值得不值得的思索，仅只与人刹那之际的本能反应有关。在现实中，一般情况下，人总是先救离自己最近的亲人，不太会舍近救远。

而那名硕士研究生舍命所救的，却是与自己毫无血缘亲情、毫无爱恋关系的陌生人。依我想来，值得与不值得的讨论、辩论，盖基于此。倘他所救是他的老父，世人还会在他死后喋喋评说值得与不值得吗？倘他所救是他的幼弟，世人还会在他死后假设那被救的孩子长大了是否成为罪犯吗？那么，何以只因他所救的是陌生人，在他死后，值得与不值得的讨论，这样那样的假设就产生了呢？一针见血地说，显现了人类理念意识中虚伪而又丑陋的一面。即——我不愿那么做的，便是不值得那么做的；别人做了，便是别人的愚不可及。死了，也是毫无意义的死。并且，只有将这一种观点推广为理直气壮的不容置疑的观点，我的不愿，不能，才进而成为不屑于。

无论什么事，一旦被人不屑于地对待，那事似乎就是蠢事了，似乎就带有美名可图的色彩了。于是，倒似乎反映出了不屑于者的理念定力和清醒。

我敢说，在全世界，自从"人性"二字被从人类的生活中归纳出来至今，从顽童到智叟，除了在当代中国人之间，在其他任何国家都没有仿佛那么严肃认真地、煞有介事地讨论过，更没有辩论过。

讨论和辩论发生在当代中国，是非常耐中国人寻味的。而这正是我们中国人抱怨人世变冷了的原因。

十五六年前那一场讨论和辩论，与今天关于"英雄流血亦流泪"的讨论是不一样的。后一种讨论并不贬低英雄的行为，批判性是针对使英雄流泪者的。而前一种讨论和辩论，用理念的棉团包缠了的批判性的锋芒，却是变相地针对流血甚至舍生了的英雄们的。据我想来，今天"英雄流血亦流泪"的现象，只怕是与十五六年前那一场讨论和辩论不无关系的。

十五六年前，连我也不能对那名硕士研究生的死做出非常自信的评价。普遍的舆论倾向和人性观点，使对它心生怀疑的人有时也不禁三缄其口，保持暧昧的沉默。

直至一个多月前，我才对印在记忆中的、靠头脑封存了十五六年之久的话题豁然想明白了些。某日与友人北影厂文学副厂长史东明相遇，他扯住我，说："晓声，有一部美国片如果上映了，你一定应该看看。"

我问片名，他摇头说还不知道。说他也没看到过，是听别人将内容讲给他听的。于是扯我至路边开始讲给我听……

内容如下："二战"时期，一位美国母亲的四个儿子都上了前线。而在同一天里，母亲收到了三个儿子的阵亡通知书。斯时第四个儿子正在诺曼底登陆战役行动中，生死显然难料。如果第四个儿子也阵亡了，谁还能硬起心肠向那位母亲送交第四份阵亡通知书？于是此事逐级上报，迅达总统办公室。于是总统下令，组成一支特别能战斗的营救队。唯一的任务是，不惜任何代价，将那位母亲的第四个儿子活着带回美国。当然，此次战斗行动那位母亲并不知道。于是营救队一路浴血奋战，个个舍生忘死地扑到了诺曼底前线，当寻找到了那名战士，这支营救队已伤亡惨重。当那名战士明白了一切，他宁肯战死也绝不离开战场的恒心，又是多么能够被人理解啊！

据说这就是美国影片《拯救大兵瑞恩》。据说剧本依据生活原型而创作。据说奥斯卡奖的评选已格外关注这部影片。据说它深深感动了每一个观看过它的人……我想，中国是很难产生这样的影片的。起码目前很难。牺牲那么多士兵的生命只为救另一名士兵，这值得吗？问题一被如此理念地提出，事情本身和一切艺术创作的冲动，似乎顿时变得荒唐。

多么冷冰冰的理念质疑啊！我们可拿我们中国人目前这一种冷冰冰的理念原则究竟怎么办呢？它不但仍被奉行为多种艺术门类的创作前提，而且似乎渐渐成了我们中国人面对一切现实事物的原则。

日本人曾被视为"理念的动物"。依我想来，我们相当多的中国人，在这一点上正变得极像日本人，现实得每每令同胞们相互之间倍感周身发寒。十五六年间，产生了不少冷冰冰的"中国特色"的理念思维之标本。比如将"优胜劣汰"这一商业术语和竞赛原则推行到社会学科的思想领域中去。一件产品既劣，销毁便是。但视一个人为"劣"的标准由谁来定，由何而定呢？一个生存竞争能力相对较弱的人，就该被视为一个"劣"的人吗？这种标准老板们定出来，他人自然无话可说，但是要变为国家意识是否可怕呢？接着的问题是，在一个十三亿人口的国家里，究竟能采取多么高明的方式"汰"掉为数不少的"劣"的同胞呢？"汰"到国界以外去？"汰"到地球以外去？幸而我们的国家并没有听取某些人士的谏言，我们的大多数同胞也没有接受此类教诲。所以我们才有国家行为的"再就业工程""扶贫工程"，才有民间行为的"希望工程"……

我敢说，在全世界，可能没有任何一个国家的人，主张对自己的同胞"优胜劣汰"过。恰恰相反，许多国家的头脑和目光，几乎都在思考同样的问题——怎么样才能使生存竞争能力相对较弱的一部分人，得到更多些的国家性的爱护和体恤，而不是以冷冰冰的理念思维去想——要是能把他们统统"汰"掉多好！或谁叫他们"劣"来着，因而遭"汰"一百个一千个活该！

让我们还回到人性的话题上来。当年的知青金训华为捞公社的一根电线杆而死，太不值得；当年的知青张勇，为救公社的一只羔羊而死，太不值得；甚至，"少年英雄"赖宁的"英勇"，依我想来，也是根本不应被一切少年们效仿的。

但，人救人，关于这样的事，根本不存在值得与不值得的——讨论和辩论的任何一点儿积极的意义。无论少年救老年，或反过来；无论男人救女人，或反过来；无论知识者救文盲，或反过来；无论军人救百姓，或反过来；无论士兵救长官，或反过来；甚至，无论警察救罪犯（只要后者非属罪大恶极理当枪毙），或反过来；无论受降的士兵救俘虏，或反过来……只要人救人，皆在应该获得人性正面评价的范围以内。若不幸自己丧生，更是令人肃然的。

人救人之人性体现，是根本排斥什么"值得与不值得"的讨论和辩论的。进行这种讨论和辩论的人，其思想意识肯定发生了疾病。这种疾病若不被指出是疾病，传染开来，肯定将导致全民族的冷血退化。一头象落入陷阱，许多象必围绕四周，不是看，而是个个竭尽全力，企图用鼻将同类拉出，直至牙断鼻伤而恋恋不忍散去。此兽性之本能。人性高于它，恰在于人将本能的行为靠文明的营养上升为意识的主动。倘某一理念是与此意识相反的，那么实际上也是与人性相悖的，不但冰冷，而且是丑陋的理念。人性永远拒绝这一种理念的"合理"性。愿中国人再也不讨论和辩论人救人"值得不值得"这一可耻的话题。人性之光，正是在此前提之下，才是全人类心灵中最美最神圣的光耀。其美和神圣在于，你根本不必思考，只要永远肃然地、虔诚地"迷信"它的美和神圣就是了。愿当代中国人尊重全人类这一种高贵的"迷信"……

料想不到的，一篇谈人性及人道思考的文章，竟又引发了一场几乎和十五六年前一样的讨论。为什么是料想不到的呢？因我以为，在其后的十五六年间，许多中国人，必定和我一样，对于人性及人道原则，早已作了相应的反省——看来我估计错了。果而如此，我的"补白"，也就不算多余的话了。

首先我要声明——我的文章，并非是为又一部美国大片所做的广告，具体关于《拯救大兵瑞恩》的评价是另一回事。人性及人道主题在该片中体现得究竟深浅，或极端或偏执，甚至，究竟有无必要从这一主题去谈论该片，则属艺术评论和接受美学的范畴。仁者见仁，智者见智，众说纷纭，殊不为怪。

其次我想强调——这一部影片，并不仅仅使我联想到十五六年前的那一场讨论，还使我联想到了很多，很多，很多。即使没有这一部影片的公映，我也还是打算写出些文字发表的。只不过这部影片的公映，使我打算以后写的文章提前了。

我联想到了如下"中国特色"的往事种种：

我的同代人以及我的上代人上上一代人，大约都不得不承认——自从一九四九年以后，在我们这个人口众多的国家，人性及人道主义教育是那么薄弱，根本不曾形成什么"环节"。一切文艺及文化载体中，稍涉对人性及人道主义的反映，便会被扣上种种政治性质的罪名，遭到口诛笔伐。而作者也往往从此厄运降临。纵观中华人民共和国成立后十七年间文艺和文学的全貌，几乎没能向中国读者和我们的青少年，提供什么人性及人道主义的优良营养。与此相反，阶级斗争的哲学，上升为唯一正确的社会原则。乃至于连《雷锋日记》中，也有一句令今人读来不寒而栗的话——"对阶级敌人，要像寒冬一样冷酷无情。"这也是一种冰冷的理论。这一理念，一旦在青少年的头脑中被当成"真理"，当成至高的原则接受，在"文革"中冷酷地予以实践，便是符合规律的了……

我是哈尔滨人。哈尔滨这座城市，当年也有养鸡的人家养猪的人家。故我小时候，常听到孩子们间这样的呼应声：

"杀鸡啦，快去看呀！"

"杀猪啦，快去看呀！"

围观如看戏，饶有兴味。

终于有一天我听到的是：

"杀人啦，快去看呀！"

"文革"前，少年们虐杀小猫小狗之事，我至少见过三四次。无"戏"可看，他们便自"导"自娱。他们后来成为"红卫兵"，其"革命"行径也就可想而知。

党的十一届三中全会前，有关部门曾组织各界知识分子讨论政府工作报告草案。我有幸应邀参加。记得在会上，我提出建议——在进行社会主义政治思想教育的后边，是否可考虑加上亦进行人性及人道主义教育？

后来的政府工作报告中，确实加上了。只不过概念限定为"无产阶级的"和"革命"的。我极感动，亦大欣慰。

大约是一九九〇年或一九九一年，我受某大学之邀"讲座"——谈到发生在深圳的一件事——几十名打工妹，被活活烧死在一玩具厂。上了锁的铁门，阻断了她们逃生的唯一出口，讲述之际，不免动容。

而我当时收到的一张条子上写的是——"中国人口太多了，烧死几十个和计划生育的意义是一致的，你何必显出大发慈悲的样子？！"

这是冰冷的理念的又一实例。

我针对这个条子，不禁言语呕呕。

结束——学生会一男一女两名学生干部拦了一辆"面的"送我

回家。

途中，那名女学生干部说："改革开放总要付出点儿代价。农村妹嘛，她们要挣钱，就得变成打工妹。既变成了打工妹，那就得无怨无悔地承受一切命运。没必要太同情那些因企图摆脱贫穷而付出惨重代价的人们。她们不付出代价，难道还要由别人替她们付出吗？"

文质彬彬的模样，温言款语的口吻——使人没法儿发脾气，甚至也不想与之讨论。但我当时的感受确实是——"如酷暑之际中寒"。

我说："司机同志请停车，我不要他们再陪送我了。"

待我下车后，我听三十多岁的司机对他们吼："你们也给我滚下去，小王八蛋！还有点儿人味吗？"

如此这般的实例，我"遭遇"得太多太多，只不过由于篇幅的考虑，不能一一道来。我想，是否便是人救人"值不值得"之讨论的思想的前延与后续呢？

现在，让我们来谈谈救人的问题。

有朋友似乎担心，否定了他们不救的行为选择，等于在呼唤多一些人性的同时，剥夺了他们的人性的自由，异化了他们对人性更高层次的理解。于是，似乎呼唤多一些人性，动机倒变得可疑和有害了。那害处据说是——有强迫人们变成"道德工具"之嫌。

我看这种担心大可不必，实在是太夸张了。我活到今天，竟还不曾经历过一次要么舍了自己的命去救别人的命，要么眼看别人顷刻丧生的考验关头。因而也就真的没有在那一关头考虑值得救与不值得救的体会。我所认识的一切人，也皆和我一样不曾经历过。以此概率推算——据我想来，恐怕十万分之九万九千九百九十九的人，终生都不太会经历舍身救人的事件。故担心的朋友可以完完全全地把心放在肚子里——包含他自己在内的九万九千九百九十九比一的人，几乎终生并无什么机会成为"道德的工具"。我们所要心怀的，恐怕只不过是这么一回事儿，对于为救别人而死了自己的人和事，得出令死者灵魂安慰、令世人不显得太缺少人味儿的结论——而这一点儿都不损害我们活着的人的利益，更不危害我们的同样宝贵的生命。放心，放心！

如果大学生救淘粪的老人是"不值得"的，那么反过来呢？——如果淘粪的老人眼见一名大学生掉进了粪池里，他是否有充分的理由抱臂而观幸灾乐祸呢？他是否可以一边瞧着那大学生挣扎一边说："啊哈，你也落此下场了吧？世人虽然认为你救我太不值得，却还没有颁布一条不合理的法律规定我必须救你。即使我的命是卑贱的，但也只一条，那么等死吧您哪……"

倘我们将人的生命分为宝贵的、不怎么宝贵的和卑贱的，倘社会和时代认为只有后者对前者的挽救和牺牲才似乎是应该的，合情合理的，值得的；否则，太不值得。倘这逻辑不遭到驳斥，渐变为一种理念被灌输到人们的头脑中，那么——一切中国人其实有最正当的理由拒绝挽救一切处于生命危难的中国人。每一个中国人的理由都将振振有词。男人拒绝挽救女人生命的理由将是——上帝不曾宣布女人的生命比男人的生命更宝贵，法律不曾明文规定男人有此义务；大人拒绝挽救儿童和少年生命的理由将是——谁知道小崽子们长大了会是些什么东西？！至于老人们——住口，你们这么老了，还配开口呼救还痴心妄想别人来搭救吗？！

这么一来，事情将变得多么简单啊！

每个人的理念中似乎只明确一点就足够了——我个人的生命是无比宝贵的！至于某些人以他们同样宝贵的生命挽救了另外一些人的生命，那就只能说明他们自我生命意识的愚昧和迂腐了！

这么一来，倘男人与女人在危难之际同时扑向救生出口，而男人将女人推开不顾其死活先自逃出，不是也很天经地义了吗？

这么一来，大人在海难中夺过一个儿童的救生圈将其一脚蹬开，不是也很正常了吗？

这么一来，我们人类行为中一切舍身救人的事迹，不但全没了人性和人道上的意义，而且似乎是比我们的理念还低级的行为了。

那么，周恩来在飞机发生空中故障凶吉难料之际，将自己的降落伞给予一个小女孩儿，并指导她如何在必要时使用——我们对此又该怎样评说呢？

那么，戴安娜王妃以她高贵的手去握艾滋病病人的手，对他们和她们绝望的心灵给予人性的温馨慰藉——是不是成了世上很傻之人和很傻之事？

那么，世上不少文明之士，为了将文明传播到非洲的土著部落去，而历尽千辛万苦，甚至反遭愚昧地杀害，是不是就更惹我们的某些中国同胞嗤之以鼻了？

而另一个事实是——在中国，在近年，人围观人死于危难之事，几乎年年都有发生。少则十几人几十人的围观，多则上百人几百人的围观。仅仅一个月前的上海《劳动报》还在报道，某市有父亲抱女儿投湖，围观者达四五百人，眼见那父亲从离湖岸几米处溺向十几米处三十米处——一名个体户救起了那女孩儿，央求岸上的围观者搭一把手，竟无一人协助之。警车来了，竟无法直接开近湖岸——我们斗胆恳求我们的人生理念很"高级"起来了的同胞，再稍微将他们的理念降低那么一点点，给前来营救一个也许"不值得"救的人的警员让让道——这该不是很非分的恳求吧？

一个高大健壮的男人骑着自行车下班，驶过桥上，见河中有一少年在挣扎——那河并不太深，没不了那男人的顶——但他有不救的自由啊！于是他视而不见地骑过去了。喊一阵，引来别人救行不行呢？但他认为没有这义务啊！他回到家里若无其事地吸烟，吃饭，再吸烟，饮茶，看电视——人们将那淹死的少年送到他家里了——那是他的宝贝儿子啊！

一家人的儿媳妇很晚了还没下班归来——儿子和他的父亲终于不放心了，结伴出去迎接，在距家不远的一幢楼的拐角处，在黑暗中，他们分明听到女人被捂住了口所发出的呼救声……

儿子说："咱们过去一下吧！"

父亲说："千万别管这类闲事！"

而第二天，是妻子和儿媳妇的女人被证实惨遭杀害了——就在那一楼角，就在那一片黑暗中，就在口被捂住仍呼救不止之际……

我们——我们如何去安慰那失去了儿子的父亲，那失去了妻子的丈夫，那失去了女儿的老母以及那失去了儿媳妇的公公呢？

我们自以为，某种并不光彩的理念只要经由我们一而再，再而三地强调性地诉说，就足以自欺欺人地被公认为最新理念，就足以帮我们摆脱掉人作为人的最后一点儿人性原则，但正如一位外国诗人说的，那不过是——"带给我们黑暗的光明。"

更多的时候，情况其实是这样的——你并不需要去死，你的一声呼喊，一个电话，拦一辆车，伸出一只手臂，抛出一条绳子，探过去一根竹竿，一个主意，一种动员，就可以救一个人甚至几个人的命，问自己的良知，你觉得值得吗？

值得！

那么为什么——少女欲跳楼围观者众，无人劝阻却有人狂喊怪叫促她快跳？为什么妇女被强暴于街头亦围观者众竟无人去报警？为什么心脏病病人猝倒人行道上数小时，几百双脚先后从其身旁走过竟无驻足者？为什么儿童落水会水的伸手要几万元钱才肯跳水去救？为什么同乘一辆长途汽车的姑娘在车上遭歹徒轮奸，在小镇停车时又于众目睽睽之下被劫持走而无一人开其尊口——警察的身影就在不远处！

我们面对如此这般林林总总人性麻木的现实，一而再地喋喋不休地讨论人救人值得不值得，并且一而再地强调不值得的自由权利的重要——难道这就是我们的本来面目吗？

法乎其上，仅得其中；法乎其中，仅得其下——这"法"，也包含理念原则的意思。

我们所强调的那种自由选择的权利，究竟是其上呢、其中呢，还是其下呢？

若不幸是其下——我们中国人以后在人性和人道方面又将变得怎样呢？古人没说"法乎其下"仅得什么，我们自己去想象吧！

某些人终于有了实话实说的机会和权利固然是一件相当重要的

事；说的是什么也很重要；其所强调的理念对时代和社会的人性以及人道准则的影响是什么，尤其重要。

据我想来，人类社会，目前恐怕还不会将以往一向令人保持肃然之心的人性及人道准则抛弃掉。至于百年后怎样，我就说不大准了……

张华的事带给我们的思考其实更应是另外的一些内容——时代和社会怎样在更多的方面为一切人的生命安全施行更周到的保障？在什么情况之下人应具有哪些救人的常识和有效的方法？我们应该怎样培养我们的儿童和少年的自我保护意识？我们应该教给女性哪些自卫的方式？对于我们中国的男人，我认为，则主要是教育——使之懂得，在面对儿童少年、妇女和老人陷于险境之时，多少体现出一点儿男人的勇敢，是应该的。

但实际上恐怕是——长期憋闷在心里一直在寻找时机一吐为快地说出——我的生命也很宝贵！我有不救的自由选择的权利！——是的，恰恰是我们中国的当代的某些男人们！持此种理念的男人，肯定多于持同样理念的儿童少年、妇女和老人。他们年轻、强壮、有文化，可能还风度翩翩。

他们头脑中的不少理念都是冰冷的。

他们决不希望自己的心也变得温热一点儿。

他们所强烈要求的是——这社会这时代不但应该非常尊重他们自身理念的冰冷，而且简直应该将他们那一套冰冷的理念奉为新的超前"文明"了的准则。

而我的回答乃是——我将捍卫他们坦言自己理念观点的自由，

但我永远不苟同于他们。

《冰冷的理念》发表在《文汇报》，实不过是一次寻常之写作行为——一因关鸿同志曾约稿，拖怠久矣，寄予了却承诺；二因纵观中国之人性及人道现状，每叹思多多，竟遇触机，有感而发，一吐为快罢了。拙文坦语，一己陋见，字数所限，议意难全。初衷简单——试图唤起点儿同胞对同胞的人性温情而已。不料在中国的首都北京，又一次"引爆"关于什么人救人什么值得不值得的讨论，而且据说还讨论得很热烈，令我怔愕且又懵懂，三思而后，仍不能太明白其讨论的意义和价值。我仅知目前已讨论出了这么个结果——"救人当然光荣，不救也不可耻"。所谓"救"与"不救"，前提当然是在人命危险、生死瞬间之际。否则不是就不存在"救"与"不救"的问题了吗？故那一种关于人性和人道的新观点，又可以更直截了当地说成是——见死而救"当然光荣"；见死不救"也不可耻"。

我想，我们一切人，见了人命危险、生死瞬间的情形，无外乎四类选择——或智勇救之；或视而不见，悠然自去；或亦不去，驻足安全线内，抱臂旁观，"白相白相"；或虽有一救的实力，但声明议价在前，救命在后。价钱满足，救之。不满足，人命危险者，也便只有"死去了"！

某些人士所言的"选择的自由"，也不知除了以上四类，是否还有别类。据我想来，怕是没有了吧？

那么，见死不救"也不可耻"。抱臂旁观，"白相白相"就一定可耻吗？倘同样的并不可耻，又据我想来，接钱在手才肯一救的人，便自有他们的不可耻的理论逻辑了。起码的一条也许是——现在是商业时代，一切按经济规律办！

这样的推论实在不是妄论啊！近十几年间，此类事在中国各地发生得还少么？

最令我们国人目瞪口呆的，要算发生在南方沿海某市的那一件事了——台风骤起，数艘渔舟难以归港，求救泊于港口的机轮船。那机轮船如果前去营救，既完全来得及，自身也毫无危险。

但并不即刻起锚营救，而是命岸上渔民的亲人先回家取一大笔钱去。仓促之间，哪里能凑足一大笔钱呢？于是任凭风浪起，"我自岿然不动"。那理由也是言语铿锵，掷地有声的——"领导"指示，不交足钱，不发动船！领导者，可是国家的官员啊！那船，可是国家的机轮船啊！结果是十几名渔民丧生大海，十几个家庭成了残破的家庭。这不是我胡编之事——中央电视台报道过此事。当记者问那"领导"——何以始终不改变那么冰冷的命令？答曰："怕去救了，被救的渔民过后不交钱（这也是完全可能的），白救。"一笔营救费在三十几名渔民的性命（几条渔船皆翻，半数渔民劫后幸存）之上！如此冰冷的理念之下，能不有那么冰冷的命令么？十五六年前，我们中国人多么热烈地讨论人救人值得不值得啊！十五六年后，我们仍多么热烈地讨论同一问题——这真的是个需要动员了有思想的中国人进行空前大讨论的问题么？两次讨论之间的现实，无须我赘言，每一个中国人都是十分清楚的。倘认为第二次讨论比第一次讨论"更深入了""层次更高了"，关于人性和人道的"思想内涵更丰富了"——则真的令我越来越糊涂、越来越自惭浅薄了。

不就是讨论出了见死不救"也不可耻"，每人都有"选择的自由"

之新理念吗？

我并不提倡人人都不顾自己的能力，遇险皆一逞"英雄本色"。非但不提倡，而且坚决反对。因为这是莽勇，而莽勇往往适得其反。

大约三年前，北京发生这样一件事——一名歹徒企图骗劫一名女中学生，她的两名男同学恰巧赶来。歹徒心怯，欲转身逃跑，被那两名男同学紧紧揪住不放。他们欲将歹徒押往派出所去。歹徒央求再三，二少年不放。扯扯拽拽，行至黑处，歹徒向其中一名少年猛刺一刀，结果是少年因失血过多，亡命于医院抢救室……

这是很悲痛的教训。

那少年的母亲我见过——她要为她的儿子出一本纪念册。请我写序。我写了，是作为悲痛的教训来写的。后来，在团中央的一次座谈会上，我提出过关于加强青少年自我保护意识，切勿炒作式宣扬"青少年英雄主义"的观点。这是那次座谈会上最一致的观念。包括团中央的一位副书记也完全赞同。

我甚至认为——老人、妇女、儿童和青少年一样，也都是需要我们的社会特别加以保护的。也根本不应在他们之间过分号召什么不适当的"英雄主义"。

谁来保护他们和她们？

法律和治安部门。

仅仅如此还不够！

还要有全社会的男人们自觉自愿地肩负起这一社会义务。

一个无可争辩的事实是——在两次关于人救人值得不值得的讨论之间，生命受各种各样危害最多的，乃是中国的许多老人、妇女、儿童和青少年！而见死不救的，又大抵是男人！而抱臂旁观的，也大抵是男人！而明明有能力救，却要等钱递到了手里才肯一救的，还是男人！

请有良知的人们回忆回忆，你听到的，从报刊上从电视里了解到的，甚至当时在场目睹到的此类事件，是不是这样？！

而另一个事实是——在今天，第二次热衷于讨论人救人值得不值得，并且要求社会承认"不救也不可耻"，有权进行"多种选择"的——据我所知，多数仍是中国的当代男人们！

我真的不知该对此怎样评说了。

似乎也只能这样感想了——明明白白某些中国男人的心。

不久前，在中国的某一城市（姑隐确切市名，否则人家的领导会不高兴）发生了这样一件事——两名歹徒追杀一名手提拷克箱的男子（大约猜测其箱内有很多现金），那男子逃入一个楼院，不料那楼院并无另一出入口，于是等于自闯入"笼"，无处可逃。两名歹徒追杀得他满院四处逃窜，挨了一刀又挨一刀浑身鲜血淋淋。其呼救惨叫，耳不忍听。时值盛夏，许多人家都将家门紧插了，而一些男人，则站在各家的窗口、阳台上，吸烟观看，如看警匪片。那男人企图从来路逃去，但那唯一的楼口，早已被街上里三层外三层的观看者堵住了（天地良心，观看者中，确实很少老人、妇女、儿童和青少年，真的多数是所谓的大男人！）——他们观看得投入，竟没人说一句"我们该给他让出条逃路"！——我说"耳不忍听"，是我的想象。观看者中，只怕没什么"不忍听"的。否则，不就不观看了，捂双耳离去了么？

结果当然只有一个——那男子被乱刀砍杀死于血泊之中。

观看的男人们，却那么自觉地、一致地给两名杀人的男人闪开了去路——因为他们凶恶、危险，自觉地为他们闪开去路是明智的。也许还因为——被杀的，已死了；没第二个将要被杀的了；"戏"已结束，"演员"退场……

而我要举的另一个例子，是我的中学同学也是我的知青战友告诉我的。他叫杨志松，是北京《大众健康》的主编。

两个月前，晚七点多钟，家家吃晚饭的时候——忽听楼道里有女人尖声呼救。情况不明，实在没胆量一个人冒险出去。怎么办啊，急得在屋里团团转。充耳不闻，他是做不到的。他对人性和人道的理解，还没达到有充耳不闻的"自由"和"权利"的高度，望着妻儿惊悚的表情，他忽然明白了自己起码应该做些什么——于是将自家防盗门摇晃得一阵猛响，并且站在防盗门内大吼："想杀人啊？没王法了？还不快滚！"

于是楼上楼下都发出摇晃防盗门的响声……

于是楼上楼下都发出了男人们的吼声……

借助这一种人性和人道的起码良知的威势，他手持木棒第一个跨出了家门……

尚是少年的儿子欲紧随其后，被他喝止在家里。

其实，在他摇晃防盗门后，在他发出第一声大吼之后，歹徒已丧胆而逃。

那女人仅被抢去了皮包，受了一刀轻伤。她报警时说："幸亏有人摇晃防盗门，有人喊，否则我完了！"有时，救人一命，只要想救，只要不理念地选择"也不可耻"的不救，既不但是完全可以救成的，也是完全可以不必搭上自己性命的。

如果坚持"也不可耻"的不救，并且从"自由"和"权利"的"高度"去强调"也不可耻"，如果这不但仅仅是某些人士，而且逐渐成了大多数中国人，主要指中国男人的理念——那么，我也只有从此对这一讨论永远地沉默了……

至于那女人是什么样的女人，值不值得想救她一命的人们摇晃几下防盗门，发几声大吼，值得很有讨论的必要么？

十五六年前张华的死，依我浅薄的头脑想来，提供给我们讨论的话题意义恐怕更应该是，主要应该是——在具体的情况下，怎样救人是经验？怎样救人是莽勇？而怎样救人是教训？蹈了那样的教训为什么不可取？

怎样救？

值不值得救？

在我看来，是两种根本不同的讨论。如果我们由张华而进行前一种讨论，我想，包括张华及其亲人，都是会多少感到些欣慰的。而我们中国人，主要指中国的大男人们，究竟是从一种什么心理出发，一而再地一味地热衷于后一种讨论呢？

值不值得救——这根本不是关于人性和人道的什么新的理念。在"文革"中，在几乎中国的每一座城市，都进行过完完全全一样性质的讨论。"我为什么要救那个我不认识的人呢？他也许是'黑五类'！""他也许是'黑五类'的狗崽子！"只不过当年还没发生过伸手要钱的事。我们当代人，在这一点上，真的像我们自以为的那样，比"文革"时代的人长进了很多么？请更有思想的人士解答解答吧！

"理想"的误区

　　依我看来，"理想"这一词的词性，是不太好一言以蔽之地确定的。我总觉得它也可以被当成形容词。因为它所意象着的目标必是引诱人的。它还可以被当成动词。起码可以被当成动词的前导词。因为有了理想往往接着便有追求。追求跟着理想走。

　　人类有理想，国家有理想，民族有理想，每一个具体的个人，通常也都有理想。而具体的个人的理想，皆以他人的人生作参照。在我们这个地球上，有一些人，一出生就已经是贵族了，甚至是王储，或公主……有一些人，一出生就已经是亿万富豪了，因为他或她命中注定是庞大遗产的继承者……有一些人，生逢其时，吉星高照，以几十年的苦心经营，终换来了累累商业硕果……有一些人，靠着天才的头脑，抓住了机遇，成了发明家，名下的专利自然而然地转化为滚滚钱钞……有一些人，赖父辈的家族的权力背景而立，捷足易登，仅仅几步就走向了奢侈的生活水平……有一些人，受"上帝"的青睐，胎里带着优秀的艺术细胞，于是而名而富……有一些人，由时代所选择，青年得志，功名利禄集齐一身……商业时代的媒体，一向对这一些人大加宣传。仿佛他们的人生，既不但是大家的人生的样板，也是大家只要有志气便都可以追求到的"理想"似的。

这一种宣传的弊端是，使我们这个时代的，尤其是中国的青少年群体之相当多的一部分，陷于对社会普遍规律对人生普遍规律的基本认识的误区。

我这样说，并不意味着我对以上"一些"人之人生持什么否定的态度。我又不是傻瓜，和每一个不是傻瓜的人一样，毫无保留地认为以上"一些"人的人生，乃是极其幸运的人生。谁若能成为以上"一些"人中的任何一类，无疑将活得特别潇洒。那样的人生确是一种福分。姑且不论那样的人生也包含着可敬的或可悲的付出。

我要指出的是，那样"一些"人，实在是我们这个地球上极少数的一类人，统统加起来，也只不过是几百万分之一。这还是指那样"一些"人中的"普通"类型。至于那样"一些"人中的佼佼者，则就是千万分之一了。比如整个亚洲半个世纪以来只出了一位李嘉诚和一位成龙。

那样"一些"人之人生，有的足以为我们提供成功人生的经验，有的却几乎没有任何可比因素。时代往往一次性地成全"一些"人的人生。时代完成它那一种使命，往往要具备不少先决的条件。时过境迁，条件改变了，那样"一些"人的人生，便非是靠志气和经验所能"复制"的了，只在精神激励的方面有"超现实"的积极意义了……

我主张有理想有志气的青少年，不必一味仰视着那样"一些"人开始走自己的人生之路：而首先要扫视一下自己的周围再确立自己的人生目标，再决定自己的人生究竟该怎么走。

扫视一下自己的周围便会发现，许许多多堪称优秀的男人或女人，在物质生活方面，其实都正过着仅比一般生活水平稍高一点儿的生活。他们毕业于名牌大学，他们留过学，他们有双学位甚至顶尖级的高学位，他们敬业而且在自己的专业领域有所成就，他们已经青春不再人届中年，他们有才华和才干，也有所谓的"知产"……

但他们确乎非是富有的"一些"人。

他们的月薪相对高点，但绝非"大款"。

他们住得相对宽敞，但绝不敢奢想别墅。

他们买得起私车，但必是"捷达"或"普桑"。

他们的人生能达到这样的程度，少说是在大学毕业后靠了五年的努力，多说靠了十年十五年的努力……

如果算上他们从小学考初中，从初中考高中，从高中考大学，进而考硕考博所付出的孜孜不倦，丝毫也不敢懈怠的学习方面的努力，那他们为已达到的现状在激烈竞争的社会中付出了多么沉甸甸的代价可想而知……

对于最最广大的中国人而言，没有他们那一种付出和努力，欲使自己的人生达到他们那样的程度也简直是异想天开！或曰：那也算是成功的人生吗？究竟可不可以算是成功的人生我不敢妄下断言。但我知道，那一种人生在中国已是很不容易争取到的人生。即使在日本，在美国，在我们的同胞世代生存的香港和台湾，普遍的努力的人生，也只不过便是那样的……我主张正为自己的人生蓄力储智的青少年，首先应将这样的人生定为追求的目标。它近些，对它的追求也现实些。我并不是在主张无为的人生。我只不过主张人生目标的追求要分阶段，每一阶段都要脚踏实地去走。至于更高的人生的目标，更大的人生的志向，似应在接近了最近最现实的人生目标以后再拟计划……这便是我认为的社会的普遍规律和人生的普遍规律。倘连普遍都还难以超越，竟终日仰视"一些"人的极个别的人生，并且非那一种"理想"而不"追求"，则也许最终连拥有普遍的人生的资格都断送了……

人生及其意义

我曾多次被提问："人生有什么意义?"往往，"人生"之后还要加上"究竟"二字。

我想，"人生有什么意义"这一个问题，从本质来说，是从"现在时"出发对"将来时"的一种叩问，是对自身命运的一种叩问。世界上只有人才关心自身的命运问题。"命运"一词，意味着将来怎样。它绝不是一个仅仅反映"现在时"的词。

"人生有什么意义"这一个问题与人的思想活动有关，古今中外，解答可谓千般百种，形形色色。我也回答过这一问题，可每次的回答都不尽相同，每次的回答自己都不满意。

一般而言，儿童和少年不太会问"人生有什么意义"的话，他们倒是很相信人生总归是有些意义的，专等他们长大了去体会。老年人也不太会问"人生有什么意义"的话，问谁呢? 中年人常问"人生有什么意义"。相互问一句，或自说自话一句。一切都似乎不言自明，于是相互获得某种心理的支持和安慰。因为他们是有压力的，压力常常使他们对人生的意义保持格外的清醒。人生的意义在他们那儿的解释是——责任。

是的，责任即意义。责任几乎成了大多数寻常百姓的中年人之人生的最大意义。对上一辈的责任，对儿女的责任，对家庭的责任，对单位对职业的责任。人只有到了中年时，才恍然大悟，原来从小盼着快快长大好好地追求和体会一番的人生的意义，除了种种的责任和义务，留给自己的，即纯粹属于自己的另外的人生的意义，实在是并不太多了。他们老了以后，甚至会继续以所尽之责任和义务尽得究竟怎样来掂量自己的人生意义。

而在一些年轻人眼中，人生的意义就是享受，他们还没有受什么苦，也没有经历大的波折磨难，在他们看来，世界是美好的，人生要享受眼前的美好。如果他们经历了点什么困难，他们更有理由了——人活在这个世界这么苦，不好好享受对不起自己。

其实，这是大错特错的。我有一种结论，所谓"人生的意义"，它至少是由三部分组成：一部分是纯粹自我的感受；一部分是爱自己和被自己所爱的人的感受；还有一部分是社会和更多有时甚至是千千万万别人的感受。

当一个青年听到一个他渴望娶其为妻的姑娘说"我愿意"时，他由此顿觉人生饱满、有意义了，那么这是纯粹自我的感受。爱迪生之人生的意义，体现在享受电灯、电话等发明成果的全世界人身上；林肯之人生的意义，体现在当时美国获得解放的黑奴们身上。

如果一个人只从纯粹自我一方面的感受去追求所谓人生的意义，那么他或她到头来一定所得极少。最多，也仅能得到三分之一罢了。但倘若一个人的人生在纯粹自我方面的意义缺少甚多，尽管其人生作为的性质是很崇高的，那么在获得尊敬的同时，必然也引起同情。

这是自我价值和社会价值的失衡。

权力、财富、地位、高贵得无与伦比的生活方式，这其中任何一种都不能单一地构成人生的意义。而勇于担当的人，即使卑微，对于爱我们也被我们所爱的人而言，可谓大矣！因为他尽到了自己的责任，他承担起了属于自己的义务。这样的人，尽管平凡渺小，但值得钦佩。

我所站在的弧上

有些现象是相似的——比如树的年轮，比如靶环，比如影碟和音碟细密的纹。甚至，比如声波……

于是我常想，以上种种，正好比社会群体之构成和排列吧？

在我的主观中，越来越认为社会是环状的。某环之外，一环又一环，环环相吻。反之，某环之内，亦是如此。

环的正中，是实心的。就像圆的中心一样，是一个点。这个点非常主要。没有此点，圆不成其为圆。因而这个点，在中国的政治术语中，又叫"核心"。"核心"只能有一个。若居然有了两个或几个，圆就不圆了。

社会人群，一环一环地，围绕此"核心"而自然分布。以其差不多的生存状态，聚集为同一环链。

社会的阶层越细密，环越多。

那么，我就常问自己——我这位作家，站在社会之哪一环的哪一段弧上呢？

在中国，作家是可以站在离"核心"较近的某一环的某一段弧上的。如果此时作家的眼还向内圈看，那么他或她一定是短视的。因为这是由视野的半径所决定的。

所以，我一向要求自己向外圈闪退，站在能离外圈较近的某一环的某一段弧上。

这样，对于作家的创作有一个好处——向内圈看，能看明白中国的大举措是怎么酝酿的，怎么成熟的，怎么发生的，便较为可能对中国形成可靠的大感觉。而转身向外圈看，则能较清楚地看到芸芸众生的生存形态。我们都知道的，芸芸众生一向生存在社会构成的外圈……

我出自他们之中。我自认为相当熟悉他们。我不愿远离了他们。因为除了这一种熟悉，另外的熟悉不太能引起我创作的直接冲动。比如对当代文人的熟悉，对演艺圈的熟悉，对某几类官员以及某几类商人的熟悉……

其实，我已经被我所熟悉的群体排除于外了。但是，对于其他的群体，我又实在不愿跻身其中……

所以，我常觉我的处境是尴尬的。

我站在一段并不容纳我的弧上。尽管如此，以我的眼向社会最边缘的几环上看，仍能较清楚地看到一群群疲惫的人们。他们的疲惫，我认为绝非我的夸张。我相信我的眼的可靠，因而，我不禁同情疲惫的人们……

疲惫的人们不是不想潇洒，不是不愿潇洒，而是没起码的前提潇洒，便只有疲惫下去。

狡猾是一种冒险

从前，在印度，有些穷苦的人为了挣点儿钱，不得不冒险去猎蟒。

那是一种巨大的蟒，一种以潮湿的岩洞为穴的蟒，背有黄褐色的斑纹，腹白色，喜吞尸体，尤喜吞人的尸体。于是被某些部族的印度人视为神明，认定它们是受更高级的神明的派遣，承担着消化掉人的尸体之使命。故人死了，往往抬到有蟒占据的岩洞口去，祈祷尽快被蟒吞掉。为使蟒吞起来更容易，且要在尸体上涂了油膏。油膏散发出特别的香味儿，蟒一闻到，就爬出洞了……

为生活所迫的穷苦人呢，企图猎到这一种巨大的蟒，就佯装成一具尸体，往自己身上遍涂油膏，潜往蟒的洞穴，直挺挺地躺在洞口。当然，赤身裸体，一丝不挂。最主要的一点是一脚朝向洞口。蟒就在洞中从人的双脚开始吞。人渐渐被吞入，蟒躯也就渐渐从洞中蜒出了。如果不懂得这一点，头朝向洞口，那么顷刻便没命了，猎蟒的企图也就成了痴心妄想了……

究竟因为蟒尤喜吞人的尸体，才被人迷信地图腾化了，还是因为蟒先被迷信地图腾化了，才养成了"吃白食"的习性，没谁解释得清楚。

我少年时曾读过一篇印度小说，详细地描绘了人猎蟒的过程。那人不是一个大人，而是一个十三岁的孩子。他和他的父亲相依为命。他的父亲患了重病，奄奄待毙，无钱医治，只要有钱医治，医生保证病是完全可以治好的。钱也不多，那少年家里却拿不起。于是那少年萌生了猎蟒的念头。他明白，只要能猎得一条蟒，卖了蟒皮，父亲就不至于眼睁睁地死去了……

某天夜里，他就真的用行动去实现他的念头了。他在有蟒出没的山下脱光衣服，往自己身上涂遍了那一种油膏。他涂得非常之仔细，连一个脚趾都没忽略。一个少年如果一心要干成一件非干成不可的大事，那时他的认真态度往往超过了大人们。当年我读到此处，内心里既为那少年的勇敢所震撼，又替他感到极大的恐惧。我觉得世界上顶残酷的事情，莫过于生活逼迫着一个孩子去冒死的危险了。这一种冒险的义务性，绝非"视死如归"四个字所能包含的。"视死如归"，有时只要不怕死就足够了。有时甚至"但求一死"罢了。而猎蟒者的冒险，目的不在于死得无畏，而在于活得侥幸。活是最终目的。与活下来的重要性和难度相比，死倒显得非常简单不足论道了……

那少年手握一柄锋利的尖刀，趁夜仰躺在蟒的洞穴口。天亮之时，蟒发现了他，就从他并拢的双脚开始吞他。他屏住呼吸。不管蟒吞得快还是吞得慢。猎蟒者都必须屏住呼吸。蟒那时是极其敏感的，稍微明显的呼吸，蟒都会察觉到。通常它吞一个涂了油膏的大人，需要二十多分钟。猎蟒者在它将自己吞了一半的时候，也就是吞到自己腰际，猝不及防地坐起来——以瞬间的神速，一手掀起蟒的上腭，另一手将刀用全力横向一削，于是蟒的半个头，连同双眼，就会被削下来。自家的生死，完全取决于那一瞬间的速度和力度。削下来便远远地一抛。速度达到而力度稍欠，猎蟒者也休想活命了。蟒突然间受到强烈疼痛的强刺激，便会将已经吞下去的半截人体一下子呕出来。人就地一滚躲开，蟒失去了上腭连同双眼，想咬，咬不成；想缠，看不见。愤怒到极点，用身躯盲目地抽打岩石，最终力竭而亡。但是如果未能将蟒的上半个头削下，蟒眼仍能看到，那么它就会带着受骗上当的大愤怒，蹿过去将人缠住，直到将人缠死，与人同归于尽⋯⋯

不幸就发生在那少年的身体快被蟒吞进了一半之际——有一只小蚂蚁钻入了少年的鼻孔，那是靠意志力所无法忍耐的。少年终于打了个喷嚏，结果可想而知⋯⋯

数天后，少年的父亲也死了。尸体涂了油，也被赤裸裸地抬到那一个蟒洞口⋯⋯

三十多年过去了，我却怎么也忘不了读过的这一篇小说。其他方面的读后感想，随着岁月渐渐地淡化了。如今只在头脑中留存下了一个固执的疑问——猎蟒的方式和经验可以很多，人为什么偏偏要选择最最冒险的一种呢？将自己先置之死地而后生，这无疑是大智大勇的选择。但这一种"智"，是否也可以认为是一种狡猾呢？难道不是么？蟒喜吞人尸，人便投其所好，从蟒决然料想不到的方面设计谋，将自身作为诱饵，送到蟒口边上，任由蟒先吞下一半，再猝不及防地"后发制人"，多么狡猾的一着！但是问题又来了——狡猾也真的可以算是一种"智"么？勉强可以算之，却能算是什么"大智"么？我一向以为，狡猾是狡猾，"智"是"智"，二者是有些区别的。诸葛亮以"空城计"而退压城大军，是谓"智"。曹操将徐庶的老母亲掳了去，当作"人质"逼徐庶为自己效力，似乎就只能说是狡猾了罢！而且其狡其猾又是多么卑劣呢！

那么在人与兽的较量中，人为什么又偏偏要选择最最狡猾的方式去冒险呢？如果说从前的印度人猎蟒的方式还不足以证明这一点，那么非洲安可尔地区的猎人猎获野牛的方式，也是同样狡猾同样冒险的。非洲安可尔地区的野牛身高体壮，狂暴异常，当地土人祖祖辈辈采用一种与众不同的方式猎杀之。他们利用的是野牛不践踏、不抵触人尸的习性。

为什么安可尔野牛不践踏不抵触人尸，也是没谁能够解释得明白的。

猎手除了腰间围着树皮和臂上戴着臂环外，也几乎可以说是赤身裸体的。一张小弓，几支毒箭，和拴在臂环上的小刀，是猎野牛的全副武装。他们总是单独行动，埋伏在野牛经常出没的草丛中。而单独行动则是为了避免瓜分。

当野牛成群结队来吃草时，埋伏着的猎手便暗暗物色自己的谋杀目标，然后小心翼翼地匍匐逼近。趁目标低头嚼草之际，早已瞄准它的猎手霍然站起放箭。随即又卧倒下去，动作之疾跟那离弦的箭一样。

箭在野牛粗壮的颈上颤动。庞然大物低哼一声，甩着脑袋，好像在驱赶讨厌的牛蝇。一会儿，它开始警觉地扬头凝视，那是怀疑附近埋伏着狡猾的敌人了。烦躁不安的几分钟过去后，野牛回望离远的牛群，想要去追赶伙伴们了。而正在这时，第二支箭又射中了它。野牛虽然目光敏锐，却未能发现潜伏在草丛中的敌人。但它听到了弓弦的声响。颈上的第二支箭使它加倍地狂躁，鼻子翘得高高的，朝弓弦响处急奔过去。它并不感到恐惧，只不过感到很愤怒。突然间它停了下来，因为它嗅到了可疑的气味儿，边闻，边向前搜索……

人被看到了！野牛低俯下头，挺着两只锐不可当的角，笔直地冲上前去，对那猎手来说，情况十分危险。如果他沉不住气，起身逃跑，那么他死定了！但他却躺在原地纹丝不动。野牛在猎手跟前不停地踩蹄，刨地，摇头晃脑，喷着粗重的鼻息，大瞪着因愤怒而充血的眼睛……最后它却并没攻击那具"人尸"，轻蔑地转身走开了……

但这只是一种"战术"而已。野牛的"战术"。这"战术"也许是从它的许多同类的可悲下场本能地总结出来的。它又猛地掉转身躯，冲回到人跟前，围绕着人兜圈子，踩蹄，刨地，眼睛更加充血，瞪得更大，同时一阵阵喷着更加粗重的鼻息，鼻液直喷在人脸上。而那猎手确有非凡的镇定力。他居然能始终屏住呼吸，眼不眨，心不跳，仰躺在原地，与野牛眼对眼地彼此注视着，比真的死人还像死人。野牛一次次杀了五番"回马枪"，仍对"死人"看不出任何破绽。于是野牛反倒认为自己太多疑了，决定停止对那"死人"的试探，放开四蹄飞奔着去追赶它的群体，而这一次次的疲于奔命，加速了箭镞上的毒性发作，使它在飞奔中四腿一软，轰然倒地。这体重一千多斤的庞然大物，就如此这般地送命在狡猾的小小的人手里了……

现代的动物学家们经过分析得出结论——动物不但有习性，而且有种类性格。野牛是种类性格非常高傲的动物，用形容人的词比喻它们可以说是"刚愎自用"。进攻死了的东西，是违反它的种类性格的。人常常可以做违反自己性格的事，而动物却不能。动物的种类性格，决定了它们的行为模式，或曰"行为原则"也未尝不可。改变之，起码需要百代以上的过程。在它们的种类性格尚未改变前，它们是死也不会违反"行为原则"的。而人正是狡猾地利用了它们呆板的种类性格。现代的动物学家们认为，野牛之所以绝不践踏或抵触死尸，还因为它们的"心理卫生"习惯。它们极其厌恶死了的东西，视死了的东西为肮脏透顶的东西，唯恐那肮脏玷污了它们的蹄和角。只有在两种情况下才发挥武器的威力——发情期与同类争夺配偶的时候以及与狮子遭遇的时候。它的"回马枪"也可算作一种狡猾的。但它再狡猾，也料想不到，狡猾的人为了谋杀它，宁肯佯装成它视为肮脏透顶的"死尸"……

比非洲土人猎取安可尔野牛更狡猾，是吉尔伯特岛人猎捕大章鱼的方式。吉尔伯特岛是太平洋上的一个古岛。周围海域的章鱼之大，是足以令世人震惊的。它们的触角能轻而易举地弄翻一条载着人的小船。

猎捕大章鱼的吉尔伯特岛人，双双合作。一个充当"诱饵"，一个充当"杀手"。为了对"诱饵"表示应有的敬意，岛上的人们也称他们为"牺牲者"。

"牺牲者"先潜入水中，在有大章鱼出没的礁洞附近缓游，以引起潜伏的大章鱼的注意。然后突然转身，勇敢地直冲洞口，无畏地闯入大章鱼八条触角的打击范围。

充当"杀手"的人，埋伏在不远处，期待着进攻的机会。当他看到"诱饵"已被章鱼拖到洞口，大章鱼已用它那坚硬的角质喙贪婪地在"诱饵"的肉体上试探着，寻找一个最柔软的部位下口。

于是"杀手"迅速游过去，将伙伴和大章鱼一起拉离洞穴。大章鱼被激怒了，更凶狠地缠紧了"牺牲者"。而"牺牲者"也紧紧抱住大章鱼，防止它意识到危险抛弃自己溜掉。于是"杀手"飞快地擒住大章鱼的头，使劲儿把它向自己的脸扭过来，然后对准它的双眼之间——此处是章鱼的致命部位。套用一个武侠小说中常见的词可叫"死穴"——拼命啃咬起来。一口、两口、三口……不一会儿，张牙舞爪的大章鱼渐渐放松了吸盘，触角也像条条死蛇一样垂了下去，就这样一命呜呼了……

分析一下人类在猎捕和"谋杀"动物时的狡猾，是颇有些意思的。首先我们可以得出结论，狡猾往往是弱类被生存环境逼迫生出来的心计。我们的祖先，没有利牙和锐爪，甚至连凭了自卫的角、蹄、较厚些的皮也没有，连逃命之时足够快的速度都没有。在亘古的纪元，人这种动物，无疑是地球上最弱的动物之一种。不群居简直就没有办法活下去。于是被生存的环境生存的本能逼生出了狡猾。狡猾成了人对付动物的特殊能力。其次我们可以得出结论，人将狡猾的能力用以对付自己的同类，显然是在人比一切动物都强大了之后。当一切动物都不再可以严重地威胁人类生存的时候，一部分人类便直接构成了另一部分人类的敌人。主要矛盾缓解了，消弭了。次要矛盾上升了，转化了。比如分配的矛盾，占有的矛盾，划分势力范围的矛盾。因为人最了解人，所以人对付人比人对付动物有难度多了。尤其是在一部分人对付另一部分人、成千上万的人对付成千上万的人的情况下。于是人类的狡猾就更狡猾了，于是心计变成了诡计。"卧底者"、特务、间谍，其角色很像吉尔伯特岛人猎捕大章鱼时的"牺牲者"。"置之死地而后生"这一军事上的战术，正可以用古印度人猎蟒时的冒险来生动形象地加以解说。那么，军事上的佯败，也就好比非洲土人猎杀安可尔野牛时装死的方法了。

归根结底，我以为狡猾并非智慧，恰如调侃不等于幽默。狡猾往往是冒险，是通过冒险达到目的之心计。大的狡猾是大的冒险，小的狡猾是小的冒险。比如二战时期日军偷袭珍珠港的军事行径，所冒之险便是彻底激怒一个强敌，使这一个强敌坚定了必予报复的军事意志。而后来美国投在广岛和长崎的两颗原子弹，对日本军国主义来说，无异于是自己的狡猾的代价。德国法西斯在二战时对苏联不宣而战，也是一种军事上的狡猾。代价是使一个战胜过拿破仑所统帅的侵略大军的民族，同仇敌忾，与国共存亡。柏林的终于被攻陷，并且在几十年内一分为二，是德意志民族为希特勒这一个民族罪人付出的代价。

而智慧，乃是人类克服狡猾劣习的良方，是人类后天自我教育的成果。智慧是一种力求避免冒险的思想方法。它往往绕过狡猾的冒险的冲动，寻求更佳的达到目的之途径。狡猾的行径，最易激起人类之间的仇恨，因而是卑劣的行径。智慧则缓解、消弭和转化人类之间的矛盾与仇恨。也可以说，智慧是针对狡猾而言的。至于诸葛亮的"空城计"，尽管是冒险得不能再冒险的选择，但那几乎等于是唯一的选择，没有选择之情况下的选择。并且，目的在于防卫，不在于进攻，所以没有卑劣性，恰恰体现出了智慧的魅力。

一个人过于狡猾，在人际关系中，同样是一种冒险。其代价是，倘被公认为一个狡猾的人了，那么也就等于被公认为是一个卑劣的人一样了。谁要是被公认为是一个卑劣的人了，几乎一辈子都难以扭转人们对他或她的普遍看法。而且，只怕是没谁再愿与之交往了。这对一个人来说，可是多么大的一种冒险多么大的一种代价啊！

一个人过于狡猾，就怎么样也不能成其为一个可爱可敬之人了。对于处在同一人文环境中的人，将注定了是危险的。对于有他或她存在的那一人文环境，将注定了是有害的。因为狡猾是一种无形的武器。因其无形，拥有这一武器的人，总是会为了达到这样或那样的目的，一而再，再而三地使用之，直到为自己的狡猾付出惨重的代价。但那时，他人，周边的人文环境，也就同样被伤害得很严重了。

一个人过于狡猾，无论他或她多么有学识，受过多么高的教育，身上总难免留有土著人的痕迹。也就是我们的祖先未开化时的那些行为痕迹。现代人类即使对付动物，也大抵不采取我们祖先那种又狡猾又冒险的古老方式方法。狡猾实在是人类种的性格的退化，使人类降低到仅仅比动物的智商高级一点点的阶段。比如吉尔伯特岛人用啃咬的方式猎杀章鱼，谁能说不狡猾得带有了动物性呢？

人啊，为了我们自己不承担狡猾的后果，不为过分的狡猾付出代价，还是不要冒狡猾这一种险吧。试着做一个不那么狡猾的人，也许会感到活得并不差劲儿。

当然，若能做一个智慧之人，常以智慧之人的眼光看待生活，看待他人，看待名利纷争，看待人际摩擦，则就更值得学习了。

眼为什么望向窗外

无窗，不能说是房子，或屋子。确是，也往往会被形容为"黑匣子般的"……

"窗"是一个象形汉字。古代通囱，只不过是孔的意思。后来，因要区别于烟囱，逐渐固定成现在的写法。从象形的角度看，"囱"被置于"穴"下，分明已不仅仅是透光通风之孔，而且有了提升房或屋也就是家的审美意味。

若一间屋，不论大小，即使内装修再讲究，家私再高级，其窗却布满灰尘，透明度被严重阻碍了，那也还是会令主人感觉差劲，帝宫王室也不例外。"窗明几净"虽然起初是一个因果关系词，但一经用以形容屋之清洁，遂成一个首选词汇。也就是说，当我们强调屋之清洁时，脑区的第一反应是"窗明"。这一反应，体现着人性对事物要项的本能重视。

冬天过去了，春天来了，在北方，不论城市里还是农村里的人家，不论穷还是富，都做的一件事那就是去封条、擦窗子。如果哪一户人家竟没那么做，肯定是不正常的。别人往往会议论——瞧那户人家，懒成啥样了？窗子脏一冬天了都不擦一擦！或——唉，那家人愁得连窗子都没心思擦了！而在南方，勤劳的人家，其窗更是一年四季经常要擦的。

从前的学生，一升入四年级，大抵就开始在老师的指导下学着擦净教室的每一扇窗了。那是需要特别认真之态度的事，每由老师指定细心的女生来完成。男生，通常则只不过充当女生的助手。那些细心的女生哟，用手绢包着指尖，对每一块玻璃反复地擦啊擦啊，一边擦还一边往玻璃上哈气，仿佛要将玻璃擦薄似的。而各年级各班级进行教室卫生评比，得分失分，窗子擦得怎样是首要的评比项目。

"要先擦边角！"——有经验的大人，往往那么指导孩子。

因为边角藏污纳垢，难擦，费时，擦到擦尽不容易，所以常被马虎过去，甚而被成心对付过去。

随着建筑成为一门学科，窗在建筑学中的审美性更加突出，更加受到设计者的重视。古今中外，一向如此。简直可以说，忽略了对窗的设计匠心，建筑成不了一门艺术。

黑夜过去了，白天开始了，人们起床后的第一件事大抵是拉开窗帘。在气象预告方式不快捷也不够准确的年代，那一举动也意味着一种心理本能——要亲眼看一看天气如何。倘又是一个好天气，人的心境会为之一悦。

宅屋有窗，不仅为了通风，还为了便于一望。古今中外，人们建房购房时，对窗的朝向是极在乎的。人既希望透过窗望得广、望得远，还希望透过窗望到美好的景象。

"窗含西岭千秋雪"——室有此窗，不能不说每日都在享着眼福。

"罗汉松掩花里路，美人蕉映雨中楔"——这样的时光，凭窗之人，如画中人也。不是神仙，亦近乎神仙了。

"双双瓦雀行书案，点点杨花入砚池。闲坐小窗读《周易》，不知春去几时多。"——如此这般凭窗闲坐，是多么惬意的时光呢！

人都是在户内和户外交替生活着的动物。人之所以是高级的动物，乃因谁也不愿在户内度过一生。故，窗是人性的一种高级需要。

人心情好时，会身不由己地站在窗前望向外边。心情不好时，尤其会那样。

人冥想时喜欢望向窗外，忧思时也喜欢望向窗外。连无所事事心静如水时，都喜欢傻呆呆地坐在窗前望向外边。

老人喜欢那样；小孩子喜欢那样；父母喜欢怀抱着娃娃那样；相爱的人喜欢彼此依偎着那样；学子喜欢靠窗的课位；住院患者喜欢靠窗的床位；列车、飞机、轮船、公共汽车靠窗的位置，一向是许多人所青睐的。

一言以蔽之。人眼之那么喜欢望窗外。何以？窗外有"外边"耳。

对于人，世界是由两部分组成的。内心的一部分和外界的一部分。人对外界的感知越丰富，人的内心世界也便越豁达。通常情况下，大抵如此；反之，人心就渐渐地自闭了。而我们都知道，自闭是一种心理方面的病。

对于人，没有了"外边"，生命的价值也就降低了，低得连禽兽都不如了。试想，如果人一生下来，便被关在无窗无门的黑屋子里，纵然有门，却禁止出去，那么一个人和一条虫的生命有什么区别呢？即使每天供给着美食琼浆，那也不过如同一条寄生在奶油面包里的虫罢了。

即使活一千年一万年，那也不过是一条千年虫万年虫。

连监狱也有小窗。

那铁条坚铸的囚窗，体现着人对罪人的人道主义。囚窗外冰凉的水泥台上悠然落下一只鸽子，或一只蜻蜓，甚或一只小小的甲虫——永远是电影或电视剧中令人心尖一疼的镜头。被囚的如果竟是好人，我们泪难禁也。

业内人士每将那样的画面称为"煽情镜头"，但是他们忘了接着问一下自己，为什么类似的画面一再出现在电影或电视剧中，却仍有许多人的情绪那么容易被煽动得戚然？

无他。

普遍的人性感触而已。

在那一时刻，鸽子、蜻蜓、甲虫以及一片落叶、一瓣残花什么的，它们代表着"外边"，象征这所有"外边"的信息。

当一个人与"外边"的关系被完全隔绝了，对于人是非常糟糕的境况。虽然不像酷刑那般可怕，却肯定像失明失聪一样可悲。

据说，有的国家曾以此种方式惩罚罪犯或所谓"罪犯"——将其关入一间屋子，屋子的四壁、天花板、地板都是雪白的或墨黑的。并且，是橡胶的，绝光，绝音。每日的饭和水，却是按时定量供给的。但尽管如此，短则月余，长则数月，十之七八的人也就疯掉了或快疯掉了……

某次我乘晚间列车去别的城市，翌日九点抵达终点站，才六点多钟，卧铺车厢过道的每一窗前已都站着人了。而那是 T 字头特快列车，窗外飞奔而掠过的树木连成一道绿墙，列车似从狭长的绿色通道驶过。除了向后迅移的绿墙，其实看不到另外的什么。

然而那些人久久地伫立窗前，谁站累了，进入卧室去了，窗前的位置立刻被他人占据。进入卧室的，目光依然望向窗外，尽管窗外只不过仍是向后迅移的绿墙。我的回忆告诉我，那情形，是列车上司空见惯的……

天亮了，人的第一反应是望向窗外，急切地也罢，习惯地也罢，都是源于人性本能。好比小海龟一破壳就本能地朝大海的方向爬去。

就一般人而言，眼睛看不到"外边"的时间，如果超过了一夜那么长，肯定情绪会烦躁起来的吧？而监狱之所以留有囚窗，其实是怕犯人集体发狂。日二十四时，夜仅八时，实在是"上苍"对人类的眷爱啊。如果忽然反过来，三分之二的时间成了夜晚，大多数人会神经错乱的吧？

眼为什么望向窗外？

因为心智想要达到比视野更宽广的地方。虽非人人有此自觉，但几乎人人有此本能。连此本能也无之人，是退化了的人。退化了的人，便谈不上所谓内省。

窗外是"外边"：外国是"外边"，宇宙也是外边。在列车上，"外边"是移动的大地；在飞机上，"外边"是天际天穹；在客轮上，"外边"是蓝色海洋……

人贵有自知之明，所以只能形容内心世界像大地，像海洋，像天空"一样"丰富多彩，"像"其意是差不多少。很少有什么人的内心世界被形容得比大地、比海洋、比天空"更"怎样。

外边的世界既然比内心之"世界"更精彩，人心怎能佯装不知？人眼又怎能不经常望向窗外？……

二〇〇九年八月三十一日于北京

几个春节一段人生

　　倘你是少年，你肯定已度过了十几个春节；倘你是青年，你肯定已度过了二十几个春节；倘你是中年，你肯定已度过了四五十个春节；倘你是老年，你肯定已度过了六七十个乃至更多次春节……

　　其实，我想说的是——那么，你究竟能清楚地记得几次春节的情形呢？你能将你度过的每一次春节的欢乐抑或伤感，都记忆犹新地一一道来么？

　　我断定你不能。许许多多个春节，哦，我不应该用许许多多这四个字。因为实际上，能度过一百个以上春节的人，真是太少太少了！

　　我们的记忆竟是这么对不起我们！它使我们忘记我们在每一年最特殊的日子里所体会的那些欢乐，那些因欢乐的不可求而产生的感伤，如同小学生忘记老师的每一次课堂提问一样……

　　难道春节对于我们每一个人来说，不是每年中最特殊的日子么？此外，对于我们中国人来说还有什么比春节更特殊的日子呢？生日？——生日是世界性的，不是"中国特色"的。而且，一家人一般不会是同一个生日啊。春节仿佛是家庭的生日。一个人过春节，是没法儿体会全家团聚其乐融融那一种亲情交织的温馨的，也没法儿体会那一种棉花糖般膨化了的生活的甜。

中国人盼望春节，欢庆春节，是因为春节放假时日最长，除了能吃到平时没精力下厨烹做的美食，除了能喝到平时舍不得花钱买的美酒，最主要的，更是在期盼平时难以体会得到的那一种温馨，以及那一种生活中难忘的甜呀！

那温馨，那甜，虽因贫富而有区别，却也因贫富而各得其乐。于是我们理解了为什么杨白劳在大年三十夜仅仅为喜儿买了一截红头绳，喜儿就高兴得跳起来，唱起来……

大年三十夜使红头绳仿佛不再是红头绳，而是童话里的一大笔财富似的！

> 人家的姑娘有花儿戴，
>
> 我爹没钱不能买。
>
> 扯上二尺红头绳，
>
> 欢欢喜喜扎起来……

《白毛女》中这段歌，即使今天，那甜中有苦、苦中有甜的欢悦，也是多么令人怆然啊！

浪迹他乡异地的游子，春节前，但凡能够，谁不匆匆地动身往家里赶？

有家的人们，不管是一个多么穷多么破的家，谁不尽量将家收拾得像个样子？起码，在大年三十夜，别的都做不到，也要预先备下点儿柴，将炉火烧得旺一些……

我对小时候过的春节，早已全然没了印象。只记得四五岁时，母亲刚刚生过四弟不久的一个春节，全家围着小炕桌在大年三十晚上吃饺子，我一不小心，将满满一碗饺子汤洒在床上了，床上铺的是新换的床单。父亲生气之下，举起了巴掌，母亲急说："大过年的，别打孩子呀！"

父亲的巴掌没落在我头上，我沾了春节的光。

新棉衣被别的孩子扔的鞭炮炸破了，不敢回家，躲在邻居家哭——这是我头脑中保留的一个少年时的春节的记忆。这记忆作为小情节，被用在《年轮》里了。

也还记得上初二时的一个春节——节前哥哥将家中的一对旧木箱拉到黑市上卖了二十元钱。母亲说："今年春节有这二十元钱，该可以过个像样的春节了。"时逢做店员的邻家大婶儿通告，来了一批猪肉，很便宜，才四角八分一斤。那是在国库里冻了十来年的储备肉，再不卖给百姓，就变质了。所以便宜，不要票。我极力动员母亲，将那二十元都买肉。既是我的主张，那么我当然自告奋勇去买。在寒冷的晚上，我走了十几里路，前往那郊区的小店。排了整整一夜，第二天早上买到了大半扇猪肉。用绳子系在身后，背着走回了家。四十来斤大半扇猪肉，去了皮和骨，只不过收拾出二十来斤肉。那猪肉瘦得没法儿形容……

一九六八年，大约是初二或初三，既上不了学又找不到工作的我，去老师家里倾诉苦闷。夜晚回家的路上，遇着两个男人架着一个醉汉。他们见我和他们同路，就将那醉汉交付给我了，说只要搀他走过两站路就行了。我犹豫未决之间，他们已拔腿而去。怎么办呢？醉汉软得如一摊泥。我不管他，他躺倒于地，岂不是会冻死么？我搀他走过两站，又走过两站，直走到郊区的一片破房子前。亏他还认得自家门。我一直将他搀进屋。至今记得，他叫周翔，是汽车修理工，妻子死了，有四个孩子。他一到家就吐了，吐罢清醒了。清醒了的他，对我很是感激，问明我是耽误了"文革"没有着落的学生，发誓说他一定能为我找到份儿工作。以后几天，一直到正月十五，我几乎天天去他家，而他几乎天天不在家。我就替他收拾屋子，照顾儿子，做饭、洗衣，当起用人来。终于我明白，他天天白日不在家，无非是找地方去借酒浇愁。而他借酒浇愁，是因为他自己刚刚失去了工作！……我真傻，竟希望这样的人为我找工作……

半年后，六月，我义无反顾地下乡了。

周翔和那一年的春节，彻底结束了我的少年时代。我一直觉得，是那一年的春节和周翔其人使我开始成熟了，而不是"上山下乡"运动……

兵团生活的六年中，我于春节前探过一次家。和许多知青一样，半夜出火车站，背着几十斤面，一路上急急往家赶，心里则已在想着，如果母亲看见我，和她这个儿子将要交给她的一百多元钱，该多高兴呀——全家又可美美地过一次春节了，虽然远在四川的父亲不能回家有点儿遗憾……

那么，另外五个春节呢？

当然全是在北大荒过的。

可究竟怎么过的呢？努力回忆也回忆不起来了。我曾是班长、教师、团报道员、抬木工。从连队到机关再被贬到另一个连队，命运沉浮，过春节的情形，则没什么不同。无非看一场电影，一场团或连宣传队的演出，吃一顿饺子几样炒菜，蒙头大睡——当知青时，过春节的第一大享受对于我来说，不是别的，是可以足足地补几天觉……

上大学的第一个春节是在上海市虹桥医院的肝炎隔离病房度过的……

第二个第三个春节都没探家，全班只剩我一个学生在校……

在北影工作十年，只记住一个春节——带三四岁的儿子绕到宿舍楼后去放烟花。儿子曾对我说，那是他最温馨的回忆。所以那也是我关于春节的最温馨的回忆之一……

在儿童电影制片厂十余年，头脑中没保留下什么关于春节的特殊印象。只记得头几年的三十儿晚上，和老厂长于蓝同志相约了，带上水果、糖、瓜子、花生之类，去看门卫战士们——当年的他们，都调离了。如今老厂长于蓝已退休，我也不再担任什么职务，好传统也就没继承下来……

怎么的？大半截人生啊！整整五十年啊！五十个春节，头脑中就保留下了一点点支离破碎的记忆么？是的。真的！就保留下了这么一点点支离破碎的记忆。

虽然是支离破碎的记忆，但除了1968年的春节而外，却又似乎每忆起来，都是那么温馨。1968年的春节，我实际上等于初二或初三后就没在自己家，在周翔家当用人来着……

如今我们中国人过春节的内容更丰富了。利用春节假期进行旅游，以至于"游"到国外去，早已不是什么新潮流了。亲朋好友的相互拜年迎来送往，也差不多基本上被电话祝福所代替了。人们越来越希望，能在节假日期间留给自己和家庭更多的"自控时段"，以享受家庭生活的温馨。

改革开放使一部分中国人富了起来，使大部分中国人的生活水平居住水平明显提高，春节之内容的物质质量也空前提高。吃饺子已不再是春节传统的"经典内容"。如果统计一下定会发现，在城市，春节期间包饺子的人比从前少多了。而在90年代以前，谁家春节没包饺子，那可能会是因为发生了冲淡节日心情的不幸。而现在是因为——几乎每一个小店平日都有速冻饺子卖，吃饺子像吃方便面一样是寻常事了。尽管有不少"下岗"者，但祥林嫂那种在春节无家可归冻死街头的悲剧，毕竟是少有所闻了……

我们中国人过春节的内容和方式，分明正变化着。在乡村，传统的习俗仍被加以珍惜，不同程度被保留着。在城市，春节的传统习俗，正受到日新月异的现代生活方式和生活质量的冲击，甚至已经发生了彻底的变化……

依我想来，我们中国人大可不必为春节传统内容的瓦解而感伤，从某种角度看，不妨也认为是生活观念的解放……

只要春节还放一年中最长的节假，春节就永远是我们中国人"总把新桃换旧符"的春节。

毕竟，亲情是春节最高质量的标志。亲情是在我们内心里的，不是写在日历上的。

一个人，只要是中国人，无论他或她多么了不起，多么有作为，一旦到了晚年，一旦陷入对往事的回忆，春节必定会伴着流逝的心情带给自己某些欲说还休的惆怅。

因为春节是温馨的，是欢悦的。那惆怅即使绵绵，亦必包含着温馨，包含着欢悦啊！……

哪怕仅仅为了我们以后回忆的滋味是美好的，让我们过好每一次春节吧！

我以为，事实上若我们能对春节保持一份"平平淡淡才是真"的好心情，那么，我们中国人的每一次春节，便都会是人生中难忘的回忆。

只想当"小知识分子"

　　某日，偶被一个经常召开这样那样会议的地方通知去参加一次座谈会，也可以说是"恳谈会"。目前"谈"而不"恳"的会很多，很流行；"座"而不"做"的会也很多，也很流行；故强调是"恳谈会"，以示区别。

　　有位年长的知识分子悒然郁然慨慨然地痛陈时弊。

　　主持会议的人问："那么该怎样是好呢？"

　　答曰："'天下兴亡，匹夫有责。'中国的知识分子应积极参政议政！"

　　于是知识分子们纷纷颔首不已，除了最年轻的一个我而外。当时我这个写小说的人，很没把握觉得自己便是一个知识分子了……

　　"你怎么看？"——有人问我。

　　我说："我做的事很普通，很微不足道。我被抬举地叫作'文化人'。被叫作的根据是我仍写着小说。所以我要继续把小说这行当好好做下去。否则，连'文化人'也不配再是了。更遑论是什么'知识分子'了。而我这个'文化人'，是从来没想过从'政权'这么重大的方面对国家有所奉献的。自思绝对没有这个能力。所以除了写小说，倘还自认为可做些有益于社会的事，那也不过就是——周围同事闹意见了，我帮着调解调解；左邻右舍产生矛盾了，我说和说和；单位领导和群众在某件事的主张上不一致了，我起点儿沟通作用；朋友有困难了，充当个热心的角色；谁家里遭遇不幸，送去点儿安慰和友情；两口子闹离婚，劝他们慎重考虑考虑……如此而已，仅此而已。还要尽到为人夫、为人父、为人子、为人兄弟的种种家庭责任，实在已是觉着活得很累了，再不敢往自己身上揽扯什么使命了。强揽硬扯到身上，也是根本做不到的……"

众人一时沉默，少顷，有一人道："这是典型的小知识分子的活法。旧社会的私塾先生就常充当这样的社会角色而欣欣然。"我说："我正是想当一个小知识分子，一个小小的知识分子。而且明白，当好一个小小的，也须很竭诚。现在是新社会，当私塾先生得经过层层批准，恐怕还得有人赞助。否则，当那么一个老好人儿式的私塾先生。实在是我的一大愿望呢！"

真的。以上是我的极真实的想法。在目前这一个时代，倘能一边写着自己想写的小说，一边在自己生活着的小小社会平面上，充当一个老好人儿，与世无争，于世无害，与人无争，于人为善，乃是多大的造化，不亦乐乎？

后半生，我要竭诚地当好一个小小的、小小的知识分子……

想从前，我才不过是一个"知识青年"嘛！我不忘本。

我们为什么如此倦怠

依我看来，我们这个时代，具有如下特征：

人对时代的相对认同

毫无疑问，古往今来，在任何一个国家，人对时代的认同一向是相对的，而且只能以大多数人的态度作为评说依据。我自然是无法进行大规模的问卷调查的，我所依据只不过是日常感受。即使根本错误，甚或相反，也自信我的感受对他人会多少有点儿社会学方面的参考意义。

新中国曾经历两次类似的时代——一次是中华人民共和国成立伊始，一次是改革开放初期，第三次，便是现在了。这乃因为，凡三十余年间，种种深刻的和巨大的阵痛，已熬过了剧烈的反应期，现今处于"迁延期"。最广大的工人和农民，毕竟开始分享到某些改革开放的成果了，尽管很少，而且国家的着眼点也开始更多地关注到他们了。当年直接经历了那种剧烈的"反应期"的群体，多已随着时间的推移而成为社会平面图上的边缘群体。倘他们仍能经常听到替他们的利益而代言的声音，那么他们的心理是会比当初平衡些的。所幸这一种声音在各级人大和各级政协仍不绝于耳，并每隔几年总会变成至少一项对他们有利的国策。事实证明，他们没有被时代所抛弃不顾，他们也已在不同程度上感受到了这一点。

"公民"一词其实是一个分数，他们好比是"分母"，"分母"对时代的不认同性其值越大，公民对时代的认同关系的正值越小。但极易导致人对时代的排斥心理的问题依然不少，一言以蔽之，那就是大多数人的人生究竟还能享受到怎样的社会权利和社会保障？人在此点上所望到的前景越乐观，人对时代才越认同。"能者多得"只是社会财富公平分配的一个方面，而另一个方面是"体恤弱者"。为了增强国人对社会的认同，到了该认真对待另一个方面的时候了。大学生就业问题日益严重，而这意味着新的不认同群体将有可能形成，那么人对时代的认同必将面临新一番考验。

理性原则深入头脑

谈到此点，不能不肯定对国人进行普法教育的巨大成绩，也不能不充分肯定"公检法"系统依法维护社会治安所发挥的巨大作用，还不能不对中国底层民众三十余年间越来越冷静的理性自觉加以称赞，这乃是中国儒家思想对民间的悠久熏陶使然，更是一九四九年以后新政权对民间教化的一种基因的体现。总而言之，中国用了三十年的时间从"人治"走向"法治"，并不算用了太长的时间。底层民众的理性程度，才更标志着一个国家的理性程度。正如底层民众的文明程度，才更标志着一个国家的文明程度；底层民众所达到的生活水准，才更标志着一个国家所达到的生活水准。而最值得正面评说的是——民告官的现象多了；民告政府部门的现象多了；甚至，民告党政部门的现象也不少了。我认为这是我们的国家应感欣慰之事，而不应相反。因为，告是公开的不满，也是对公正的公开的伸张权利。这一权利之有无直接决定人民群众理性选择余地的有无。现在，人民群众终于是有了。虽然还不够大，但已确实证明社会本身的进步。

倦怠感在弥漫

这是相对于三十余年间时代的亢奋发展状况而言的。亢奋发展的时代必然在方方面面呈现违背科学发展观的现象，因而必然是浮躁的时代。时代发展的突飞猛进，有时与亢奋的急功近利的违背科学发展观的现象混淆在一起，重叠在一起，粘连在一起，你中有我，我中有你，"剪不断，理还乱"。其状况作用于人，使人无法不倦怠。

在某些经济实力雄厚的城市，倦怠呈现为"匀速"，甚至呈现为有意识的"缓速"发展时期。这是一种主动调整，也是对亢奋的自我抑制。经济发展乃是社会发展的火车头。于是普遍之人们的生活质量得以从浮躁状况脱出来，转向悠然一点儿的状况。这一种状态还说不上是闲适，但已向闲适靠拢了。在这些城市，真正闲适的生活也仅仅是极少数人才过得上的一种生活。然而，大多数的人们，已首先能从心态上解放自己，宁肯放松对物质的更大更强烈的诉求，渐融入有张有弛的生活潮流之中。故那一种倦怠的状况，实则是一种主动，一种对亢奋与浮躁的自觉违反。

而在另一些城市，倦怠是普遍之人们真正的生理和心理的现状，体现为人与时代难以调和的冲突，体现为一种狭路相逢般的遭遇。时代无法满足人们多种多样的利益诉求，人们也几乎不能再向前推进时代这一超重的列车。时代喘息着，人也喘息着。社会的一切方面每天都在照常运行，甚至也有运行的成果不时显示着，但又几乎各阶层各种各样的人都身心疲沓，精神萎靡，心里不悦。男人倦怠，女人也倦怠，老人倦怠，孩子也倦怠，从公仆到商企界人士到学子，工作状态也罢，学习状态也罢，生活状态也罢，皆不同程度倦怠了。当各阶层人们付极大之努力，却只能获得极少有时甚至是若有若无的利益回报时，倦怠心理不可避免。

在这些城市，倦怠尤其意味着是对违背科学发展观的一种惩处——在不该追随着亢奋的时候也盲目亢奋，在应该悠着长劲儿来图发展的情况下耗竭了本有的能力。好比是万米长跑运动员，却偏要参加百米竞赛，非但没获得好名次，反而跑"岔气"了，而且跑伤肺了。

倦怠了的人们不能靠刺激振作起来，要耐心地给以时日才能重新缓过劲儿来。回顾一下已经过去了的三十余年，几乎天天大讲"抓住机遇"，仿佛一机既失，非生便死，等于是一种催人倦怠的心理暗示。早十年提出科学发展观就好了。

亚稳定及其代价

凡事，站在相反的角度看，坏事可以变成好事。

倦怠之众，易成稳定之局。然而毕竟不是正常的稳定，故只能称之为"亚稳定"。好比身心疲沓的人，也是变得很顺从了的人。喝之往东，遂往东也；引之往西，则向西去，全没了热忱反应，也没了真诚，没了对许多事的责任心。对于这样的人，许多事情也都变得极其简单——谁发话？怎么干？反倒谁都宁愿做一个随大流听吆喝的人了，因为那意味着即使错了也可以不负责任。而必须充当手持令旗的角色的人，总还是有的。但连这一种人的责任感，其实也只不过是别犯错误这一底线上的最保险的责任感而已。

若将亚稳定视为稳定实在是一厢情愿的，因为那一种稳定通常只不过是一盘散沙。当需要统一步伐、统一意志之时，步伐倒还是能统一，但意志往往仍是一盘散沙……

原态个人主义

这里说的"个人主义"，不是曾盛行于西方的"个人主义"——那是一种积极的"个人主义"，即每一个人都应最大限度地提升自己的综合能力，于是提升全社会的发展能量。并且进一步强调，"能力越大，责任越大"。所言"责任"，乃指社会公益责任。

原态的"个人主义"，是我们中国人通常所指所理解的"个人主义"，即最大限度地提升自己的综合能力（包括非正面能力），以使个人利益最大化——到此为止的"个人主义"，"个人"唯是一个人，也包括性质不同的"法人"。若希望能力越大的同时责任也越大，"个人主义"成为我们时代的一种"主义"，中国还需经过很多很多年文化的培养……

文化两难

公正地看，一九四九年以后，中国之文化艺术，从未像今天这般繁荣过。而且其繁荣，是越来越多元化的一种繁荣。但是中国经济的发展太不平衡，"欧洲加非洲等于中国"，此言虽有夸张意味，的确也在一定程度上描绘了中国不同地区人民大众现实生活水平的巨大差距。即使在同一地区同一城市，收入的差距也是令人咋舌的。"平均收入"以及"平均收入的增长"，在中国其实是喜悦值很小的一种数据。

文化被逼仄在以上差距的峡谷之中，每感两难。

电影在全世界都是最大众化的文娱形式，但在中国，十三亿人中的十之七八，是舍不得花钱看大片的。无论进口的，还是国产的。支持院线票房的，往多了说也就百分之零点几。对于人民大众，电视节目仍然是最廉价的文娱提供，自然也是他们的最爱。而对于电视台，每一档节目的收视率即是它们的生命线，其内容的娱乐性质与收视率息息相关。

大众分明已经厌烦了一味地娱乐供给，但还没准备好接受非娱乐性质的文艺类型。继续厌烦而又继续娱乐着。电视台也已经腻歪了每天供给大量的娱乐内容，并且有不少娱乐栏目的从业者事实上是做好了转型准备的，也是不乏转型潜质的。但转型无论对于他们自己还是电视台，都意味着是在冒险。故他们也只有继续腻歪着又继续供给着。然而，也许正是在这样的情况之下，文化将会依赖其自觉性，整合一切有利能量，终于发生某种"凤凰涅槃"。

腐败既隐且敛

腐败现象自然还会存在，但明显的、有恃无恐的腐败将越来越少。以上一种腐败，是以权力院落为保护伞的。从北京到其他城市，此种权力院落盘根错节，相互倚重，其不可动摇的权力地位往往固若金汤。此等权力院落保护之下的腐败，有时仿佛畅行无阻。

但，俱往矣。显示着某种史性威严的权力院落，在中国已不复存在。保护伞也许还是有的，但大抵都够不上威严了。中国毕竟已进入了一个新的历史时期，社会能见度已不可逆转地渐呈清晰。腐败未经暴露则已，一旦暴露，谁保护谁都是很难的了。无论谁企图充当保护者，都将付出个人代价。

故我们这个时代的腐败，将会变得越来越善于钻法纪的空子，披上合法的外衣，并且越来越具有文明的艺术性，甚至无懈可击的"专业"性。

那么，"反腐"也必将同样具有艺术性和专业性。倘不如此，其反亦难……

"手帕人生"上的小人儿

对于人生，早已有了许多种比喻。

我想，人生也是可以比作一块画布的。有人的一生如巨幅的画布，其上所展现的情形波澜壮阔，气象万千。有人的一生充满了泼墨式的、大写意式的浪漫，或充满了起伏跌宕的戏剧性。看他们的人生画布，好比看连环画。

但大多数人的人生画布是小幅的。我的人生画布就属于大多数人中的一例。我曾与朋友们戏称之为"手帕人生"。是的，我也就是在这么大的尺寸中，以写实的，有时甚至是以工笔的画法，相当认真地一层层涂抹我的寻常人生。我的人生画布上太缺乏浪漫色彩，更没什么戏剧性，内容简明甚是单调。我的童年和少年，其实也就根本不怎么值得回忆，更不值得写出来供人看。

又，我觉得，童年是人生画布的底色。底色上即使勾勒出了影影绰绰的人形，却往往属于"点彩"派、"印象"派的那一种。远看或还辨得清轮廓，近看则就与底色模糊成一片了。毕竟，那轮廓的边缘，与底色融得太平贴，并不能从底色上凸显出来……

我觉得，少年是人生画上关于人的首次白描。此时画布上一个少年的眉目略清。他的表情已能默默无言地预示着他未来的性情和品格。甚至，已有几分先天性的因素含蓄在他的眼里，预示着他未来的命运了……

分析我们大多数人之人生的画布，皆证明着这么一种较普遍的现象。

我的童年和少年，在我人生的画布上，尤其符合此一种普遍性。那"手帕"上的小人儿有我今天的影子。

我自己这么认为……

积极的人生不妨做减法

人生要像手机那样不断增添功能吗?

某日,几位青年朋友在我家里,话题数变之后,热烈地讨论起了人生。依他们想来,所谓积极的人生肯定应该是这样的:使人生成为不断地"增容"的过程,才算是与时俱进的,不至于虚度的。

我听了就笑。他们问:"您笑是什么意思呢? 不同意我们的看法吗?"我说:"请把你们那不断地'增容'式的人生,更明白地解释给我听来。"便有一人掏出手机放在桌上,指着,说:"好比人生是这手机,当然功能越多越高级。功能少,无疑是过时货,必遭淘汰。手机必须不断更新换式,人生亦当如此。"

我说:"人是有主观能动性的,而手机没有。一部手机,其功能多也罢,少也罢,都是由别人设定了的,自己完全做不了自己的主。所以你举的例子并不十分恰当啊!"

他反驳道:"一切例子都是有缺陷的嘛!"另一人插话道:"那就好比人生是电脑。你买一台电脑,是要买容量大的呢,还是容量小的呢?"我说:"你的例子和第一个例子一样不十分恰当。"

他们便七言八语"攻击"我狡辩。我说:"我还没有谈出我对人生的看法啊，'狡辩'罪名无法成立'。于是皆敦促我快快宣布自己对人生的看法，我说："你们都知道的，我不用手机，也不上网。但若哪一天想用手机了，也想上网了，那么我可能会买小灵通和最低档的电脑。因为只要能通话，可以打出字来，其功能对我就足够了。所以我认为，减法的人生，未必不是一种积极的人生。而我所谓之减法的人生，乃是不断地从自己的头脑之中删除掉某些人生'节目'，甚至连残余的信息都不留存，而使自己的人生'节目单'变得简而又简。总而言之一句话，使自己的人生来一次删繁就简……"

我的话还没说完，他们皆大摇其头，曰："反对，反对！""如此简化，人生还有什么意思？""面对丰富多彩、机遇频频的人生，力求简单的人生态度，纯粹是你们中老年人无奈的活法！"

我说："我年轻时，所持的也是减法的人生态度。何况，你们现在虽然正年轻着，但几乎一眨眼也就会成为中老年人的。某些人之所以抱怨人生之疲惫，正是因为自己头脑里关于人生的'容量'太大太混杂了，结果连最适合自己的那一种人生的方式也迷失了。

而所谓积极的、清醒的人生，无非就是要找到那一种最适合自己的人生方式。一经找到，确定不移，心无旁骛。而心无旁骛，则首先要从眼里删除掉某些吸引眼球的人生风景……"

对方皆黯然，未领会我的话。

有些事不试也可以知道自己的斤两

我只得又说："不举例了。世界上还没有人能想出一个绝妙的例子将人生比喻得百分之百恰当。我现身说法吧。我从复旦大学毕业时，正是你们现在这种年龄。我自己带着档案到文化部报到时，接待我的人明明白白地告诉我，我可以选择留在部里的，但我选择了电影制片厂。别人当时说我傻，认为一名大学毕业生留在部级单位里，将来的人生才更有出息。可以科长、处长、局长一路在仕途上'进步'着！但我清楚我的心性太不适合所谓的'工作'，所以我断然地从我的头脑中删除了仕途人生的一切'信息'。仕途人生对于大多数世人而言，当然意味着是颇有出息的一种人生。

"但再怎么有出息，那也只不过是别人的看法。我们每一个人的头脑里，在人生的某阶段，难免会被塞入林林总总的别人对人生的看法。这一点确实有点儿像电脑，若是新一代产品，容量很大，又与宽带连接着，不进入某些信息是不可能的。然而判断哪些信息才是自己所需要的信息，这一点却是可能的。

"其实有些事不试也可以知道自己的斤两。比如潘石屹，在房地产业无疑是佼佼者。在电影中演一个角色玩玩，亦人生一大趣事。但若改行做演员，恐怕是成不了气候的，做导演、作家，想必也很吃力。而我若哪一天心血来潮，逮着一个仿佛天上掉下来的机会就不撒手，也不看清那机会落在自己头上的偶然性、不掂量自己与那机会之间的相克因素，于是一头往房地产业钻去的话，那结果八成是会令自己也令别人后悔晚矣的。

"说到导演，也多次有投资人来动员我改行当导演的。他们认为观众一定会觉得新奇，于是有了炒作一通的那个点，会容易发行一些。

"我想，导一般的小片子，比如电影频道播放的那类电视电影，我肯定是力能胜任的。

"六百万元投资以下的电影，鼓鼓勇气也敢签约的（只敢一两次而已）。倘言大片，那么开机不久，我也许就死在现场了。我曾说过，当导演第一要有好身体，这是一切前提的前提。爬格子虽然也是耗费心血之事，劳苦人生，但比起当导演，两种累法。前一种累法我早已适应，后一种累法对我而言，是要命的累法……"

年轻的客人们听了我的现身说法，一个个陷入沉思。

即使年轻，也须善于领悟减法人生的真谛。

我最后说："其实上苍赋予每一个人的人生能动力是极其有限的，故人生'节目单'的容量也肯定是有限的，无限地扩张它是很不理智的人生观。通常我们很难确定自己究竟能胜任多少种事情，在年轻时尤其如此。因为那时，人生的能动力还没被彻底调动起来，它还是一个未知数，但这并不意味着我们连自己不能胜任哪些事情也没个结论。在座的哪一位能打破一项世界体育纪录呢？我们都不能。哪一位能成为乔丹第二或姚明第二呢？也都不能。歌唱家呢？还不能。获诺贝尔和平奖呢？大约同样是不能的，而且是明摆着的无疑的结论。那么，将诸如此类的，虽特别令人向往但与我们的具体条件相距甚远的人生方式，统统从我们的头脑中删除掉吧！加法的人生，即那种仿佛自己能够愉快地胜任充当一切社会角色，干成世界上的一切事而缺少的仅仅是机遇的想法，纯粹是自欺欺人。"

一种人生的真相是——无论世界上的行业丰富到何种程度，机遇又多到何种程度，我们每一个人比较能做好的事情，永远也就那么几种而已。有时，仅仅一种而已。

所以即使年轻着，也须善于领悟减法人生的真谛：将那些干扰我们心思的事情，一而再，再而三地从我们人生的"节目单"上减去、减去、再减去。于是令我们人生的"节目单"的内容简明清晰；于是使我们比较能做好的事情凸显出来。所谓人生的价值，只不过是要认认真真、无怨无悔地去做最适合自己的事情而已。

花一生去领悟此点，代价太高了，领悟了也晚了；花半生去领悟，那也是领悟力迟钝的人。

现代的社会，足以使人在年轻时就明白自己适合做什么事。

只要人肯于首先向自己承认，哪些事是自己根本做不来的，也就等于告诉自己，这种人生自己连想都不要去想。如今"浮躁"二字已成流行语，但大多数人只不过流行地说着，并不怎么深思那浮躁的成因。依我看来，不少的人之所以浮躁着并因浮躁而痛苦着，乃因不肯首先自己向自己承认——哪些事情是自己根本做不来的，所以也就无法使自己比较能做好的事情在自己人生的"节目单"上简明清晰地凸显出来，却还在一味地往"节目单"上增加种种注定与自己人生无缘的内容……

中国那面向大多数人的文化在此点上扮演着很劣的角色——不厌其烦地暗示着每一个人似乎都可以凭着锲而不舍做成功一切事情；却很少传达这样的一种人生思想——更多的时候锲而不舍是没有用的，倒莫如从自己人生的"节目单"上减去某些心所向往的内容，这更能体现人生的理智，因为那些内容明摆着是不适合某些人的人生状况的……

为什么我们对平凡的人生深怀恐惧

"如果在三十岁以前，最迟在三十五岁以前，我还不能使自己脱离平凡，那么我就自杀。"

"可什么又是不平凡呢？"

"比如所有那些成功人士。"

"具体说来。"

"就是，起码要有自己的房、自己的车，起码要成为有一定社会地位的人吧？还起码要有一笔数目可观的存款吧？"

"要有什么样的房，要有什么样的车？在你看来，多少存款算数目可观呢？"

"这，我还没认真想过……"

以上，是我和一位大一男生的对话。那是一所较著名的大学，我被邀举办讲座。对话是在五六百人之间公开进行的。我觉得，他的话代表了不少学子的人生志向。我已经忘记了我当时是怎么回答的。然此后我常思考一个人的平凡或不平凡，却是真的。按《新华词典》的解释，平凡即普通，平凡的人即平民。《新华词典》特别在括号内加注——泛指区别于贵族和特权阶层的人。做一个平凡的人真的那么令人沮丧么？倘注定一生平凡，真的毋宁三十五岁以前自杀么？我明白那大一男生的话只不过意味着一种"往高处走"的愿望，虽说得郑重，其实听的人倒是不必太认真的。

但我既思考了，于是觉出了我们这个社会、我们这个时代，近十年来，一直所呈现着的种种文化倾向的流弊，那就是——在中国还只不过是一个发展中国家的现阶段，在普遍之中国人还不能真正过上小康生活的情况下，中国的当代文化，未免过分"热忱"地兜售所谓"不平凡"的人生的招贴画了，这种宣扬尤其广告兜售几乎随处可见。而最终，所谓不平凡的人的人生质量，在如此这般的文化那儿，差不多又总是被归结到如下几点——住着什么样的房子，开着什么样的车子，有着多少资产，于是社会给以怎样的敬意和地位。于是，倘是男人，便娶了怎样怎样的女人……

20世纪二三十年代的中国，也很盛行过同样性质的文化倾向，体现于男人，那时叫"五子登科"，即房子、车子、位子、票子、女子。一个男人如果都追求到了，似乎就摆脱平凡了。同样年代的西方的文化，也曾呈现过类似的文化倾向。区别乃是，在他们的文化那儿，是花边，是文化的副产品；而在我们这儿，在八九十年后的今天，却仿佛地渐成文化的主流。这一种文化理念的反复宣扬，折射着一种耐人寻味的逻辑——谁终于摆脱平凡了，谁理所当然地是当代英雄；谁依然平凡着甚至注定一生平凡，谁是狗熊。并且，每有俨然是以代表文化的文化人和思想特别"与时俱进"似的知识分子，话里话外地帮衬着造势，暗示出更为伤害平凡人的一种逻辑，那就是——一个时势造英雄的时代已然到来，多好的时代！许许多多的人不是已经争先恐后地不平凡起来了么？你居然还平凡着，你不是狗熊又是什么呢？

一点儿也不夸大其词地说，此种文化倾向，是一种文化的反动倾向。和尼采的所谓"超人哲学"的疯话一样，是漠视甚至鄙视和辱谩平凡人之社会地位以及人生意义的文化倾向。是反众生的，是与文化的最基本社会作用相悖的，是对于社会和时代的人文成分结构具有破坏性的。

在这样的文化背景下成长起来的中国下一代，如果他们普遍认为最远三十五岁以前不能摆脱平凡便莫如死掉算了，那是毫不奇怪的。

人类社会的一个真相是，而且必然永远是牢固地将普遍的平凡的人们的社会地位确立在第一位置，不允许任何意识之形态动摇它的第一位置，更不允许它的第一位置被颠覆，这乃是古今中外的文化的不贰立场，像普遍的平凡的人们的社会地位的第一位置一样神圣。当然，这里所指的，是那种极其清醒的、冷静的、客观的、实事求是的、能够在任何时代都"锁定"人类社会真相的文化，而不是那种随波逐流的、嫌贫爱富的、每被金钱的作用左右得晕头转向的文化。那种文化只不过是文化的泡沫，像制糖厂的糖浆池里泛起的糖浆沫。造假的人往往将其收集了浇在模子里，于是"生产"出以假乱真的"野蜂窝"。

文化的"野蜂窝"比街头巷尾地摊上卖的"野蜂窝"更是对人有害的东西。后者只不过使人腹泻，而前者紊乱社会的神经。

平凡的人们，那普通的人们，即古罗马阶段划分中的平民。在平民之下，只有奴隶。平民的社会地位之上，是僧侣、骑士、贵族。

但是，即使在古罗马，那个封建的强大帝国的大脑，也从未敢漠视社会地位仅仅高于奴隶的平民。作为它的最精英的思想的传播者，如苏格拉底、柏拉图、亚里士多德们，他们虽然一致不屑地视奴隶为"会说话的工具"，却不敢轻佻地发任何怀疑平民之社会地位的言论。恰恰相反，对于平民，他们的思想中有一个一脉相承的共同点——平民是城邦的主体，平民是国家的主体。没有平民的作用，便没有罗马为强大帝国的前提。

恺撒被谋杀了，布鲁诺斯要到广场上去向平民们解释自己参与了的行为——"我爱恺撒，但更爱罗马。"

为什么呢？因为那行为若不能得到平民的理解，就不能成为正确的行为。安东尼奥顺利接替了恺撒，因为他利用了平民的不满，觉得那是他的机会。屋大维招兵募将，从安东尼奥手中夺走了摄政权，因为他调查了解到，平民将支持他。

古罗马帝国一度称雄于世，靠的是平民中蕴藏着的改朝换代的伟力。它的衰亡，也首先是由于平民抛弃了它。僧侣加上骑士加上贵族，构不成罗马帝国，因为他们的总数只不过是平民的千万分之几。

中国古代，称平凡的人们亦即普通的人们为"元元"，佛教中形容为"芸芸众生"，在文人那儿叫"苍生"，在野史中叫"百姓"，在正史中叫"人民"，而相对于宪法叫"公民"。没有平凡的亦即普通的人们的承认，任何一国的任何宪法没有任何意义。"公民"一词将因失去平民成分而成为荒诞可笑之词。

中国古代的文化和古代的思想家们，关注着体恤"元元"们的记载举不胜举。比如《诗经·大雅·民劳》中云："民亦劳止，汔可小康。"意思是老百姓太辛苦了，应该努力使他们过上小康的生活。比如《尚书·五子之歌》中云："民为邦本，本固邦宁。"意思是如果不解决好"元元"们的生存现状，国将不国。而孟子干脆说："民为贵，社稷次之，君为轻。"

而《三国志·吴书》中进一步强调："财经民生，强赖民力，威恃民势，福由民殖，德侯民茂，义以民行。"

民者——百姓也，"芸芸"也，"苍生"也，"元元"也，平凡而普通者是也。怎么，到了今天，在"改革开放"的中国，在民们的某些下一代那儿，不畏死，而畏"平凡"了呢？由是，我联想到了曾与一位"另类"同行的交谈。我问他是怎么走上文学道路的，答曰："为了出人头地。哪怕只比平凡的人们不平凡那么一点点，而文学之路是我唯一的途径。"见我愣怔，又说："在中国，当普通百姓实在太难。"屈指算来，那是十几年前的事了。十几年前，我认为，正像他说的那样，平凡的中国人平凡是平凡着，却十之七八平凡又迷惘着。这乃是民们的某些下一代不畏死而畏平凡的症结。于是，我联想到了曾与一位美国朋友的交谈。她问我："近年到中国，一次更加比一次感觉到，你们中国人心里好像都暗怕着什么。那是什么？"我说："也许大家心里都在怕着一种平凡的东西。"她追问："究竟是什么？"我说："就是平凡之人的人生本身。"她惊讶地说："太不可理解了，我们大多数美国人可倒是都挺愿意做平凡人，过平凡的日子，走完平凡的一生的。你们中国人真的认为平凡不好到应该与可怕的东西归在一起么？"我不禁长叹了一口气。我告诉她，国情不同，所谓平凡之人的生活质量和社会地位不能同日而语。我说你是出身于几代的中产阶级的人，所以你所指的平凡的人，当然是中产阶级人士。中产阶级在你们那儿是多数，平民反而是少数。美国这架国家机器，一向特别在乎你们中产阶级，亦即你所言的平凡的人们的感觉。我说你们的平凡的生活，是有房有车的生活。而一个人只要有了一份稳定的工作，过上那样的生活并不特别难。居然不能，倒是不怎么平凡的现象了。而在我们中国，那是不平凡的人生的象征。对平凡的如此不同的态度，是两国的平均生活水平所决定了的。正如中国的知识化了的青年做梦都想到美国去，自己和别人以为将会追求到不平凡的人生，而实际上，即使跻身于美国的中产阶级了，也只不过是追求到了一种美国的平凡之人的人生罢了……

当时联想到了本文开篇那名学子的话，不禁替平凡着、普通着的中国人，心生出种种的悲凉。想那学子，必也出身于寒门；其父其母，必也平凡得不能再平凡，普通得不能再普通。不然，断不至于对平凡那么恐慌。

也联想到了我十几年前伴两位老作家出访法国，通过翻译与马赛市一名五十余岁的清洁工的交谈。

我问他算是法国的哪一种人。

他说，他自然是一个平凡得不能再平凡、普通得不能再普通的人。

我问他羡慕那些资产阶级吗？

他奇怪地反问为什么。

是啊，他的奇怪一点儿也不奇怪。他有一幢带花园的漂亮的二层小房子；他有两辆车，一辆是环境部门配给他的小卡车，一辆是他自己的小轿车；他的工作性质在别人眼里并不低下，每天给城市各处的鲜花浇水和换下电线杆上那些枯萎的花而已；他受到应有的尊敬，人们叫他"马赛的美容师"。

所以，他才既平凡着，又满足着。甚而，简直还可以说活得不无幸福感。

我也联想到了德国某市那位每周定时为市民扫烟囱的市长。不知德国究竟有几位市长兼干那一种活计，反正不止一位是肯定的了。因为有另一位同样干那一种活计的市长到过中国，还访问过我。因为他除了给市民扫烟囱，还是作家。他会几句中国话，向我耸着肩诚实地说——市长的薪水并不高，所以需要为家庭多挣一笔钱。那么说时，他一点儿也不觉得有什么不好意思。

马赛的一名清洁工，你能说他是一个不平凡的人么？德国的一位市长，你能说他极其普通么？然而在这两种人之间，平凡与不平凡的差异缩小了，模糊了。因而在所谓社会地位上，接近着实质性的平等了，因而平凡在他们那儿不怎么会成为一个困扰人心的问题。

当社会还无法满足普遍的平凡的人们的基本拥有愿望时，文化的最清醒的那一部分思想，应时时刻刻提醒着社会来关注此点，而不是反过来用所谓不平凡的人们的种种生活方式刺激前者。尤其是，当普遍的平凡的人们的人生能动性，在社会转型期受到惯力的严重甩掷，失去重心而处于茫然状态时，文化的最清醒的那一部分思想，不可错误地认为他们已经不再是地位处于社会第一位置的人们了。

无论过去、现在，还是将来，平凡而普通的人们，永远是一个国家的绝大多数人。任何一个国家存在的意义，都首先是以他们的存在为存在的先决条件的。

一半以上不平凡的人皆出自于平凡的人之间。这一点对于任何一个国家都是同样的。因而平凡的人们的心理状态，在一定程度上几乎成为不平凡的人们的心理基因。倘文化暗示平凡的人们其实是失败的人们，这的确能使某些平凡的人们通过各种方式变成较为"不平凡"的人；而从广大的心理健康的、乐观的、豁达的、平凡的人们的阶层中，也能自然而然地产生较为"不平凡"的人们。

后一种"不平凡"的人们，综合素质将比前一种"不平凡"的人们方方面面都优良许多。因为他们之所以"不平凡"起来，并非由于害怕平凡。所以他们"不平凡"起来以后，也仍会觉得自己其实很平凡。

而一个由不平凡的人们都觉得自己其实很平凡的人们组成的国家，它的前途才真的是无量的。反之，若一个国家里有太多这样的人——只不过将在别国极平凡的人生的状态，当成在本国证明自己是成功者的样板，那么这个国家是患着虚热症的。好比一个人脸色红通通的，不一定是健康，也可能是肝火，也可能是结核晕。

我们的文化，近年以各种方式向我们介绍了太多太多的所谓"不平凡"的人士了，而且，最终往往地，对他们的"不平凡"的评价总是会落在他们的资产和身价上，这是一种穷怕了的国家经历的文化方面的后遗症。以至于某些呼风唤雨于一时的"不平凡"的人，转眼就变成了一些行径苟且、欺世盗名的甚至罪状重叠的人。

一个许许多多人恐慌于平凡的社会，必层出如上的"不平凡"

之人。

　　而文化如果不去关注和强调平凡者第一位置的社会地位，尽管他们看去很弱，似乎已不值得文化分心费神——那么，这样的文化，也就只有忙不迭地不遗余力地去为"不平凡"起来的人们大唱赞歌了，并且在"较高级"的利益方面与他们联系在一起，于是眼睁睁不见他们之中某些人"不平凡"之可疑。

　　这乃是中国包括传媒在内的文化界、思想界，包括某些精英们在内的思想界的一种势利眼病……

关于金钱与人生
——答湘乡市树人中学的学生朋友们

1. 金钱本身自然非是什么肮脏邪狞之物。即使在显微镜下观察，钞票上的细菌，并不比被公阅过的一张报上的细菌更多些。它只不过是交换商品的替代物。古时候人们也以贝壳、兽牙以及美丽的卵石为"币"——可见钱本身与那些东西没有什么不同的属性。

2. 人类增加，资源有限，商品有限，所以钱才值钱起来。它是目前最方便地交换商品及购得物质的东西。消灭了它，我们将更加不方便。我的理解——要毁掉钞票的人，其实是想改变人类社会目前金钱分配方面的种种不合理现象。这想法本身无错。因不合理现象确实存在。但这又不是现实的想法，因为"毁掉钞票"并不能根除物质占有的不合理现象。

3. 应该看到，全人类多少个世纪以来，都在进行着怎样使金钱分配合理性起来的努力，包括"革命"方式。并且，在许多国家，已经初见成效。"革命"的方式一般已被否定。因为人类的制度进步了，会找到比"革命"更好的方式。当然，合理性也是相对的。

4. 人类的发展，再不会以消灭富人为社会道义平衡的尺度，而应致力于消除贫困，扶持穷人。最终，使几乎一切人，都享受到物质文明的成果。如果不求一律平均，完全平均，这个目标，是可以实现的。

5. 中国正在经济发展中。一个时期商业规划混乱，出现了暴发户及穷富悬殊。这现象被同学们看在眼里，故产生愤愤不平。这是完全可以理解的，也是不应受指责的。但又应看到，中国正在逐步实现法制化。有些人不是已说——如今发财不如前几年那么容易了吗？这就是社会进步了。

一个成熟的商业社会是这样的——有人想挣大笔大笔的钱并不容易，而大多数人要想挣足够花的钱，又不那么难。这是人类的一个理想阶段。同学们也许看到太多刚好相反的现象了。但这现象，正在被想方设法地改变着。

又，富有阶层，在将来，也还是会存在着的。但，如果大多数人都过上了较体面的中产水平生活，谁还成天巴望当富豪呢？因为富豪在商业中保持其地位，也是需使出浑身解数的，也是很累的。并且，在一个成熟的商业社会，富豪们的金钱，不可能不汇入社会的商业大活动，成为变相的公有。比如香港巨富李嘉诚、霍英东们。他们拥有的金钱，早已超出了他们个人的消费，起积极作用于香港全社会了。

6. 世界上有许多大企业家，其个人生活是俭朴的。他们拥有的金钱，在社会各方面发挥积极的作用，自己享用却并不奢侈。他们是可敬的，是当代英雄。

7. 只不过中国的某些暴发户，一旦暴发就穷奢极欲。这是丑恶。要看到他们成为文明的资产者，需要时间啊！

我们只能一方面以社会伦理限制他们，另一方面耐心地给他们自己文明起来的时间……

至于每一个个人对金钱的态度，我认为——花天酒地其实很没有意思的。试想，一个人那么生活一周，可以，那么生活一年呢？那么生活十年呢？在最好的年华那么生活十年呢？那真的是幸福吗？生命耗于那么一种生活，真的是值得吗？

这么一想，我们便有了自己对金钱的原则性态度：①我们看别人花天酒地，我们会厌恶。②我们自己清贫时，由于我们能本能地厌恶花天酒地的生活，则我们会珍惜我们赚的每一分钱。因我们自己挣的金钱，因我们拒奢靡堕落，我们不但保持了良好的人生精神状态，还能渐渐有点儿积蓄。③我们积蓄多了，用于有限度地改善生活，赡养好老人，抚养好子女，使钱在我们身上体现最美好的价值。④最后一点，应明白，我们只需使我们生活无忧无虑的钱就够了。不要太贪多，太羡多。单从个人消费而言，给一个中国人，一个已养成俭朴生活习惯的人一千万元，他又去干什么呢？买别墅一百万元足够了，买车再用一百万元，剩下的呢？花天酒地去吗？我前边已说了，那是顶没意思的活法……

既生为百姓（我也是百姓一员），就要热爱百姓生活！

问题是，几乎仅仅是——现在，中国，许许多多的百姓生活还太穷。穷则思变，一方面靠百姓自己的勤劳；另一方面，甚至主要方面靠国家。

给祖国一点儿时间，要相信会慢慢解决好的。

那时，如果一个丰衣足食、生活无忧无虑了的中国人还那么不择手段地追求金钱，则就是拜金主义者了！……

面相：论人性善恶

在昆虫方面，毛毛虫变成美丽的蝴蝶；而在人，为什么常常反过来。

人类几乎变成了地球上最凶猛的腔肠怪物，不停地耗费资源，不停地创造商品，不停地消费商品。

在我们人间，使我们忘了鼓掌的事已少了；而我们大鼓其掌时真的都是那么由衷的吗？

一个正日渐地变得虚伪起来的人，大抵是奉献不出多少真情抚慰别人的心灵的。

在中国，在近年，人围观人死于危难之事，几乎年年都有发生。少则十几人几十人的围观，多则上百人几百人的围观。

情况其实是这样的——你并不需要去死，你的一声呼喊，一个电话，拦一辆车，伸出一只手臂，抛出一条绳子，探过去一根竹竿，一个主意，一种动员，就可以救一个人甚至几个人的命，问自己的良知，你觉得值得吗？

我并不提倡人人都不顾自己的能力，遇险皆一逞"英雄本色"。非但不提倡，而且坚决反对。因为这是莽勇，而莽勇往往适得其反。

我的眼看到在现实生活中，中国人的不少后代，尤其男孩，尤其自以为成熟了、文化了的他们，人性中都或多或少有着非洲狮的恶劣狮性。

对于一个国家或一个民族来说，恶与强的人太多，生活必变得恶。善而弱的人太多，生活必平庸得令人丧气。只有善而强的人多起来，国家才振兴，民族才优秀。

文明的当代社会，文明的当代人，以及当代人类的一切文明，必须扼死恶而强的势力的诞生。必须灭绝它的生长。必须捣毁它的形成。必须像预防癌一样预防它。

否则，我们只有承受……

人最应戒备的是人。女人最应戒备的尤其是男人。

欲与欲望的区别，好比性与爱情的区别，更好比洗澡与水上芭蕾的区别。

欲望当然有好坏之分。好的欲望其实便是理想。坏的欲望其实便是野心。一个人产生坏的欲望，极易滑向犯罪的道路。

我以为狡猾并非智慧，恰如调侃不等于幽默。狡猾往往是冒险，是通过冒险达到目的之心计。大的狡猾是大的冒险，小的狡猾是小的冒险。

一个人过于狡猾，在人际关系中，同样是一种冒险。

几乎所有的人，当心灵开始堕落的时候，起初都认为这世界变邪了……

大多数人在学会了与生活"和平共处"的时候，往往最能原谅自己变成了滑头，却并不允许自己变成恶棍。

一个人过于狡猾，无论他或她多么有学识，受过多么高的教育，身上总难免留有土著人的痕迹，也就是我们的祖先未开化时的那些行为痕迹。

有些人在美好中也注定了要丑陋地活着。有些人在布满阴霾的年代内心里也有类似阳光的明朗。

当我们面对现实的时候——你能说谁比谁傻多少？

普遍的中国人目前所处的现实是太不宽松太紧张太无安全感了！互相利用太多，互相出卖太多，互相倾轧太多，互相心理压迫太多，互相暗算太多了。这一种现象我称之为"遛狗现象"。

我常想，人作为人，千万别像斗牛士疯狂到绝境一样，以将自己的同类逼上绝境为能事为快事。

成年了的人类的眼中，几乎每一种目光都不再单纯。

第四辑　生命的原乡

　　每一个人都有自己的帆。有的人一生也没扬起过他或她的帆；有的人的帆刚一扬起就被风撕破了，不得不一辈子停泊在某一个死湾；而有的人的帆，直至他或她年高岁老的时候，仍带给他或她生命的骄傲……

雾帆

我已学得很孤独了。

孤独——这是一种教养。想在文学道路上走下去，而心性却恋着浮躁都市的种种浮躁热闹，小说家的涅槃，迟早是要被毁了的。所以我不能断定抗抗已经是我的朋友了，因为我朋友太少太少。所以我写她便尽量本着客观原则，不受交谊的驱使。倘她不满意，我也是无奈而无疚了。

我与抗抗认识很早，但过从甚少。

大概是一九七五年，在复旦校园，我们中文系创作专业两个年级二十人左右，围坐在水泥体操场上开个什么讨论会，有位陌生的南方姑娘置身于高年级同学之中——白衫，绿裙，沉静而瘦，落落大方地含蓄着自己的聪颖。几乎一上午的讨论，她始终默默地似乎很虔诚很注意地听着。

过后，高年级的一个同学，好像是她的同乡，告诉我她也是北大荒知青，正给上海出版社写一部长篇，并言及她当时的处境十分困难——不发工资，粮票都不寄。她呢，在上海刚大病了一场。后来我知道，实际情况比那位高年级同学告诉我的，对于她要更艰难得多。一言以蔽之——她当时正困在命运的、境遇的"黑雾"中，然而她韧忍地写着她的小说——《分界线》——北大荒知青反映北大荒知青生活的第一部长篇小说。不可避免地，它打着那个时代的文学的烙印。我细读过它。它毕竟和《虹南作战史》《牛田洋》这类大为不同。它毕竟还是小说。看得出，她已尽了她很大的努力，与"革命主题"谨慎地保持着距离。

据我所知，《分界线》的出版，并未使她的命运、她的境遇有良好的改观。

她是"黑雾"中人。

只是出于同情，我从复旦向北大荒发出过三封信，是写给当年的兵团宣传股文艺处崔干事——他如今在深圳从商了。我希望他能关心她，给她些帮助。但她当时属于农场知青，与兵团"体制不同"，崔干事"爱莫能助"。那时，关于她的诽词不少。而我的好事，也就难免使我自己"授人以柄"。

她当时一无所知。自从在复旦见过一面，我就再未碰到过她。也许她后来听说了些？当时我想，命运和境遇不会扼息她的。我从她的名字中悟到了这一点。

后来她考上了黑龙江省艺术学校。她发表了《爱的权利》。她引起了新时期文学的关注。她进入了文学讲习所。她的短篇小说《夏》和中篇小说《淡淡的晨雾》同时获奖。她从她自己的命运和境遇中生生地挣出了一个崭新的张抗抗。我甚至相信——她当时"别无选择"。再塑一个"我"对任何人都不容易。否则，这个世界也太随和了。她成功了。许多人没有成功。许多人对前人坎坷的足迹望而生畏，嫉妒者所以不可爱，在于他们眼红别人的获得，漠视而又轻蔑别人的付出。

像所有迈出了成功的第一步的人一样，她无疑也招致了嫉妒。她肯定依然在抵御和防范着中伤。因为我听到的关于她的诽词更多了。可能还被小人袭击和暗算过。

一九八二年，我参加《安徽文学》举办的一次笔会，途经杭州，特意去她家看望了她一次。尽管她不再是"兵团战士"，我仍一厢情愿地视之为"兵团战友"。她家人很多。成功者大抵都会经历这么一种受宠的阶段，在我看来，她当时并未由于受宠而若惊起来。只简短地交谈了几句话，我便告辞了。那之前，我们毫无过从。我相信，在复旦校园里，我没给她留下任何印象。

倘非说印象，那就是，也只能是——我觉得她在"雾"中。一种玫瑰色的"雾"，边圈渲濡着往昔生活曾企图压垮她的"黑雾"的余环。如同彩云前翩飞的一只蝴蝶，稍一得意忘形，便会被彩云所吞。一些迈出了成功的第一步的人，正是这样消失了自己的。那以后，我们很长很长的时间都没再见面。屈指算来，五六年矣。她再塑了自己，并未被成功所蚀，她自己证明了这一点。

今年年初，或者是去年年底，意外地收到她一封信。极短，三五行，言及北京市举办了一次读者与作者的对话活动。她去，希望我也去。我答应了，去了。得知那次主要是读者就《隐形伴侣》与她对话，我特意从北影图书馆借来她的书又看了一遍。发表在《收获》时，我已读过。既要去参加座谈，态度就得虔诚。

在那次座谈中，抗抗很得体地回答各种问题，尤其是针对她的作品提出的问题。看得出来听得出来，她希望从读者中收集到使自己感到欣慰的反馈。读者评价不俗，她亦颇觉欣慰。她是个严肃的小说家，不是个"玩文学"的。只是她过于认真了，想要在自己和读者之间，建立一座互相充分理解的桥梁。其实呢，这一点，时代性地过去了。读者读某作家的小说，并不认为同时应有充分理解的义务。抗抗是成熟的，在理性上，她也许更早更透彻地明白这一点。但她毕竟是女作家，谈到自己作品时，难免像女人谈到自己心爱的孩子似的。你可以不喜欢她的"孩子"，但她还是要告诉你，她的孩子在本质上是怎样的孩子。一种母亲般的感情色彩。这其中隐含着对文学的真诚，对自己精神奉献的真诚。

今年六月，我们又见一面，还是在她的作品研讨会上。有评论界名家、准名家。我又应邀去了，最后一个发言。那一天对我等于一次摧残——我被判为"肝硬化"病人不久，意志遭到宣判，身体先自垮了大半。会议开了一整天，我便显而易见地下午比上午更憔悴。

吃午饭时，抗抗直往我碗里夹"蛋白质脂肪"之类。

她很不安。她一个劲儿说："你回去吧！你回去吧！下午就别参加了。"我说："我还没发言呢。"她说："那你也回去吧，我让他们安排车送你回去。瞧你脸色，真不好。"

她很善良，懂得体恤别人、关心别人。

记得下午我的发言很直率——车上又不免有几分懊悔，问她可否接受。她也很直率——回答说不完全接受，但感激我认真地看了她的小说。她是个挺虚心的小说家。那以后，我们又无来往。至今，我家中放着她的一件毛衣——什么人在什么情况之下委托我转交给她的，忘了。有半年了，她也不来取。她还没到过我家。我也没到过她家。对于我，她始终是一面"雾"中的船帆，看不见她在行走，却不知不觉出现在你面前。对于她，我是"雾"外之人。她对我似乎是信得过的，也许她从"雾"中看我，能够看得更清楚些，我却从未想深入她那"雾"区。我凭直觉，觉得她不会袭击他人，挺珍重友好关系的。

现在让我来谈谈她的小说——她与我不同，虽同属于"知青作家"一批，但她写"知青"，首先是写人性，写心理历程。我写"知青"，首先是写历史，写群体命运历程。她的大部分反映"知青生活"的小说中，总有一个女性，而且总是主角，似她自己，又绝不是她自己。那一个女性以女性的特殊心灵，对世界对时代对人生，表达出更符合人性的追求和呼吁。而我，总是通过一群人，看似有我自己的身影，其实我常尽量超出于客观（我眼里的客观当然未见得也不可能便是客观）对世界对时代对人生，表达出我认为更符合公理的追求、呼吁。

《隐形伴侣》中的"隐形伴侣"，在《爱的权利》，在《夏》，在《白罂粟》，在《淡淡的晨雾》中，早已存在着了，向生活提出关于人性的质问。她内心里常驻着一个"隐形伴侣"。她的小说中常常影影绰绰地徜徉着一个一个"隐形伴侣"。她和"她"是良友么？会永远是良友么？谁统治谁呢？谁将先背叛谁呢？

曾有人对我讲——张抗抗是一个女权主义者。

我一笑。

如非说她信仰着一种什么"主义"，我看她首先是一个人性主义者。认为是人权主义者也未尝不可。在中国，人权尚未获得最高的尊重，女权的要求显得"超前"。

对美好的高尚的自然的人性之追求，恐怕要伴随她一生的创作实践吧？

不知她喜不喜欢乔治·桑的小说。我曾很喜欢过，现在不喜欢了。所以，我若对她进一忠告的话，那就是——远离乔治·桑……

现在她是一个幸福的人。

一个幸福的女人——我透过雾罩看她是这样。

一个幸福的女小说家——当然先有女人本身的幸福，才有女小说家的幸福。

她有权也应该得到她那一份儿女人的幸福。

如今她仿佛在雨后静谧的紫雾之中。

张抗抗——行进在黑雾、白雾、红雾、紫雾中的一面始终鲜亮而韧性的征帆，为我们写出了迷雾一般的世界。

蛾眉

　　半截燃烧着的烛在哭。它不是那种在婚礼上、在生日或在祭坛上被点亮的红烛，而是白色的，烛中最普通的，纯粹为了照明才被生产出来的烛。天黑以后，一户人家的女孩儿要到地下室去寻找她的旧玩具，她说："爸爸，地下室的灯坏了，我有点儿害怕去。你陪我去吧！"她的爸爸正在看报。他头也不抬地说："让你妈妈陪你去。"于是她请求妈妈陪她去。她的妈妈说："你没看见我正在往脸上敷面膜呀？"女孩儿无奈，只得鼓起勇气，点亮了一支蜡烛擎着自己去。那支蜡烛已经被用过几次了，在断电的时候。但是每次只被点亮过片刻，所以并不比一支崭新的蜡烛短太多。女孩儿来到地下室，将蜡烛用蜡滴粘在一张破桌子的桌角上，很快地找到了她要找的旧玩具……她离开地下室时，忘了带走蜡烛。于是，蜡烛就在桌角寂寞地，没有任何意义地燃烧着。到了半夜时分，烛已经消耗得只剩半截了。烛便忍不住哭起来。因自己没有任何意义的燃烧……事实上烛始终在流泪不止，然而对于烛，一边燃烧一边缓缓地流着泪，并不就等于它在悲伤，更不等于它是哭了，那只不过是本能，像人在劳动的时候出汗一样。当烛燃烧到一半以后，烛的泪有一会儿会停止流淌，斯际火苗根部开始凹下去，这是烛想要哭还没有哭的状态。烛的泪那会儿不再向下淌了。溶化了的烛体，如纯净水似的，积储在火苗根部，越积越满……

极品的酒往杯里斟，酒往往可以满得高出杯沿而不溢。烛欲哭未哭之际，它的泪也是可以在火苗根部积储得那么高的。那时烛捻是一定烧得特别长了。烛捻的上端完全烧黑了，已经不能起捻的作用了，像烧黑的谷穗那般倒弯下来，也像烧黑的钩子或镰刀头。于是火苗那时会晃动，烛光忽明忽暗的。于是烛呈现一种极度忍悲，"泪盈满眶"的状态。此时如果不剪烛捻，则它不得不向下燃烧，便舔着积储火苗根部的烛泪了，便时而一下地发出细微的响声了，那就是烛哭出声了。积高不溢的烛泪，便再也聚不住，顷刻流淌下来，像人的泪水夺眶而出……

此时烛是真的哭了，出声地哭了。

刚刚点燃的烛是只流泪不哭泣的。因为那时烛往往觉着一种燃烧的快乐。并因自己的光照而觉着一种情调，觉着有意思和好玩儿。即使它的光照毫无意义，它也不会觉得在白耗生命……

但是燃烧到一半的烛是确乎会伤感起来的。烛是有生命的物质。它的伤感是由它对自己生命的无限眷恋而引发的，就像年过五旬之人每对生命的短促感伤起来。烛燃烧到一半以后，便处于最佳的燃烧状态了，自身消耗得也更快了……我们这一支烛意识到了这一点。它甚至有些恓惶了。"朋友，你为什么忧伤？"它听到有一个声音在问它。那声音羞怯而婉约。烛借着自己的光照四望，在地下室的上角，发现有几点小小的光亮飘舞着。那是一种橙色的光亮，比萤火虫尾部的光亮要大些，但是没有萤火虫尾部的光亮那么清楚。烛想，那大约是地下室唯一有生命的东西了。那究竟是什么呢？"我在问你呢，朋友。看着你泪水流淌的样子真使我心碎啊！"声音果然是那几点橙色的光亮发出的。烛悲哀地说："不错，我是在哭着啊。可你是谁呢？""我吗？我是蛾呀。一只小小的、丑陋的、刚出生三天的蛾啊！

"难道你没听说过我们蛾吗？"蛾说着，向烛飞了过去……烛立刻警告地叫道："别靠近我！千万别靠近我！快飞开去，快飞开去！……"蛾四片翅膀上的四点磷光在空中画出四道橙色的优美的弧，改变了飞行的方向。但蛾是不能像青鸟那样靠不停地扇动翅膀悬在空中的。

所以它听了烛的话后，只得在烛光未及处上下盘旋。蛾诧异地问烛："朋友，你竟如此讨厌我吗？"烛并不讨厌它。有一个有生命的东西在烛的生命结束之前与烛交谈，正是烛求之不得的。然而这一支烛知道"飞蛾扑火"的常识，那常识每使这一支烛感到罪过。它不愿自己的烛火毁灭另一种生命，它认为蛾也是一种挺可爱的生命。别的烛曾告诉它，假如某一只蛾被它的烛火烧死了，那么它是大可不必感到罪过的。因为那意味着是蛾的咎由自取。何况蛾大抵都是使人讨厌、对人有害的东西……

烛沉默片刻，反问："你这只缺乏常识的蛾啊，难道你不知道靠近我是多么的危险吗？"

不料蛾说："我当然知道的呀。人认为那是我们蛾很活该的事。而你们烛，我想象得到，你们中善良的会觉得对不起我们蛾，你们中冷酷的会因我们的悲惨下场而自鸣得意，对吗？"

这一支烛没想到这一只蛾对它们的心理是有很准确的判断的。它一时不知该再说什么好。"如果我说对了，那么你是属于哪一种烛呢？"蛾继续翩翩飞舞着。它的口吻很天真，似乎，还有那么点儿顽皮。烛光发红了，那是因为白烛很窘。蛾的出现，使它不再感到孤独，也使它悲哀的心情被冲淡了。它低声嘟哝："倘我是一支冷酷的烛，我还会警告你千万别靠近我吗？"蛾高兴地说："那么你是一支善良的烛了？但是你知道我们蛾对'飞蛾扑火'这种事的看法吗？"烛诚实地回答它不知道。蛾说："我们是为了爱慕你们烛才那样的呀！""是为了爱慕我们？"烛大惑不解。"对，是为了爱慕你们。在这个世界上，对我们蛾来说，最美的、最值得我们爱的，其实不是其他，也不是我们同类中的英男俊女，恰恰是你们烛呀！真的，你们烛是多么的令我们爱慕啊！你们的身材都是那么挺直，都是典型的、年轻的、帅气的绅士的身材。你们发出的光照那么柔和，你们的沉默，上帝啊，那是多么高贵的沉默啊！还有你们的泪，它使我们心碎又心醉！使我们的心房里一阵阵涌起抚爱你们的冲动。没有一只蛾居然能在你们烛前遏制自己的冲动……"

烛光更红了，烛害羞了。作为烛，从别的烛的口中，它是很了解一些人对烛的赞美之词的，但是第一次听到坦率又热烈的爱慕的表白，而且表白者是一只蛾。它腼腆地说："想不到真相会是这样，会是这样……"蛾飞得有点儿累了。它降落在桌子的另一角，匍匐在那儿，又问："你就不想知道我是一只对人有害的还是无害的蛾吗？"——声音更加羞怯更加婉约，口吻更加天真。只不过那种似乎顽皮的意味儿，被庄重的意味儿取代了。

烛犹豫片刻，嗫嚅地问："那么，你究竟是一只对人有害的，还是一只对人无害的蛾呢?"

蛾说："其实我自己也不知道。我不是告诉过你了嘛，我才出生三天呀。而且，我很少与别的蛾交谈。我只知道，我们蛾的生命虽然比一支燃烧着的烛要长许多，却是极其平庸的、概念化的。具体对于我这一只小雌蛾是这样的——如果我不是在这间地下室里，而是在外面，那么我会被雄蛾纠缠和追求，或反过来我主动纠缠和追求它们。然后我们做爱，一生唯一的一次。接着我受孕、产卵。再接着我的卵在农田里孵出肉虫，丑陋的肉虫。于是我的生命结束，我的死相也很丑陋，往往是翅膀朝下仰翻着。我们连优美地死去都是梦想……"

蛾的语调也不禁伤感了。烛于是明白，它是一只对人有害的蛾。但是它不愿告诉蛾这一点。"烛啊，你肯定知道我究竟属于哪一种蛾了吧，那么请坦率地告诉我。我想活个明白，也想死个明白。"烛说："不。我不知道。人的评判尺度并不完全是我们烛的评判尺度。而在我看来，你是一只漂亮的小雌蛾……""你胡乱说什么呀! 我……我哪里会是漂亮的呢!"蛾声音小小的，但是烛听出来了，它对这一只蛾的赞美，使这一只蛾很惊喜。

它竟对这一只羞怯的、说起话来语调婉约又顽皮的、情绪忽而乐观忽而感伤的蛾有点儿喜欢了。也许是由于自己的处境吧? 总之这是连它自己也不明白的。它借着自己发出的光照开始仔细地端详蛾，继续说："你这只小蛾啊，我并非在违心而言。你的确很漂亮呢!"烛这么说时，确乎觉得伏在斜对面的桌角上的蛾，是一只少见的漂亮的小蛾了。那是它仔细端详的结果。于是它又说："你的双眉真美。现在我终于明白，人为什么用'蛾眉'来形容美女之眉了。"蛾说："这话我爱听。""你的翅膀也很美，虽小，却精致，闭起来，像披着斗篷……""可是与蝶的翅膀比起来，我就会无地自容了。""可是蝶的翅膀却没有发光的磷点呀！一只在黑暗中飞舞的蝶，与蝙蝠有何不同呢？你刚才飞舞时，翅膀上的四点磷光闪烁，如人在舞'火流星'一样……""你真的欣赏吗？那我再飞给你看！"蛾说罢，立即飞起。它又顽皮起来了，越飞离烛火越近，并且一次冒险地低掠着烛的火苗盘旋，使烛一次次提心吊胆，不断惊呼："别胡闹！别胡闹！……"于是死寂的地下室，产生了近乎热闹的气氛。在那一种气氛中，一支烛和一只蛾，各自心里的感伤荡然无存了。

快乐之后是又一番交谈，它们的交谈变得倾心起来。烛告诉蛾它是怎么被带到地下室的；而蛾告诉烛，它则完全是被烛引到地下室的——它本来在楼口的灯下自由自在地飞舞着，忽然一阵风，将它刮入了楼道。楼道里很黑，它正觉得不安，那秉烛的女孩儿走出了家门，结果它就怀着无限的爱慕之情，伴着烛光飞到地下室了……

烛听了蛾的话，感到自己害了蛾，又流淌下了一串泪。蛾却显得特别欣慰。它说能有幸和烛独处同一空间，便死而无憾了。烛又忧伤起来。它说："你这只漂亮的可爱的小蛾啊，你的话使我听起来，觉得我们是在谈情说爱似的。"蛾问："那有什么不好？"

烛反问："在这样水泥墓穴似的地方？"蛾说："正因为是在这样的地方，我们除了彼此相爱，还有什么更值得做的事情？"烛心事重重地自言自语："我，和你？"蛾说："又有什么不可以？"于是，它们由倾心交谈而心心相印了。由心心相印而情意绵绵了……午夜时分，烛燃得只剩半寸高了。烛恋恋不舍地说："漂亮的小雌蛾啊，我的生命就要结束了。让我以一支烛无可怀疑的诚实告诉你吧，你使我的生命不算白过。"

蛾以情深似海的语调说："我挚爱的伟大的烛啊，你以你的生命之光为我这一只小小的蛾驱除着黑暗，实在是我的幸福啊！你知道人间有一部戏叫《霸王别姬》吗？"

烛说："我知道的。"蛾说："那么好，让我学那戏中的虞美人，为我的烛作诀别之舞。"于是蛾再次飞起，亢奋而舞。烛在痴情的欣赏中，渐渐接近着它的熄灭。舞着的蛾在空中忽然热烈地说："爱人，现在，我要飞向你！"烛意识到了蛾将要怎样，大叫："别做傻事！"蛾却说："我要吻你！拥抱你！我要死得优美，并且陪你同死！""不，你给予我精神之爱，对我已经足够了！""但我仍觉爱得不彻底！"蛾的话热烈，情炽，坚定不移。"你为什么一定要自蹈悲惨？！"烛光剧晃，烛又哭了，急的。它再次泪如泉涌。"像我这么一只不起眼的、令人鄙视的、被人认为对他们有害，想方设法欲加以灭绝的小小蛾子，能有机会为爱死，是上帝成全我啊！我无私的、光明的、一心舍己为人的爱人呀，快准备好接受我吧！我来啦！"蛾在空中做了最后几圈盘旋，高飞起来，接着猛扇四翼，专执一念地朝烛的火苗扑了过去……转瞬间，蛾用它的双翅紧紧抱住了烛的火……

烛清楚地看到蛾的双眉向上一扬，呈现出一种泰然快慰的表情……烛清楚地听到蛾"啊"了一声。那声音中一半是痛楚，一半是幸福……烛的火苗随即灭了……烛泪在黑暗中将蛾"浇铸"……第二天，女孩儿想起了烛……她将残烛捧给妈妈看，奇怪地问："妈妈，怎么会发生这么悲惨的事？"她的妈妈没有正面回答，只是说："飞蛾扑火嘛，常有的事儿，快扔了，多脏！"她又捧着去问爸爸，爸爸说："由飞蛾扑火，应该想到自取灭亡一词对不？蛾不但讨厌，而且有害，死有余辜，死不足惜！"女孩儿并不满足于爸爸妈妈的话。她独自久久地捧着残烛看，心中对蛾油然生出一缕悲悯……女孩儿将残烛和蛾郑重其事地埋葬了。如同合葬了两条死去的鱼，或一对鸟，一双蝶……女孩儿对"飞蛾扑火"的现象，显然有着与爸爸妈妈相反的看法和联想。后来，女孩儿上中学了。她在她的作文中写到了这件事。老师给予她的是她作文中最低的一次分数，还命她将她的作文在语文课上读了一遍……

老师评论道："蛾是有害的昆虫。怎么可以对有害的昆虫表达怜惜呢？这是作文的主题发生理念性错误的一例……"她对老师的评论很不以为然。再后来，她上大学了，工作了，恋爱了……她的恋人是她中学的男生。有一次她问他；"你常说我美。告诉我，我究竟美在哪儿？"他立即便说："美在双眉！你知道你有一双怎样的眉吗？你的眉使我联想到蛾眉一词。而且认为，在我见过的所有女性中，只有你的双眉，才配用蛾眉二字形容。你的眉使你的脸儿显得那么清秀，衬托得你的眼睛那么沉静，使你有了一种婉约又妩媚的女性气质……"

确乎地，在一百个女人中，也挑不出一个女人生有比她更美的眉；确乎地，她的双眉，使她的脸儿平添清秀……"那么，告诉我，你从什么时候开始爱上我的？""在我们是初中同学时。你还记得你写过一篇关于蛾的作文吗?""当然记得。""你作文中有一段话是——与'自取灭亡'一词恰恰相反,'飞蛾扑火'使我联想到凄美的童话、忧伤的诗以及爱能够达到的无怨无悔。当时我就对自己说——这个女孩儿我爱定了!"她哭了。她偎在他怀里,说:"谢谢你爱我,谢谢你懂我。我是那种为爱而来到这世上的女孩儿。我期待着爱已经很久了。我知道像我这样的女孩儿如今已经不多了,可我天生这样不是我的错。谢谢你用你的爱庇护我这样的傻女孩儿……"

而他说:"你不傻。我寻找像你这样的女孩儿,也找了很久了。找来找去,终于明白要找的正是你啊!"于是他俯下头深吻她……

老虾

其实，我并没什么把握没什么根据肯定地说——它是一只老虾。因为首先，我对一只虾的寿数的了解等于零。其次，我对它已究竟活了多久毫不清楚。我只知道自己养着它，差不多快三年了。

三年前的四五月份，某一天我逛早市，见一农妇在大声招徕着卖虾——非是我们常见也常吃的大对虾或小对虾，也不是更小的，几乎通体透明的那一种淡水白虾，而是类似龙虾的那一种，长着一双大"钳子"，浑身被硬壳"包装"，黑红色，样子很威猛。除了比龙虾小，此外没什么不同。

我生平第一次见到这一种虾，是在北大荒连队前面有条小河，我正在河里游泳，突觉脚趾一痛，很恐慌，以为被水蛇咬了。心想除了水蛇，那河里也不可能再有别的什么攻击人的活物哇。反正不是被鱼咬了是肯定的。再大的鱼，人一扑腾水，也早就跑了呀。攻击人的只有鲨鱼，我当然明白那条小河里哪儿来的什么鲨鱼……

及至恐恐慌慌地爬上岸，才见小脚趾上，吊着种以前从没见过的活物。与我这个人相比，它分明仍算小东西。但与河里的小鱼小虾相比，它就要算一个不小的东西，甚至要算较大的东西了——倘连它的大钳的长度也在内，差不多该有五寸。

人们都说驴咬住了人是不肯轻易松口的；说王八也那样；还说倘真被王八咬了，只有当它听到驴叫时才会松口。否则，即使将它的头砍下来，还会咬住你很久。那一天我领教了，至少有第三种具有攻击性的动物也如此……

我将它的一只大钳折断了。折断了的大钳仍钳住我的小脚趾不松开。我在折断它的大钳时，手不小心被它的另一只钳夹住……

它弄得我脚趾破了，手破了。而我的报复对它也是致命的、凶残的，将它的两只大钳都折断了。

连里的老职工告诉我它叫"蝲蛄虾"，并说炸了吃，挺香。

于是知青们就常翻动河里的石头逮它们。连队缺油，炸是炸不了的。逮多了便用火烤着吃。一烤，壳变红了。壳变红了以后的它们，样子也就不那么威猛了，红得美丽了，可供观赏了。烧着吃也香……

早市上有不少人围着那农妇买，八元一斤。它们在大盆里张牙舞爪，不那么容易称斤两。

我花两元钱买了三只。那农妇听我说要养着，帮我挑了三只极大的，看去极有生命力的。

回到家，我将它们养在盆里。正是乍暖还寒季节，夜里每每还是挺冷的。我怕盆放阳台冻着它们，委屈了它们，便放屋里。半夜听到发出一阵阵响动，以为它们原本是习惯于夜间活泼起来的东西，没在意。第二天早晨一看，三只死了两只，活着的是最威猛最强大的。死了的两只，死得很惨——大钳都被钳断了。看来，它们在残害对方的性命之前，先是要将对方弄到丝毫也没有战斗力的地步的。你想失去了大钳，岂非好比人失去了双臂？那就既没有战斗力也没有丝毫的防御能力了，只有任人残害的份儿了……

两个"死者"，一只眼睛还都被钳掉了，而另一只还被"剖腹"了……

当时我瞧着盆里触目惊心的情形，不禁地对那胜利者有些憎恨。如同憎恨灭绝人性的、违反起码人道的一切行径。

我以为它们的互相杀戮，是由爱的嫉妒和性的占有意识而致。细思忖之，推翻了自己的结论。果真如我们以为的那样，活下来的该是两只。不可能恼羞成怒，连"女方"也一并杀害了吧？这是人的行径，不是其他的任何一种活物的行径。在这一点上，其他的一切活物，恰恰是要比人"人道"的……

排除了异性的存在引起相互残杀的可能性，那么只能确信三只都是同性无疑。但我却很想不明白它们了——非是为了传宗接代的本能，也非是为了争夺食物（当时我还不知该喂什么呢），何以不是你死便是我活起来呢？在"解除"了对方的战斗力和防御能力之后，又"剜目"，又"剖腹"，太凶残了啊！我买三只，本是希望它们和睦相处，不觉孤独的啊！……

于是我明白了——这可能是一种心性孤独、凶残，容不得"别人"在同一空间里存在的东西。

但我也不能由于憎恶，便将活着的仿佛不可一世的家伙也弄死啊！

只能继续养着，一直养到现在。养了三年多。说它是老虾，乃因为，当初我真没想到它这么能活。

它几乎什么都吃。我养的小小的热带鱼死了，丢在它盆里，它吃。妻做菜时，我取一小片肉丢在它盆里，也吃。菜类，果类，乃至馒头，都吃。喂鱼的颗粒状的鱼食，还吃。但我却从来也没见过它怎么吃。它只在觉得没有旁观者的情况下才吃。而且它极敏感。你以为它大概是在吃东西，你想走过去瞧瞧，无论你脚步放得多么轻，待你走到盆边，它并没在吃。也许，它会感到人无法感到脚步与地面的摩擦对地面的轻微震动。

我只有一次见到它吃东西，是赤着脚走到盆边才见到的——它侧着身，半沉半浮，用八对爪子拨动食物。原来它还另有一对钳子，长在嘴边，是专门用来吃东西的。钳住了食物，从容不迫地往嘴里送……

隔几天，我就将它从盆中捞出，用牙刷仔细刷净它身上积的苔垢。起初它不知我欲将它怎样，一点儿也不老实。两只大钳子挥舞不止，企图夹我。后来习惯了，大概也觉得被刷一次是很舒服的，我再从盆中将它捞起时，不反抗了，显得很乖。但只有我可以，别人不行，比如妻或儿子就不行，仿佛它认人。

看来，再低等的生命，你只要诚心为它服务，为它活得好，久而久之，它也就对你另眼相看、区别对待了……

前几天，这凶残的，在同一空间同一环境里容不得第二个同类存在的，威猛而又不可一世的，不知究竟算不算老的"老"东西，到底还是死了……

它也死得很惨——一只眼睛掉出来了，几乎所有的鳌爪全都掉下来了。两只大钳子，从根部折断了。还有它的两条长须，都短了一大截……

不是我把它搞成那样的。我没那么狠。也非是别的活物。除了它，和几条鱼，我家再没养别的。我家在三楼，阳台是封闭的，而且较干净，既不会有猫侵入，更不可能有老鼠骚扰。而且，它养在水里，又有一对大钳子，猫和老鼠就是存心伤害它，也不那么容易……

结论只有一个——它是自杀了？

终于忍受不了孤独了？抑或进一步分析是由于没有爱的伴侣忍受不了性的苦闷了？还是由于没了较量的对方虽然唯我独尊不可一世，但终于觉得活得太无聊太没劲儿太没情趣没意思了？抑或几种因素都有？……

我想象它自杀的过程大概是这样的：

先用钳子一截截剪断两条长须，然后一只只扯下螯爪，剜下眼睛，再然后用一只钳子钳断另一只，最后用剩下的钳子撑住盆底，用力压断……

不是这么一个过程，它不可能将自己搞到那么支离破碎的地步……

同样死得触目惊心，而且，近乎惨烈……

我蹲在盆边，瞧着，不禁竟有几分肃然。

想不到这凶残的东西，对自己也如此凶残……

继而想到它曾对它的两个同类的凶残行径，我本打算将它扔进垃圾桶的。但由于心内那几分肃然的微妙作用，还是很虔诚地将它"葬"在花盆里了。

我以为那是我对它的"后事"的最好的处理方式了……

过后我忆起了刘心武在一篇散文中的话："人生一世，亲情、友情、爱情三者缺一即为遗憾；三者缺二，实为可怜；三者皆缺，活而如亡！"

　　至少，它本是足以有亲情、有友情的。可它残害了它的两个同类的同时，也彻底丧失了亲情和友情。对一切有生命的东西而言，不可一世不共戴天的孤独，尤其是以残害同类的方式自己造成孤独，都将是一种惩罚吧？

　　它的自杀也还有忏悔的意识使然么？这么低等的东西？

　　谁晓得呢……

鸳鸯劫

冯先生是我的一位画家朋友，擅画鸳鸯，在工笔画家中颇有名气。近三五年，他的画作与拍卖市场结合得很好，于是他十分阔绰地在京郊置了一幢大别墅，还建造了一座庭院。

那庭院里蓄了一塘水，塘中养着野鸭、鸳鸯什么的，还有一对天鹅。

冯先生搬到别墅后不久，有次亲自驾车将我接去，让我分享他的快乐。

我俩坐在庭院里的葡萄架下，吸着烟，品着茶，一边观赏着塘中水鸟们优哉游哉地游动，一边东一句西一句地闲聊。

我问："它们不会飞走吗？"

冯先生说："不会的。是托人从动物园买来的，买来之前已被养熟了。没有人迹的地方，它们反而不愿去了。"

我又问："天鹅与鸳鸯，你更喜欢哪一种？"

答曰："都喜欢。天鹅有贵族气；鸳鸯，则似小家碧玉，各有其美。"

又说："我也不能一辈子总画鸳鸯啊！我卖画的渠道挺多，不仅在拍卖行里卖，也有人亲自登门购画。倘属成功人士，多要求为他们画天鹅。但也有普通人前来购画，对他们来说，能购到一幅鸳鸯戏荷图，就心满意足了。画鸳鸯是我最擅长的，技熟于心，画起来快，所以价格也就相对便宜些。普通人的目光大抵习惯于被色彩吸引，你看那雄鸳鸯的羽毛多么鲜丽，那正是他们所喜好的嘛！我卖画给他们，也不仅仅是为了钱。他们是揣着钱到这儿来寻求对爱情的祝福的。我满足了他们的心理需求，自己也高兴。"

我虚心求教："听别人讲，鸳鸯、鸳鸯，雄者为鸳，雌者为鸯，鸳不离鸯，鸯不离鸳，一时分离，岂叫鸳鸯？不知道其中有没有什么典故？"

冯先生却说，他也不太清楚，他只对线条、色彩以及构图技巧感兴趣，至于什么典故不典故，他倒从不关注。

三个月后，已是炎夏。

某日，我正睡午觉，突然被电话铃惊醒，抓起一听，是冯先生。

他说："惊心动魄！惊心动魄呀！哎，我刚刚目睹了一个惊心动魄的事件！这会儿我的心还怦怦乱跳呢，不说出来，我受的那种刺激肯定无法平息！"

我问："光天化日，难道你那保卫森严的高档别墅区里发生了溅血凶案不成？"

他说："那倒不是，那倒不是。但我的庭院里，刚刚发生了一场事关生死存亡的大搏斗！"

我说："你别制造悬念了，快讲，讲完了放电话，我困着呢！"

于是，冯先生语气激动地讲述起来。

冯先生中午也是要休息一个多钟头的，但他有一个习惯，睡前总是要坐在他那大别墅二层的落地窗前，俯视庭院里的花花草草，静静地吸一锅烟。那天，他磕尽烟灰正要站起身来的时候，忽见一道暗影自天而降，斜坠向庭院里的水塘。他定睛细看，"哎呀"一声，竟是一只苍鹰，企图从水塘里捕捉一只水鸟。水鸟们受此惊吓，四散而逃。两只天鹅猝临险况，反应迅疾，扇着翅膀跃到了岸上。苍鹰一袭未成，不肯善罢甘休，旋身飞上天空，第二次俯冲下来，盯准的目标是那只雌鸳鸯。而水塘里，除了几株荷，再没什么可供水鸟们藏身的地方。偏那些水鸟，因久不飞翔，飞的本能已经大大退化。

冯先生隔窗看呆了。

正在那雌鸳鸯命悬一线之际，雄鸳鸯不逃窜了。它一下子游到了雌鸳鸯前面，张开双翅，勇敢地扇打俯冲下来的苍鹰。结果苍鹰的第二次袭击也没成功。那苍鹰似乎饿急了，它飞上空中，又开始第三次进攻。而雄鸳鸯也又一次飞离水面，用显然弱小的双翅扇打苍鹰的利爪，拼死保卫它的雌鸳鸯。力量悬殊的战斗，就这样展开了。

令冯先生更加吃惊的是，塘岸上的一对天鹅，一齐展开双翅，扑入塘中，加入了保卫战。在它们的带动之下，那些野鸭呀、鹭鸶呀都不再恐惧，先后参战。水塘里一时间情况大乱……

待冯先生不再发呆，冲出别墅时，战斗已经结束。苍鹰一无所获，不知去向。水面上，羽毛零落，有鹰的，也有那些水鸟的……

我听得也有几分发呆，困意全消。待冯先生讲完，我忍不住关心地问："那只雄鸳鸯怎么样了？"

他说："惨！惨！几乎是遍体鳞伤，两只眼睛也瞎了。"

他说他请了一位宠物医院的医生，为那只雄鸳鸯处理伤口。医生认为，如果幸运的话，它还能活下去。于是他就将一对鸳鸯暂时养在别墅里了。

到了秋季，我带着几位朋友到冯先生那里去玩儿，发现他的水塘里增添了一道"风景"——雌鸳鸯将它的一只翅膀，轻轻地搭在雄鸳鸯的身上，在塘中缓缓地游来游去，不禁使人联想到一对挽臂散步的恋人。

而那只雄鸳鸯已不再有往日的美丽，它的背上、翅膀，有几处地方呈现出裸着褐色创疤的皮。那几处地方，是永远也不会再长出美丽的羽毛了……更令人动容的是，塘中的其他水鸟，包括两只雪白的、气质高贵的天鹅，只要和那对鸳鸯相遇，都会自觉地给它们让路，仿佛那是不言而喻之事，仿佛已成塘中的文明准则。尤其那一对天鹅，当它们让路时，每每曲颈，将它们的头低低地俯下，一副崇敬的姿态。

我心中自然清楚那是为什么，我悄悄对冯先生说："在我看来，它们每一只都是高贵的。"

冯先生默默地点了一下头，表示完全同意我的看法。

不知内情的人，纷纷向冯先生发问，冯先生略述前事，众人皆肃默。

是日，大家被冯先生留住，在庭院中聚餐。酒至三巡，众人逼我为一对鸳鸯作诗。我搪塞不过，趁几分醉意，胡乱诌成五绝一首：

　　　　为爱岂固死，

有情才相依。

劫前劫后鸟，

直教人惭极。

有专业歌者，借他人熟曲，击碗而歌。众人皆击碗和之。罢，意犹未尽。冯先生率先擎杯至塘边，泼酒以祝。众人皆效仿。

然塘中鸳鸯，隐荷叶一侧，不睬岸上之人，依然相偎小憩。两头依靠，呈耳鬓厮磨状。那雌鸳鸯的一只翅膀，竟仍搭在雄鸳鸯的背上。

不久前某日，忽又接到冯先生电话。他寒暄一句，随即便道："它们死了！"

我愕然，轻问："谁们？"

答："我那对鸳鸯……"

电话那端，于是传来呜咽。

于是想到，已与冯先生中断往来两年之久了。他先是婚变，后妻是一"京漂"，芳龄二十一，比冯先生小三十五岁。正新婚宴尔，祸事却猝不及防——他某次驾车回别墅区时，撞在水泥电线杆上，严重脑震荡，久医病轻，然落下手臂挛颤之症，无法再作画矣。后妻便闹离婚，他不堪其恶语之扰，遂同意。后妻离开时，暗中将其画作全部转移。此时的冯先生，除了他那大别墅和早年间积攒的一笔存款，也就再没剩什么了。坐吃山空，前景堪忧。

我不知该对他说什么好。

冯先生呜呜咽咽地告诉我，塘中的其他水鸟，因为无人喂养，都飞光了。

我又一愣，半天才问出一句话："不是都养熟了吗?"

又是一阵呜咽。

冯先生没有回答我的疑问，就把电话挂了。

我呆呆地陷入了沉思，猛地想到的一句话是"万物互为师学，天道也"，却怎么也回忆不起来，究竟是哪一位古人说的了……

致老师

翁老师您好：

老师的来信，学生收到已半月余。本想郑重地给老师写一封长信，呈生活、身体、思想、创作"全方位"的汇报，然年终之际，诸事多多，竟不能够。

老师的信，字里行间，充满着对学生的关怀，亦流露着替学生感到的忧虑，令学生读来顿觉温馨一片。老师谆谆所嘱，学生自将牢记。老师所虑，亦可释怀——学生自离开复旦二十二年，从未敢忘老师及母校厚望，为文难免常有不当，为人却是恪守原则的。世事纷纭，人际乖张，老师教诲不无道理，学生个性也过刚愎，也过自信。甚而，有时也显教条。学生已有反思，老师可从此欣然。

此信既不能是"汇报"，那么就给老师讲些轻松话题、有趣之事，以博老师开心一笑罢。

我妻焦丹，现在一家国营电脑软件公司任办公室职员。收入尚可，每月千元。今年颇走"财运"，以往所购股份一万元，据言公司股份上市后，可翻数倍。于是得意。

她觉嫁我最值得的方面是——虽"无为而治"，放任不加管束，却也基本省心；最亏的方面是——我心里装着不少人，似乎唯独替她着想的少。其实我也替她着想的，表现是我爱干家务。而且爱干连妻子都不怎么喜欢干的家务，比如擦窗子、拖楼道。但她说透过现象看，那本质还是自私的，无非是写累了换换脑的方式。我便暗暗要求自己以后表现得更好，比如除了擦窗子、拖楼道，似乎也还应将她的生日记在挂历上，至日买束花取悦之。反正我在家的时光长，就当是给我自己买的……

我子梁爽，今年高三矣。明年该考大学了。相貌端庄，接近英俊。学习努力，成绩一般。但只要发挥正常，考上一所大学当是没什么问题的。他的智力原本是朝着文科发展的，入中学后，被我的意志硬扭向了理科。每自思之，惴惴不安。我不望子成龙。所幸梁爽的人生观也极朴素。他的最大理想，乃是以后能到他妈妈的电脑公司去，每月二三千元，一生相当于这个水平的收入，于愿足矣。我爱他这一点。但每提醒——以后大学生择业必难，他得明白，他若真能实现愿望，乃是幸运，非是什么最低人生"构想"。无论任何社会，对于绝大多数青年而言，其实是以十分的努力，争取二三分的人生保障。给他讲这些，他半懂不懂。我也急不得，容他渐懂罢。

我家所在小街，宽仅二十余米，且是一条早市街。每日六点至九点，极为热闹。我常逛早市。此乃我贴近市民生活、感受市民生活气息的一种方式。几乎每一摊主，都有一大篇人生故事。我从他们身上，发现人生的顽强和乐观。没有这两点的人，在一处摊位是不能年复一年地坚持下去的……

横跨小街，登上元大都遗址的土坎，择阶而下，有小河、小桥、小片树林。我常在其间散步，与人聊天，听退休老人们唱京剧。四顾无人，自己也每扯开嗓子"引吭高歌"……

老师，学生老矣。二十几年前，我入复旦时，老师还不到我现在这年龄呢！而我只不过是个二十五六岁的青年。人生苦短，昨日如梦，今日如梦，明日亦如续梦。在享受生命和勤奋写作之间，我更迷惘。而且，除了写作，怎样才算享受着生命了，也至今没太搞明白。别种享受生命的方式，比如狂欢一夜吧，对我则是比写作还累的。饭局对我也是"牺牲"式的应酬。一个星期内若有两次，胃病就犯了。当然，和女孩子们聊天是愉快的。敬爱的焦丹同志虽"理解万岁"，并不"横加干涉"，但女孩子们一称我"老师"，我又顿觉索然。于是焦丹同志嘲问——那你想她们叫你什么？叫你"宝贝儿"？——我哪儿敢那么奢望呢。叫我"梁兄"也比叫我"老师"受用啊！焦丹同志便又嘲曰：那"您"就只能跟四十岁以上的"祝英台"们去聊了，自重点儿，别往二十多岁的女孩儿们跟前凑。在她们跟前，要么"您"是"老师"，要么"您"是"老花心"，还有剩给"您"的第三种角色吗？——于是不但索然，而且愀然了。我的老，是焦丹同志非常之幸灾乐祸的……

有次我在街头付十元钱，接受一位五十余岁的妇女颈肩按摩。

忽问："这位老师傅，退休几年了？"

我心一酸，几乎泪出，凄然曰："才退休三四年。"

又说："您这病，得引起重视啦。否则，脑供血不足会得老年痴呆的呢！"

按摩后，我就真的有点儿痴痴呆呆的了。心里受那么大打击，也还是有公益责任的呀！见一五六岁男孩儿折桃树枝，忍不住驻足制止："小孩子，要爱护树木呀！"——孩子他妈，三十七八岁的一位母亲，瞥我一眼，淡淡地说："别折了，你看有老爷爷管闲事儿了吧？"

竟不但是爷爷，而且是"老爷爷"了。

一回家，简直就禁不住地照镜子，就又受焦丹同志的嘲笑。我将遭遇的"伤害"一讲，她同情地叹了口气，说："以后出门前，我给你化化妆吧！"——我说还有救吗，能年轻几岁啊！她说——那得我出钱，她去学化妆术。学成了在我脸上实践，或许能将"老爷爷"化妆成"爷爷"辈儿的男人。

还有次某报记者为我拍照，忽言我脸上"反光"。我好生奇怪。一没搽粉，二没戴镜，怎么会"反光"呢？他说："是您刚长出来的白胡茬反光。"于是一阵头昏，倘不刮胡子，哪天会被叫作"白胡子老爷爷"了吧？

再有次坐出租车，三十几岁的出租汽车司机主动与我闲聊，问我"贵庚"——犹豫片刻，答"六十六岁"。渴望获得这样的惊喜："哇，您看起来可真年轻！"

司机没"哇"，却"客观"地承认我看起来是挺年轻的。惊喜虽未获得，也心怀侥幸地急问——年轻到什么程度？人家说："也就六十二三岁的样子吧。"心内又是一阵戚戚然大为失意，大为沮丧。焦丹同志一针见血地指出——我是患上了男人的"年龄心理恐惧症"了。其实没她断言的那么严重，只不过更加惜时如金了。心里的创作愿望比从前更多——长篇、系列中篇；还打算创作电视连续剧，关于大学生题材的；出一本诗集，关于爱情的；一本童话集，寓言式的，成人读了也能引起点儿感想的那一种……

对话剧剧本也发生了兴趣。

最主要的一点是，心内竟产生了对唯美创作倾向的尝试念头。在几年前，我却是公开嘲讽这一种创作倾向的……

这一切都和年龄有关吗？我不知道。

至于针砭时弊的文章，自然还是要写的。没什么批评和假批评之名的攻击能够动摇我这一点。

迄今为止全部对我的攻击中，其实最轻佻的乃是对我人格的挑衅和攻击。因为自青年时期至今，它总是多少经历了些较为特殊的检验的。而我又是那么清楚地知道，攻击者们本身的人格，是特别经不起公开评说的。何况某些攻击性的文字，其炮制和产生的过程就是摆不到桌面上的，只不过我虽清楚地知道却实在懒得说。何况某些攻击，以及借我之名获钱钞之利的行径，并不能真正达到什么伤害我之目的……

老师您看，话一转到写作，我又不免严肃。

而我给您写此信，更为清除您心中替学生感到的忧虑，更为使您看了开心一笑。我愿此信在元旦前后发出，那么就几乎所有的老师都能同时看到了。果真如此，若老师们彼此打电话一谈，我愿电话线互通的是老师们忍俊不禁的笑语。而这也就等于送达了我对老师们的祝福。我觉得似乎胜过"近况汇报"，胜过贺卡，胜过元旦问候……

昨晚我刚从京郊开会回来。今天上午信写至半，下午去北京少管所与少年犯们座谈——我编剧的一部电影《成长》在那里放映过，回到家天已黑。晚饭后接着给老师写此信，然心情竟大为不同。少年犯过失，上帝都该原谅。但少年如果犯罪，如果犯邪恶之罪，那么就连上帝也会感到震惊，甚而会感到难过了。

我却依然希望，我的信所送达的主要是愉快。

几天前有几位编辑到我家来，我为他们一人沏了一杯茶。十几分钟内他们谁也不碰杯，茶凉了。我就用托盘端着所有的杯去厨房——得将凉茶水倒掉才能再兑热水呀。其中一位客人跟至厨房，要自己为自己服务。他目视眈眈地见我一杯杯倒掉了凉茶水，又一杯杯直接从自来水龙头接满了水……

茶杯再放至每人面前，谁也不喝。

我说："大家别这么客气嘛！"

还是谁也不碰杯，搞得我好生困惑。

客人走后，儿子问："爸，你没发现那个叔叔直对大家使眼色呀？"

我反问："没有哇，他使眼色干什么？"儿子说："你从自来水龙头往大家茶杯里放满水，客人们会怎么想？"我说："是吗？！……那你干吗当时不说？！"儿子说："你一本正经地那么干，我也不明白你究竟什么意思啊！"我则只有发呆——每每怀疑，是否真的如医院诊断的那样，我已因颈椎病而开始脑萎缩了？……

我的写作，或许带给人们的严肃和沉重太多了？那么，就让我在生活中多带给人们开心一笑吧！尤其愿我，在新年前带给老师们的是灿烂的开心一笑……

又来客人了，打住。

代我问师母好！

过几天，我会有新书寄给老师和师母。

千年之交，祝万事顺遂！

学生梁晓声

一九九九年十二月十六日晚

我心·人心

　　心对人而言，是最名不副实的一个脏器。从我们人类的始祖刚刚有了所谓"思想意识"那一天起，它便开始变成个"欺世盗名"的东西，并且以讹传讹至今。当然，它的"欺世盗名"，完全是由于我们人的强加。同时我们也应该肯定，这对我们人无疑是至关重要的。其重要性相当于汽车的马达。双手都被截掉的人，可以照样活着，甚至还可能是一个长寿者。但心这个脏器一旦出了毛病，哪怕出了点儿小毛病，人就不能不对自己的健康产生大的忧患了。倘心的问题严重，人的寿命就朝不保夕了。人就会惶惶然不可终日了。

　　我一向百思不得其解的是——所谓"思想意识"，本属脑的功能，怎么就张冠李戴，被我们人强加给了心呢？而这一个分明的大错误，一犯就是千万年，人类似乎至今并不打算纠正。中国的西方的文化中，随处可见这一错误的泛滥。比如我们中国文人视为宝典的那一部古书《文心雕龙》，就堂而皇之地将艺术思维的功能划归给了心。比如信仰显然是存在于脑中的，而西方的信徒们做祈祷时，却偏偏要在胸前画十字。因为心在胸腔里。

　　伟人毛泽东曾说过这样的话——"人的正确思想是从哪里来的？

是从天上掉下来的吗？不是。是头脑里固有的吗？也不是。人的正确思想，只能从实践中来……"

当年我背这一段毛泽东的语录，心里每每产生一份儿高兴，仿佛"英雄所见略同"似的。那是我第一次从一个伟人那儿获得一个大错误被明明白白地予以纠正的欣慰。但是语录本儿上，白纸黑字印着的"思想"两个字，下边分别都少不了一个"心"字。看来，有一类错误，一经被文化千万年地重复，那就只能将错就错，是永远的错误了。全世界至今都在通用这样一些不必去细想，越细想越对文化的错误难以纠正这一事实深感沮丧的字、词，比如心理、心情、心灵、心肠、心事、心地、心胸等，并且自打有文字史以来，千百年不厌其烦地，重复不止地造出一串串病句。文化的统治力在某些方面真正是强大无比的。

心脑功能张冠李戴的错误，只有在医生那儿被纠正得最不含糊。比如你还没老，却记忆超前减退，或者思维产生了明显的障碍症状，那么分号台一定将你分到脑科。你如果终日胡思乱想，噩梦多多，那么分号台一定将你分到精神科，判断你精神方面是否出了毛病。其实精神病也是脑疾病的深层范围。把你打发到心脏专科那儿去的话，便是医院大大的失职了。

翻开历史一分析，心脑功能张冠李戴这一永远的错误，首先是与人类的灵魂遐想有关。也跟我们的祖先曾互相残食的记载有关。一个部落的人俘虏了另一个部落的人，于是如同猎到了猎物一样，兴高采烈围着火堆舞蹈狂欢。累了，就开始吃了。为着吃时的便当，自然先须将同类们杀死。心是人体唯一滞后于生命才"死"的东西。

当一个原始人从自己同类的胸腔里扒出一颗血淋淋的心，它居然还在呼呼跳动时，我们的那一个野蛮的祖先不但觉得惊愕，同时也是有几分恐惧的。于是心被想象成了所谓"灵魂"在体内的"居室"，被认为是在心彻底停止跳动之际才逸去的。"心灵"这一个词，便是从那时蒙眬产生，后经文字的确定、文化的丰富沿用至今的。

人类的文化，中国的也罢，外国的也罢，东方的也罢，西方的也罢，一向对人的心灵问题，是非常之花力气去琢磨的。一个人对另一个人的心灵琢磨不透了，往往会冲口而出这样一句话——"我真想扒出你的心（或他或她的心），看看究竟是红的还是黑的！"许多中国人和外国人都说过这句话，说时都不免恨恨地狠狠地。

但是我观察到，在中国，在今天，在现实生活中，许许多多的人，其实是最不在乎心灵的质量问题的。越来越不在乎自己的，也越来越不在乎他人的了。这一种不在乎，和我们人类文化中一向的很在乎，太在乎，越来越形成着鲜明的，有时甚至是相悖的、对立程度的反差。人们真正在乎的，只剩下了心脏的问题，也许这因为，人们仿佛越来越明白了，心灵是莫须有的、主观臆想出来的东西，而心才是自己体内的要害，才是自己体内的实在之物吧？

的确，心灵原本是不存在的。的确，一切与所谓心灵相关与德行有关的问题，原本是属于脑的。的确，这一种张冠李戴，是一个大错误，是人类从祖先那时候起就糊里糊涂地搞混了的。

但是，另一个不容争辩的事实乃是——人毕竟是有德行的动物啊！

人的德行毕竟是有优劣之分的啊！关于德行的观念，纵使说法万千，也毕竟是有个"质"的问题吧？

人类成熟到如今，对与人的生存有关的一切方面的要求都高级了起来。唯独对自身德行的"质"的问题，一任地降低着要求的水准。这一点尤其在当代中国呈现着不可救药的大趋势。中国文化中，对于所谓人的心灵问题，亦即对于人的德行问题，一向是喋喋不休充满教诲意味儿的。而如今的中国人，恐怕是我们这个地球上德行方面最鄙俗不堪的了。人类对于自身文化的反叛，在中国这块土地上，似乎进行得最为彻底。我们仿佛又被拎着双腿一下子扔回到千万年以前去了。扔回到和我们的原始祖先同一文化水准的古年代去了。正如我们都知道的，在那一种古年代，所谓人类文化，其实只有两个内容——"人为财死，鸟为食亡"和对死的恐惧。

我们的头脑中只剩下了关于一件事情的思想——金钱。已经拥有了大量金钱的人们的头脑，终日所想的还是金钱，尤其是金钱。他们对金钱的贪婪，比生存在贫困线上的我们的同胞们对金钱的渴望，还要强烈得多。他们对于死的恐惧，比我们普通人要深刻得多。

我们中国民间有一种说法——人心十窍。意思是心之十窍，各主七情六欲。当然有一窍是主贪欲的。当然这贪欲也包括对金钱的贪。所以，老百姓常说——某某心眼儿多，某某缺心眼儿，某某白长了心眼儿死不开窍。如今我们许多中国人之人心，差不多只剩下一窍了。那就是主贪欲那一窍。所贪的东西，差不多也只剩下了钱，外加上色点缀着，主着其他那些七情六欲的窍，似乎全都封塞着了。所以我前面说过，这样的人心，它又怎么能比人手的感觉更细微更细腻呢？它变成在"质"的方面很粗糙、很简陋，功能很单一的一个东西，岂不是必然的么？

我曾认识一位我一向尊敬着的老者。一生积攒下了一笔钱，有那么三四十万吧。仅有一子，已婚，当什么公司的经理，生活相当富足。可我们这位老者，却一向吝啬得出奇。正应了那句话——"瓷公鸡，铁仙鹤，玻璃耗子琉璃猫。"绝对一毛不拔。什么"希望工程"，什么"赈灾义捐"，什么"社会道义救助"，几乎一概装聋作哑，仿佛麻木不仁。倘需捐物，则还似乎动点儿恻隐之心。旧衣服破裤子的，也就是只能当破烂儿卖的些个弃之而不惜之类，倒也肯于"无私奉献"。但一言钱，便大摇其头，准会一迭声地道："捐不起捐不起！我自己还常觉着手头儿钱紧不够花呢！"——这说的是他离休以后。离休前，堂堂一位正局级享受副部级待遇的国家干部，出差途中买筒饮料喝，竟要求开发票，好回单位报销。报销理由是非常之充足的——不是因公出差，我才不买饮料喝呢！以为我愿意喝呀？对于我这个人，什么饮料也不如一杯清茶！……尽管是"一把手"，在单位的名声，也是可想而知的了。却有一点是难能可贵的，那就是根本不在乎同僚们下属们对自己如何看法。

就是这么样的一位老同志，去年患了癌症之后，自思生命不久将走到尽头，一日用电话将我召了去，郑重地说是要请我代他拟一份遗嘱。大出我意料的是，遗嘱将遗体捐献给医科院，以做解剖之用。仰躺病榻之上的他，一句句交代得那么从容，口吻那么平静，表情那么庄严。这一种境界，与他一向被别人背地里诮议的言行，真真是判若两人啊！我不禁心生敬仰，亦不禁满腹困惑。他看出了我有困惑，便问："听到过别人对我的许多议论是吧？"

我点头，坦率地回答："是的。"

又问："对我不那么容易理解了是吧？"

我又点头。

他便叹口气，说出一番道理，也是一番苦衷——"不错，我是有一笔为数不少的存款。但那既是我的，实际上又不是我的。是儿孙的。现在提倡爱心，我首先爱自己的儿孙，应该是符合人之常情的吧？一位父亲，一位祖父，怎么样才算是爱自己的儿孙呢？当然就看死后能留给他们多少钱多少财产啦。其他都是白扯。根本就体现不出爱心了。所以，我现在还活着，钱已经应该看成是儿孙们的了。我究竟有多少钱，他们是一清二楚的。我死那一天，钱比他们知道的数目还多些，那就证明就等于我对他们的爱心比他们的感觉还多些。如果少了，那就证明就等于爱心也少了。我当然希望他们觉得我对他们的爱心多些好。我到处乱捐，不是在拿自己对儿孙们的爱心随意抛撒么？我活到这岁数，早不那么傻了。再说，也等于是在侵犯儿孙们的继承权呀！至于我死后的遗体，那是没用的东西。人死万事休嘛。好比我捐过的一些旧衣服破裤子。反正也不值钱了。谁爱接受了去干什么就干什么吧！还能写下个生命的崇高的句号，落下个好名声，矫正人们以前对我的种种偏见。干吗不捐？捐了对我自己、对儿孙们，都没有什么实际的损失嘛！我这都是大实话。大实话要分对象，当着我不信赖的人，我是决不说这些大实话的……"

听罢他的"大实话"，我当时的心理感受是很难准确形容的。只有种种心理感受之一种是自己说得清楚的——那便是心理的尴尬。好比误将一名三流喜剧演员可笑地当成了一位悲剧大师，自作多情地暗自崇拜似的。

对于我们这一位老同志，钱和身，钱才是更重要的。而身，不过是"钱外之物"，倒不那么在乎了。尤其当自己的身子成了遗体后，似乎就是旧衣服破裤子了。除了换取好名声，实际上一钱不值了，更重要的留给儿孙，一钱不值的才捐给社会——这又该是多么现实、多么冷静的一副生意人的头脑里才可能产生的"大思维"啊？

那一天回到家里，我总在想这样一个问题——皆云"钱财乃身外之物"，怎么的一来，从哪一天开始，中国人仿佛都活到了另一种境界？一种"钱财之外本无物"的境界？无物到包括爱情，包括爱心，包括生前的名、死后的身，似乎还有那么一股子禅味儿。

正是从那天开始，我更加敏锐地观察生活，倍感生活中的许多方面，确实发生了，并且正在发生着翻天覆地的观念的"大革命"。

如果一个男人宣布自己是爱一个女人的——那么给她钱吧！"我爱你有多深，金钱代表我的心"……

如果做父母的证明自己是爱儿女的——那么给他们钱吧！"世上只有金钱好，没钱的孩子像根草"……

如果哪一行哪一业要奖励哪一个人——那么给他或她奖金吧！没有奖金衬托着，奖励证书算个啥？

人心大张着它那唯一没被封塞的一窍，呼哧呼哧地喘着粗气，如同美国科幻电影中宇宙异形的活卵，只吞食钱这一种东西。吞食足了，啪啦一下，卵壳破了，跃出一头狰狞邪恶的怪物……

于是我日甚一日地觉得，与人手相比，我们的张冠李戴的错误，使人心这个我们体内的"泵"，不但越来越蒙受垢辱，而且越来越声名狼藉了，越来越变得丑陋了。当然，若将丑陋客观公正地归给脑，心是又会变得非常之可爱的。如同卡通画中画的那一颗鲜红的桃般可爱，那么脑这个家伙，却将变得丑陋了。脑的形象本就不怎么美观。用盆扣出的一块冻豆腐似的。再经指出丑陋的本质，它就更令人厌弃了不是？

有些错误是只能将错就错的。也没有太大纠正的必要。认真纠正起来前景反而不美妙。反正我们已只能面对一个现实——心也罢，脑也罢，我们人身体中的一部分，在经过了五千多年的文化影响之后，居然并没有文明起来多少。从此，我们将与它的丑陋共生共灭，并会渐渐没有了羞耻感。

心耶？脑耶？——也就都是一样的了……

禅及其他

友人欲受我禅道，赠禅书数类。

我自知乃一辈子难悟之人，骨头里血液里的凡夫俗子。灵性浅肤，慧根断残，只怕是无论怎样的一心向佛，也没法儿突破红尘缘，达到禅界，就很畏缩。

何况禅讲究"顿悟"。境界的升华，全在于"虚空"之彻底。"虚空"而彻底，那是什么什么与愿与望沾边的观念，都违背禅宗的。一以授之，一以受之，便在一开始，就离禅十万八千里了！

想我那友人，市场上也曾面红耳赤地讨价还价过；评职称的时候也曾急赤白脸地大吵大闹过；分房子的时候也曾恨过也曾悲过，上告下求，了无结果，直至住进了医院——分明并没悟到多少禅的真谛，不免怀疑其为门外汉。恐姑妄从之，走火入魔，未获正果，倒跨进了左道旁门……

然而那友人循循善诱，诲人不倦，说禅嘛，乃亦虚亦实的人生方面的学问。有所空有所不空。空起来什么什么都毫无意义毫无价值，任尔虚掉。实起来什么什么都很有意义很有价值，任尔执着。

他不过是以不空击悟空，以实而图虚。一切都不空了，岂不是则便一切都空将起来了么？

总之，他说的很辩证，辩证了，也就怎么说怎么有理了。何况禅的确是学问，起码是学问。友人的动机善良，起码是善良。于是偶得余暇，踟蹰踟蹰的，徜徉于禅界门外，做管窥之徒。好比"文革"时期的"红外围"，明知成不了"红五类"，却总比被划入"黑五类"灵魂感到安妥些。我不信天堂之说，也不信地狱之说。既无我不升天堂谁升天堂的幻想，也无我不入地狱谁入地狱的觉悟。但灵魂这东西，天生的是个极易损坏的东西，安妥些总比不安妥好。

又想那禅学渊深，无边无际，上统天，下囊地，怎敢凭一时之乖趣，而跃汪洋之智海！

所幸友人赠书中，有"三联书店"出版发行的台湾蔡志忠先生的漫画集《庄子说》《老子说》《世说新语》《禅说》《六祖坛经》等。据言十分畅销，常常一售而空，便当成是慎涉禅学的"入门"教材……

蔡志忠先生的漫画风格，我喜欢。文字阐释也好。可谓增一字则多，删一字则少。典自文言。"译"自偈语。或深入浅出，或浅出深入。既白且雅，亦庄亦谐，道理亲和，比喻机敏，妙语如珠，联想纵横，看着开心，读着明智，逐成案头之书，常持之卷。

由禅我想到蝉。

唐人虞世南有《蝉》诗曰：

　　　　　垂緌饮清露，流响出疏桐。

　　　　　居高声自远，非是藉秋风。

这一首诗，抒发了一种"清"何须"贵"、"清"高于"贵"的思想。也有着一种禅意在其中的。足见禅对中国古代知识分子灵魂的熏染，是标高脱界的。

不知禅祖列宗当初确立禅为禅而非其他，与蝉这种形俗而性高的小生命，有没有着什么关系？

进而又想到那蔡志忠先生，比起达摩佛祖所有高徒弟子，对于推广和善及禅说，功德都要大得多呢！

但我断言蔡先生是无意修成一位禅门弟子的。他不是因他的系列漫画很发了一笔财么？不是还因此获选台湾十大杰出青年之荣耀么？他的初衷，显然是受"市场信息"的指导。也算是一种"顿悟"吗？

由此可见，"虚空"二字，凡人尽可着迷，却都是不打算实践的。该所谓"叶公好龙"。

我无调侃蔡先生之心，也无轻慢禅说之意。只是以一个凡夫俗子的人生观来看，世界本不是"空"的。人心也很难达到真正意义上的"空"。如果真能达到那一种"空"，连禅都是应从内心里空掉的。

禅的境界，也许是世界上最忌"认真"二字的思维方式。是的，禅几乎是不能稍微认真探索的。哪怕稍微认真，禅的境界便遭破坏，而不"完美"了。所以禅祖列宗，无一不向弟子们强调——禅是不能用语言文字来表述的。

于是禅等于不可思议。而我天生又是一个凡事认真之人。于是我觉得自己看出了渊深的禅学也是那么难以彻底脱俗，有着故弄玄虚的一面。比如五祖弘忍的那位颇受青睐的弟子神秀上座，写了一首偈诗："身是菩提树，心如明镜台。时时勤拂拭，莫使惹尘埃。"其中"修心"的意思，一目了然。但弘忍的另一弟子慧能亦写了一首嘲神秀："菩提本无树，明镜亦非台。本来无一物，何处惹尘埃？"其中"虚"而且"空"的意思，真是彻底到家了。于是弘忍深夜将衣钵传给了慧能，并当面立慧能为禅学的六祖。在弘忍看来，慧能的心性达到的悟，远非神秀所能相比。然而像我这样的凡夫俗子的疑问来了：慧能的彻悟，真的高于神秀么？如果慧能的心性，真的已"空虚"至极，那么神秀的偈诗，他不是该视而不见，听而不闻么？就算神秀很肤浅吧，具有禅祖潜质的慧能，头脑中也不该产生纠正他的冲动啊！一念即生，那一瞬间，其心性不是已惹上了一点"尘埃"，背禅驰去了么？更何况，真的"虚空"，连衣钵也是应被视为粪土，虽师傅亲授而不受的。不但受了，且连夜逃奔，引起众禅门弟子的嫉妒和愤怒，乘快马穷追，分明惹上的并不是一点"尘埃"，而是很大的风波了。禅门弟子不是遁世的么？搅入了世俗和矛盾，足见灵魂不"空虚"啊！

不知那六祖慧能，倘一直活到今天，该作何解释才能自圆其说？练气功而健身，为的是延年益寿。遁禅门而修心，不该是为了有朝一日继承衣钵当上祖宗吧？

禅学所主张的，对于"修"成一个真实的自我之态度，毫无疑问，乃古代人、现代人、未来世人作为的一类重要的生存方式。这原则的宗旨便是"自然"二字。

禅祖列宗是人类最早思考关于"自我"和"生命价值"问题的先

哲。仅仅这一点，禅学也是伟大的。

禅祖列宗是人类最早对宇宙万物的存在及彼此之间的关系提出合乎"自然"规律、"自然"法则的大智慧者。仅仅这一点，禅学也是值得中国人骄傲的。

但禅学中那些玄谈玄论玄争玄辩一言以蔽之曰"玄学"的部分，除了显示某种思维的机敏和对答的机智，其实并没有什么太了不起的令人肃然的深奥。我们纵观禅的历史，看到了朴素的唯物论和透彻的辩证法与意在哗众取宠的玄学，像两根藤一样扭缠在一起。

禅祖列宗之中，大概很有几位一半是哲人一半是侃圣吧？历史上的众多禅门弟子中，大概很有一些不过是徒有虚名的"侃爷"吧？

下面的一个例子，最说明禅矫揉造作的一面——南阳慧忠是六祖慧能门下的五大弟子之一，被肃宗皇帝邀请到京城，尊为国师。在一次法会上，肃宗向他提出很多问题，他却连瞧也不瞧肃宗一眼。肃宗发怒了。他却反问肃宗："皇上可曾看到虚空？"

肃宗回答："看到了啊。"他这才似乎深不可测地说出一句话："那么'虚空'可曾对你眨过眼？"肃宗哑然怔住。慧忠此时的得意之状是可想而知的。

慧忠自比"虚空"，也要别人视他为"虚空"。

但是这一位已然达到了"虚空"境界的高等禅门弟子，被邀请到京城却是肯的，被尊为国师也是肯的。只不过是不肯瞧一眼向他请教问题的对方罢了。

古代士大夫和知识分子阶层，曾相当崇尚过清淡玄论之风。不能不说和禅学或曰伪禅学有着一定的关系。这一点乃是中国知识分子久远的心理历程的一部分。可以说是一种基因，遗传至今。

禅并非如宇宙的存在那么不可思议。

禅的普遍的真谛，即它所涵盖的朴素的唯物论观点和辩证的思维方法，每一个人都是可以领悟的。不过领悟了的人是否都肯遵循着去生活罢了……

禅的所谓不可思议，不过是一些矫揉造作的禅门弟子借以抬高身价的妄言罢了。有真，便有伪。有指导出真理的哲人，便有将真理推向绝谬的伪哲人。有实践出科学的学者，便有将科学弄到诡秘地步的伪科学者。

人类的科学、知识、文化的历史，正是这样发展过来的。

真与伪，有时简直就像一对一模一样的孪生姐妹。你爱的是姐姐，很可能你娶的是妹妹……一休也是一位小禅师。一休之所以可爱，在于他的机智和智慧，并无玄的倾向，而具真的本质。他的机智和智慧，既用以助人，亦用以解脱自己的困境，或用以自省。否则，像那位慧忠一样的话，一休将是个多么乐于伪装的孩子啊！

的确，智慧不是知识。智慧根本不可能像知识一样互相传授。但智慧是可以互相启迪的。而一切过分炫耀出来的智慧，都是在不同程度贬值了的智慧。炫耀一旦是目的，智慧也就在闪光的同时死灭了……

禅学列祖列宗，几乎每一位都是能言善辩之人。按今天的说法，每一位都是杰出的辩论家（但他们绝不是演说家。他们鄙弃演说。尽管他们都具备同样的演说才华）。他们推广禅宗的方式是"启迪式"，反对灌输的方式。他们向他们的弟子们提出的问题，大概远比他们所回答的问题要多。而他们是很忌正面回答问题的。他们旁敲侧击，将问题的答案，留给弟子们自己去悟。他们的这一种"治学"经验，对今天的一切治学领域，都有积极的难能可贵的借鉴意义。

禅学列祖列宗，在选拔和重点栽培"接班人"方面，是相当注重考察口才的。

比如，十三岁的禅门弟子神会参拜六祖慧能的时候，六祖问："你千里跋涉而来，是否带着最根本的东西？如果带来了，那么它的主体是什么？"

神会答："这东西是无住，它的主体说是开眼即看。"

慧能于是夸奖他，道："你这小和尚，词锋倒也敏利。"遂纳神会为弟子。

一方面，禅学的列祖列宗认为，禅宗是不可能靠语言和文字去发扬光大的。另一方面，他们十分清楚，离开语言和文字，尤其若连语言都摈弃了，禅学的命脉也就会断了。

这是一个矛盾。

语言是人类一切活动得以延续的最基本的方式。

禅学绝不是完美的，更非无懈可击的。

禅学给现代人的启示恰恰在于——人类倘执迷于追求其一种完美，寻求所谓彻底的"超界"，便会走向谬误。

正是一切宗教自身的矛盾，导演了一切宗教兴衰的历史。

到了唐武宗的年代，终于发生了由"当局"采取的大规模的灭佛行动。武宗从发展经济的现实需求提出——有一人不耕，便有人挨饿。有一女不织，便有人受冻。他谴责寺庙中的僧尼不耕不织，寺庙富丽和宫殿争美，六朝因而衰败……

于是拆毁四万四千六百余所寺庙，迫使二十六万零五百余名僧尼还俗……

对于唐武宗的做法，仅仅以秦始皇"焚书坑儒"去归类而论，只怕也是欠公正的。

人类不可能在不耕不织的情况之下，集体悟出什么人类自身存在的意义，从而大同、大统到一个什么完美的绝对合乎自然规律的境界。

恰恰相反，不耕不织，进而不发明创造，泯灭了人类在一切方面应有所作为的冲动，对于人类来说，是最不合乎自然规律的。

禅的"虚空"之说，走向极端，既不但使禅学由自身的矛盾而陷于窘地，对于人类社会的发展，也必起到消极的作用。

然而在唐武宗灭佛的行动中，唯禅宗却得以幸存。因为禅门和尚都亲自劳作，自给自足，并不寄生于社会。这要归功于百丈和尚。他改革了禅宗原先和其他佛派一样靠乞食的寄生生活。他指出——为什么一个身心健全的和尚要像寄生虫一样，靠吸取俗人的血液活着呢？他认为，天地间的万物，应日日作业，自强不息。并且他身体力行，九十四岁高龄时，仍与弟子们一样劳作。弟子们将他的工具藏了，他就不吃饭。言"一日不作，一日不食"。直至弟子们不得不将他的工具还给他……

我认为百丈才真真是禅列祖列宗中最大的一位。以今天的说法，是伟大的"改革家"。归根到底，禅不过是启导人自觉地选择一种与世间万物融为一体，达成自由而和谐的状态的活法，百丈对于禅门弟子应自食其力的倡导，使禅主张人的活法成为一种积极的活法。而非足以使禅门以外的人大加指责的"闲混温饱"的不劳而获的活法……

人间可以供养得起几位、十几位、几十位光"悟"而不"作"的禅祖，但任何一个国家一个民族一个社会，大概也是很难供养得起几万、几十万、千百万光"悟"而不"作"的禅门弟子的！一个"作"字，首先使那些夸夸其谈而懒于劳动的人，被阻在禅门之外。并且，使禅门弟子，不至于成为社会的包袱。使禅的宗旨，不至于成为拖扯社会进步的惰性。

百丈给予我们现代人的启示是——世间一切事物的发展，几乎不可避免地经受着走向反面的考验。走向反面，几乎是世间一切事物兴衰的必然规律。好比果树上的一只果子，由青涩到成熟的过程，乃"兴"的过程；由成熟到落地的过程，乃"衰"的过程。谁也没有任何办法不使一只成熟了的果子不腐烂。怀有这种幻想的人，必和成熟了的果子一样走向果的反面。聪明的办法，是切开果，剔出种，栽培果树。改革是防止一切事物走向反面的唯一途径。而一切事物总是在不停顿地走向反面。一切事物中都隐含有使得自身走向反面的内因。一切事物中的这一种或几种内因，都具有在适应了改革、适应了内部条件结构发生逆转和变化之后，继续走向反面的趋向性。因为世间一切事物都是有生命的。因为生命二字的含义，简直就可以理解为走向反面。所以改革也只能是不可间断的"行动"。它伴随着"兴"走向"衰"，伴随着"衰"走向"兴"。兴兴衰衰，衰衰兴兴，自然规律也。

试想，若非百丈对于禅宗的改革，无须乎唐武宗发起什么灭佛的行动，禅门弟子由几十万而百万而千万，不耕不作，也就统统饿死了。还悟什么"虚空"呢？

　　以禅和西方宗教相比，是很有些意思的。西方诸教，大抵开宗明义，直言不讳其抚慰世人灵魂的旨意。而禅却强调——它不对"世俗"之人灵魂负有任何抚慰的义务。它甚至不对禅门弟子们的灵魂负有任何抚慰的义务。一个感到灵魂痛苦的人，禅门对他是关闭的。而西方诸教，却大抵为灵魂感到痛苦的人敞开教门。西方诸教，正视人间的一切不平等现象。它许诺给穷人以天堂。它敬告恶人以地狱。它提醒一切人，人间终究有着一个最后的公正——那就是"最后审判日"。而禅漠视人间的一切不平等现象。用禅祖的话说——"不是旗动，也不是风动，而是仁者的心在动。"似乎人心岿然不动，则旗也未动、风也未动了。基督对于人类的种种不幸，尤其对于人间穷困现象的同情和怜悯，乃是体恤入微的。新旧约书中甚至谈到对穷人孩子的教育问题、对麻风病人如何医治的问题、对农民怎样度过饥荒之年的问题之措施。在上帝和耶稣眼中，人间是有着种种灾难和不幸的。而在禅学的列祖列宗们看来，超脱这一切"苦海"，只要人自己去努力达到"虚空"的境界就行了。似乎灾难和不幸也就不存在了，不成其为灾难和不幸了。

　　一言以蔽之——上帝和基督代表的更是穷人的宗教。新旧约书分明地最初乃是为穷人和一切不幸的人而写的。禅学似乎更是，或者说，起码是中产阶级才可能去彻"悟"的宗教。禅学似乎关注的是人的纯精神烦恼。这也许与禅宗昌盛时期的年代背景有关——那些年代还算是普通的老百姓活得过去的年代。而基督教创教的年代背景，则要悲惨黑暗多了……

什么样的年代产生什么样的宗教。

就大多数世人而言，习惯于选择对自己最具亲和力的宗教信仰。

在中国，在目前，一个非常奇怪的现象是——禅似乎更热衷于青年及中年知识分子之间。在一切有知识分子存在的地方，禅都是儒雅的话题，似乎连参与这一话题的各种各样的人，都统统变得儒雅了起来。既不但儒雅，仿佛还相当高深，相当渊深，相当散淡。好像不少的人，已看破红尘，悟彻"虚空"。都准备有朝一日，青布衲，托体空门，鱼板梵磬，去做云水高僧……

只不过现如今中华大地上设了那么多的寺庙，一个个想去"出家"也出不成罢了。

于是我看到了中国当代中青年知识分子内心深处极大的苦闷状态。

并且我认为，光靠了禅学三昧。哪怕是囿于其中，朝夕漫卷，庶几回徨，瑜亮一时，也是灵魂难以获得解脱的。

而另一方面，我认为，老年人，似乎是更应"禅化"一些的。正如老年人比起中青年，应有更多的时间和精力学太极、练气功、推八卦。

人的生命，本应是一个由务实到"虚空"的过程。每人都有义务为这社会做出一份或大或小的贡献。道理是那么简单，因这社会，每时每刻都在许多方面义务于每一个人。中青年，乃是为社会尽义务的最好年华。到了晚年，人的生命越接近终点，生命也就越应更充分地属于人自己。恢复生命原本的自然和庄严。一个合乎自然规律的社会，难道不应该是这样子的么？

一个有着太多太多的老年人热衷于务实的社会，肯定是出了某一方面毛病的社会。

热衷于务实的老年人该修的是心，却大抵又只不过是在修身。修身是为了延年益寿。延年益寿是为了继续务实。生命不息，务实不止。按照马克思主义的观点，操权握柄乃是为人民服务的方式。所以适时隐退最符合为人民服务的公仆思想。

该"虚"的不肯"虚"。该"空"的不肯"空"。不该"虚"的一代，则很是"虚"了起来。不该"空"的一代，则似乎很是"空"了起来。

常听年轻的人们这么交谈：

"最近干什么呢？"

"没干什么。无非读读《老》《庄》，悟悟禅道。"

"有什么体会？"

"想退休。"

"退了休又干什么？"

"养花，养鸟，养鱼……"

常听年老的人们这么交谈：

"最近怎么不常见啊？"

"忙呗！"

"还没退么？"

"退？少不了我呀！"

"彼此彼此，我也很忙！"

……

　　由这两种倾斜的心态，我分明看清楚了这社会本身在倾斜。两代人甚至三代人争夺社会舞台！索然无憾、躬身而退的竟更多的是青年人！能出国的出国，不能出国的参禅悟道……这究竟是怎么了呢？毛病究竟出在何处呢？伟大的哲学味儿十足的禅，在西方影响人心、造福社会的现今，在它产生的本土，怎么适得其反了呢？留下给国人的难道仅是它的不可思议么？我敬仰禅之列祖列宗所倡导的那一种豁达乐观的生命风格。因为它对我们每一个人最起码的益处是——帮助我们解开心结，消除胸中种种块垒，透过自我的改善，净化我们灵魂中的一切有碍于我们生命良好状态的污染、束缚、浮躁、动乱、阴暗的念头和膨胀的欲望，"使我们找到真实、本有、光明的自我"。

　　但我决不会去出家当和尚，我不愿做彻底的禅门弟子，也不相信彻底的"虚"和"空"竟真能够是彻悟的。

　　生命对人毕竟只有一次。在它旺盛的时候，尽其所能发光发热才更符合生命的自然。若生命是一朵花就应自然地开放，散发一缕芬芳于人间。若生命是一棵草就应自然地生长，不因是一棵草而自卑自叹。若生命不过是一阵风，则便送爽。若生命好比一只蝶，何不翩翩飞舞？……

　　我觉得禅离我并不很近。我觉得禅离我并不很远。重要的在于，我明白了我一步步走向的终结，正有一个较明智的境界在向我招手……

　　而我为自己高兴的是——在我四十一岁的时候，便清楚地知道了自己将来应该做一个怎样的人……

我们四十多岁、三十来岁、二十来岁做过的事，后来都会比我们做得更好，起码不见得会比我们当年做得糟到哪儿去……

灯前抒雪

月初北京下了几场大雪，使我这生在哈尔滨、长在哈尔滨的人心怀为之一爽。

北京的冬季不常降雪。我觉得北京的冬季不怎么像冬季。

我爱雪。

我对雪有着一种缱绻的恋意。世上任何一个女性，都不能使我心中产生同样的亲情。除了母亲。因为母亲是母亲。

童时，每下雪，便趴在窗台：久久注视外面，望着雪花怎样无声无息地，渐渐地，将大地上的一切都覆盖成白色的了。

于是世界在一个孩子眼前变得干净极了，美极了。于是这孩子就想，世界若永远地这么干净这么美该多好呢？"白雪公主"会不会驾着四头鹿拉的华丽雪橇，飞驰而来，停在院子里，向我招手，带我在雪的世界中各处玩耍呢？……

而窗台上，一小盘一小盘的萝卜缨、白菜心，开出赏心悦目的鹅黄色的小花儿，一簇簇的，使贫寒的家点缀着平凡的美。

那是母亲内心的冬天里的春天。

若在夜间下的雪呢？清晨一推开家门，不禁地"呀"一声，就喊母亲:"妈,妈!下大雪了,下得好厚啊!"

便兴致勃勃地扫雪。觉着在为母亲做很重要的活儿了。那是"学雷锋"的年代,人们并不"各扫门前雪"。连院子里的雪也扫了。连胡同里的雪也扫了。情愿扫,不希图谁表扬。还滚雪球,还堆雪人,获得无尽乐趣。

爱雪大概是北方孩子的本性吧?

有几年哈尔滨的雪特大。感谢那些勤劳的尽职的马路清洁工们,将积雪一推车一推车地运到街头广场、街心公园,塑成白的虎、白的狮、白的骆驼、白的象……

人民是向往美的生活的。雪是大自然慷慨贴赠给北方人民的美。

在北大荒,有天深夜,我独自从团部赶回连队。一路大雪如羽,飘飘漫漫。我在一座山林中迷失方向,兜转几个小时,转不出那山、那林。我经历了一次"鬼打墙"。

我不怕鬼。鬼是不存在的。怕狼。狼的存在不是迷信。

然而我没有惊慌。因为我知道那座山不大。因为我知道那片林也不大。不大的一座山不大的一片林围困不住我。不下雪,不是在深夜,不是没有月光,我不会迷失方向。我自信我是能够走出那座山那片林的。

这是信念。人需要信念。

我不再循着自己的足迹走。"鬼打墙"实际是人上自己的当。不是上鬼的当。

我辨清了一个方向,不绕弯子地走下去,终于走出了那座山那片林。

这是经验。人应该善于总结经验。

一从"鬼打墙"闯出来，但见一派广袤的雪夜景色呈现眼前：白茫茫一片大地，铺展到沉沉的黑暗的远方——那里有一点灯光在迷蒙的雪幕中闪耀。那里是我的连队。河流的轮廓分明清晰。雪断然能覆盖大地，却不能彻底改变大地的本来面目。我顿悟——这便是大地谓之大地的豪迈的含义。

回头一望那座山林，在这白茫茫的广袤的大地上，越发显出了它的渺小。"寂寂更无人，纷纷雪积身。"山林中传出了狼的嗥叫。闯出了那山林，我连狼也不怕了。我仿佛觉得我是与这雪夜中的大自然融为一体了，狼是伤害不了我的。况且我正一步步向连队走，向人走去。我知道，我越走近人，狼越不敢走近我。四野静得出奇。那个夜晚的雪花又大又温柔。

前不久，友人来访，说他重返北大荒一次。

"那里的雪才美呢！满世界都是银光闪闪的。有天早晨，我在路上走着，见一个扎鲜艳的红头巾的少女，用爬犁拖着一桶水迎我走来。红头巾将她的脸也映得红红的。我觉得她真是妩媚极了，可爱极了。白色的世界中，倏然闪入眼帘一团艳红，一张天真纯洁的如桃花似的少女的脸，想想看，那是什么情形啊！我忍不住走上前，在她脸颊上吻了一下。她可并没生气，她微微地含羞笑了，真的！……"友人喋喋不休地对我讲。

我也笑了。

他问："你讥笑我？"

我说："不啊，我很感动呢！"

我想，若我是他，我也会忍不住吻那少女的脸颊一下。

海也许会使生活在海边的人深沉吧？

山也许会使生活在山中的人稳重吧？

江河也许会使生活在江河旁的人温情吧？

草原也许会使生活在草原上的人豁达吧？

那么北方的雪能使我内心趋向于明朗，趋向于纯洁，趋向于童话般的美，趋向于净化的涅槃。我希望我的内心世界常如雪后的大地一样晶莹，却不希望心中覆盖着似雪非雪的一层什么，掩饰起滋生于灵魂的种种肮脏和丑恶。雪是能够冻杀虱子臭虫之类的。以前北方人常将衣服埋在雪中正是为了这个目的。我但愿我的内心里也有零下四十摄氏度的时候。

古往今来，咏雪的文人雅士很不少。咏雪的诗词联赋也挺多。唐人张孜曾有句曰："长安大雪天，鸟雀难相觅。"记不清他的生平了，只知道他因了什么遭际，被迫改名换姓，渡淮南逃。他的诗大部分散佚。仅遗留下一首《雪诗》。而我尚未忘的，也就以上两句。雪大到"鸟雀难相觅"的情形，则无疑为患了。

几年前我在南京改稿，恰逢大雪，据说一九四九年后罕见。市内交通完全瘫痪。北往南来的铁路受阻，中断两日。编辑李纪同志深夜送我步抵火车站，陪至天明，深情每思不忘。张孜的《雪诗》大约不是赞其美而是怨其患的吧？

就我所读过的咏雪诗词中，最喜欢毛主席的《沁园春·雪》。

北国风光，

千里冰封，

万里雪飘。

望长城内外，

惟余莽莽；

大河上下，

顿失滔滔。

山舞银蛇，

原驰蜡象，

欲与天公试比高。

……

气魄何等恢宏！天地山河，尽收眼底，挥墨笔下！读来使人豪气回肠。"顿失"二字，力透纸背。能与之相提并论者，当首推陈毅同志诗：

大雪压青松，

青松挺且直。

欲知松高洁，

待到雪化时。

摈豪气于诗外，贯浩气于诗中。直而白。直白出人格之刚正不阿，威武不能屈。我曾亲见一株大松，被雪挂压折粗枝，宛如斗士被砍伤的手臂，峥峥然垂撑地面。松与柳的不同，盖在一个"挺"字。

除了南北极带喜马拉雅山峰，"天公"所降之雪，大抵总是要化的。雪化了，又一个春天便会到来了。归根结底，春天是比冬天更显得生机勃勃、万物复苏的。

我们共和国的又一个春天啊，你这爱雪的北方的儿子亦拳拳地期待着你……

残缺的坚卓

　　关于残疾的我们的同胞，我们全人类的兄弟姐妹，我心中每生感慨与感动、愧意与敬意。值此二〇〇八年北京残奥会即将举行的日子里，更加联想多多。

　　有几件事在我头脑中留下了很深很深的记忆：我读初一时，每次上学放学，必经一条窄窄的胡同，便经常看到一个和我同龄的、双目失明的少年，坐在自家门口，贴眼举着一小块彩色玻璃，仰头朝向太阳所在的方向看。也许，那少年的失明并未彻底，透过彩色玻璃，他尚能看到些微太阳的光芒？我每次从他身边走过，心里总是挺难受的。从前的年代，中国很穷，也没有残疾人基金会。即使在冬季，下了很厚的雪，天气寒冷，但只要有太阳悬在天空，我就会看到那个失明的、和我同龄的少年，以一种一向不变的坐姿，举着一小块彩色玻璃，仰头朝向太阳所在的方向看。不同的只不过是，他手中彩色玻璃的大小和颜色……

　　在当年，并不是每一个盲人孩子都有条件上盲人学校，通过盲文学习文化知识……

　　20世纪80年代以来，中国表现残疾同胞生活、命运，赞颂残疾同胞自强不息精神的文艺作品渐多，如小说《明姑娘》、电影《黑眼睛》等。可以这么说，正因为残疾同胞们身上所具有的坚卓毅忍的精神更感人，更值得敬仰，所以大多文艺作品中，都不乏残疾同胞的形象……四年前在雅典举行的残奥会电视直播中，有一个画面尤其令我印象深刻——一位失明的雅典女郎，高举残奥火炬跑上点火台，残奥会圣火顿时熊熊燃起。

是的，我坚定不移地认为——如果奥运火种点燃的是圣火，那么残奥会上点燃的当然也是圣火。虽然，残奥会比奥运会的历史要短得多，但残奥会上那种为"更快、更高、更强"而拼搏的体育竞技精神，与奥运会的此种精神是同样令世界上无数人激动万分、深受感染、深受鼓舞的。而且，正因为残奥会运动员们身体是残疾的，他们在短跑、长跑、游泳、跳高等体育项目以及球赛中呈现的活跃身影，就更加说明了人类自强不息、顽强坚毅的精神所能升华的境界！

在我们国家出台了一系列关爱残疾同胞群体的政策以后，一个公认的事实那就是——中国残疾人体育事业蒸蒸日上，成绩斐然。这实在是我们全中国人的欣慰。

"身残志不残"，或曰"身残志坚"四字，一向是普通的残疾同胞的座右铭。在我们中国，也是残疾同胞乐观向上之人生精神的概括语。但是，细细想来，这样一种人生实践，那要付出多少正常人难以想象的艰辛啊！而此种正常人难以想象的艰辛，一经体现在各类残疾人体育赛事中，尤其是残奥会中，便会在短短的十几分钟、几分钟，乃至几秒钟内，定格在全世界许许多多人的眼中心里，诠释为一种残缺的坚卓、残缺的美——人类自强不息的精神之美。

我觉得，残奥会之对于全人类，是最具说服力、教导人类热爱生活、乐观向上的大讲堂。

　　我衷心祝愿残奥会运动员，在比赛中获得更多的好成绩。

　　并且，在以后，我愿在关爱残疾同胞群体、赞颂身残志坚精神方面，尽中国文化知识分子的微薄之力。

　　　　　　　　　　　　　　　　　二〇〇八年八月于北京

解剖我的心灵

　　其实，依我想来，我们每一个人，都有若干机会，或曰若干时期，证明自己是一个心灵方面、人格方面的导师和教育家。区别在于，好的，不好的，甚而坏的，邪恶的。

　　我相信有人立刻就能领会我的意思，并赞同我的看法。会进一步指出，完全是这样——不过是在我们成为父亲或母亲之后。

　　这很对。但这非是我的主要意思。

　　我的人生经验和教训告诉我——也许这世界上根本没有谁能够对我们施以终生的影响。根本没有谁能够对我们负起长久的责任。连对我们最具责任感的父母都不能够。正如我们做了父母，对自己的儿女也不能够一样，倘说确曾存在过能够对我们的心灵品质和人格品质的形成施以终生影响，并负起长久责任的某先生和某女士，那么他或她绝不会是别人。肯定，乃是我们自己。

　　我们在还是儿童的时候就已经开始教育我们自己了。

　　我们在我们是少年的时候，就已经开始怀疑甚至强烈排斥大人们对我们的教育了。处在那么一种年龄的我们自己，已经开始习惯于说"不，我认为……"了。我们正是从开始第一次这么说、这么想，那一天起，自觉不自觉地进入了导师和教育家的角色。于是我们收下了我们"教育生涯"的第一个学生——我们自己。于是我们"师道尊严"起来，朝"绝对服从"这一方向培养我们的本能。于是我们更加防范别人，有时几乎是一切人，包括我们所敬爱的人们对我们的影响。如同一位导师不能容忍另一位导师对自己最心爱的弟子耳提面命一样……

我们在这样的心理过程中成为青年。这时我们对自己的"高等教育"已经临近结业。我们已经太像我们按照自己确定的"教育大纲"和自己编写的"教材"所预期的那一个男人或女人了。当然，我指的是心灵方面和人格方面。

四十多岁的我，看自己和周围人们的童年、少年和青年时期，仿佛翻阅了一册册"品行记录"。其上所载全是我们对自己的评语和希望。我的小学同学、中学同学、兵团知青战友，无论今天在社会地位坐标上显示出是怎样的人，其在心灵和人格方面的基本倾向，几乎全都一如当年。如有改变恐怕只有到了老年，因为老年时期是人的二番童年的重新开始。在这一点上，"返老还童"有普遍的意义。老年人，也许只有老年人，在临近生命终点的阶段，积一生几十年之反省的力量，才可能彻底否定自己对自己教育的失误。而中年人往往不能。中年人之大多数，几乎都可悲地执迷于早期自我教育的"原则"中东突西撞，无可奈何。

童年的我曾是一个口吃得非常厉害的孩子，往往一句话说不出来，"啊啊呀呀"半天，憋红了脸还是说不出来。我常想我长大了可不能这样。父母为我犯愁却不知怎么办才好。我决定"拯救"我自己，这是一个漫长的"计划"，基本实现这一"计划"，我用了三十余年的时间。

少年时的我曾是一个爱撒谎的孩子，总企图靠谎话推掉我对某件错事的责任。

青年时期的我曾受过种种虚荣的不可抗拒的诱惑，而且嫉妒之心十分强烈。我常常竭力将虚荣心和嫉妒心成功地掩饰起来，每每也确实掩饰得很成功，但这成功却是拿虚伪换来的。

幸亏上帝在我的天性中赋予了一种细敏的羞耻感，靠了这一种羞耻感我才能够常常嫌恶自己。而我自己对自己的劣点的嫌恶，则从心灵的人格方面"拯救"了我自己。否则，我无法想象——一个少年时爱撒谎，青年时虚荣、善妒且虚伪的人，四十多岁的时候会成为一个怎样的男人？

所以，我对"自己教育自己"这句话深有领悟。它是我的人生信条之一。最主要的也是最重要的、首位的人生信条。

我想，"自己教育自己"，体现着人对自己的最大爱心，对自己的最高责任感。在这一点上，我们不能指望别人对我们比我们自己对自己更有义务。一个连这一种义务都丧失了的人，那么，便首先是一个连自己都不爱的人了。一个连自己都不爱的人，那么，他或她对异性的爱，其质量肯定都是低劣的。

我想，我们每个人生来都被赋予了一根具有威严性的"教鞭"。它是我们人类天性之中的羞耻感。它使我们区别于一切兽类和禽类。我们唯有靠了它才能够有效地对自己实施心灵和人格方面的教育。通常我们将它寄放在叫作"社会文明环境"的匣子里。它是有可能消退也有可能常新的一种奇异的东西。我们久不用它，它就消退了。我们常用它指斥自己的心灵，它便是常新的。每一次我们自己对自己的心灵的指斥，都会使我们的羞耻感变得更加细敏而不至于麻木，都会使它更具有权威性而不至于丧失。它的权威性是摈除我们心灵里假丑恶的最好的工具，如果我们长久地将它寄存在"社会文明环境"这个匣子里不用，那么它过不了多久便会烂掉。因为那"匣子"本身，永远不是纯洁的真空。

我对自己的心灵进行"自我教育"的时间，肯定将比我用意志校正自己口吃的时间长得多，因为我现在还在这样。但其"成果"，则比我校正自己口吃的"成果"相差甚远。在四十五岁的我的内心里，仍有许多腌腌臜臜的东西及某些丑陋的"寄生虫"。我的人格的另一面，依然是偏狭的，嫉名妒利的，暗求虚荣的，乃至无可奈何地虚伪着的，还有在别人遭到挫败时的卑劣的幸灾乐祸和快感。

有人肯定会认为像我这样活着太累。其实我的体会恰恰相反。内心里多一份真善美，我对自己的满意便增加一层。这带给我的更是愉悦。内心里多一份假丑恶，我对自己的不满意、沮丧、嫌恶乃至厌恶也便增加一层。人连对自己都不满意的时候还能满意谁满意什么？人连对自己都很厌恶的话，又哪有什么美好的人生时光可言？

至今我仍是一个活在"好人山"之山脚下的人。仍是一个活在"坏人坑"之坑边上的人。在"山脚下"和"坑边上"两者之间，我手执人的羞耻感这一根"教鞭"，比以往任何时候都更加"师道尊严"地教诲我自己这一个"学生"。我深知我不是在"坑"内而是在"坑"边上，所幸全在于此。因为，从童年到少年到青年到现在，我受过的欺骗，遭到过的算计、陷害和突然袭击，多少次完全可能使我脚跟不稳身子一晃，索性栽入"坏人坑"里索性坏起来算。在兵团、在大学、在京都文坛，有几次陷害和袭击，对我的来势几乎是置于死地的。

可我至今仍活在"好人山"边儿上，有时细想想，这真不容易啊！

每个人的心灵都是一处院落。在未来的日子里，有许多人将会教给我们许多谋生的技艺和与人周旋的技巧。但为我们的心灵充当园丁的人，将很少很少。羞耻感这根人借以自己教诲自己的"教鞭"，正大批地消退着，或者腐烂着。

朋友，如果你是爱自己的，如果你和我一样，存在于"山"之脚下和"坑"之边上，那么，执起"教鞭"吧……

敬读静好心灵

至今，我已为他人的书作过不少序了——包括同行、教授、学者、文艺家；也为文学青年，自己的学生，喜欢写作的工人、农民、基层干部、年长于自己的老者的书作过序。

居然还为一位年轻的牙科医生所著的教导人们如何爱护牙齿的书作过序。

却从没为佛门人物的书作过序。

记得曾为某大学副校长的书作过序——他也是带博士研究生的教授，所教专业是佛学研究，可谓此学科的专家。还为日本某大学一位佛学教授的书作过序；她是中国人，在国内取得佛学学位后，东渡扶桑进行佛学交流，于是留在日本从教了。

为两位大学中的佛学教授的佛学研究书写序，我是丝毫也没有心理障碍的，因为他们的书是关于佛教的知识书、"学问"书；他们是将佛教真谛为文化现象之一种来分析和阐释的。他们所做之事，主要是知识传授、"学问"引导，非以洗涤人的心灵为己任。而且他们不是佛门传人，是和我一样的人。进言之，我也只不过视他们为学者而已，故他们的书对我之心灵的影响是极有限的。正如若听谁授讲杜甫的诗，纵使讲得甚好，我也不太会将他们视为与杜甫具有同样家国情怀的人。

然而我笔下也确实写出过直接与佛教发生联系的文字——十几年前，南方某寺的一位住持托人捎来一封亲笔信，请我为该寺的敬佛碑林写句话——我极为汗颜。但认为那是不可以不从命的。一想到自己的文字将被刻在碑上，竖立于佛门内的碑林之中，供僧侣兄弟与朝拜者观看，惭愧顿生，几近于无地自容。因我深知，自己是太不配了。最终，仅从还比较有自我要求的做人的起码方面，写了两行毛笔字，是："无雅量难成君子；有慈悲于是成佛。"

自那以后，在是否有慈悲心和雅量两方面，便如同宣誓过了一般，自我要求愈加虔诚了。

我忆起以上之事乃是因为，面对阿旺嘉措宣讲佛家经义的书稿，我的惭愧超过于当年何止十倍！

这情形好比是——听人口吐莲花似的侃侃而谈如何欣赏中国古典诗词的美是一回事（那类书籍和讲座我是大抵不看不听的，因为我的智商足够我自己欣赏）；但假如杜甫、陶渊明们穿越时空直至我们面前，与我们谈诗性的家国情怀，心灵的返璞归真，我想大多数人除了洗耳恭听，八成皆会失语的。

我读阿旺嘉措上师的书稿，如洗耳恭听杜甫、陶渊明们之真人向我宣讲诗词之美的要义，处处呈现着真、善、美的境界。

我的第一感受是——我们人世间有阿旺嘉措金刚上师这样的佛门人物，真真是人世间的一大幸事、一大福祉啊！

上师乃自幼皈依佛门之人，他全身心地服务于佛，于是也便全身心地服务于我们的人生。他一心希望我们每一个人都活得快乐、智慧，循循善诱地劝导我们如何才能真正活得快乐和智慧。他是值得我们感恩的。写文章著书教我们以上两点的人不少。他们的文章或书也往往挺好，甚至连他们本人也是好人，但那样的文章或书即使直指我们的心灵，我们却不太会生出膜拜之情来。

为什么？

因为我们都知道一个事实——那是他们偶一为之或一个时期的写作现象，并不以持久地助我们洗涤心灵为己任。

然而阿旺嘉措上师不同，他是以毕生服务于我们的心灵为己任的人。毕生——己任，这绝非寻常人所做得到的。而做得到是一回事，做得怎样又是另外一回事。上师不但孜孜不倦地一直在做，也以他的书证明了他做得很好。不是所有的人所有的时候都备受心灵烦恼的，却几乎每一个人都有某些陷于世事乖舛之淖难以自拔之时，所以上师是我们每一个人都需要的良师益友。他的劝导我们更愿意接受，我们也会因此而替自己感到幸运，并对他心生出崇敬。

在欲望横流，欺骗行为、邪恶之徒层出不穷的非常态时代，阿旺嘉措金刚上师这样的人物的存在，具有不可取代难能可贵的意义。

我的第二感受是——上师是那么理解人，他并不以他的言他的书影响我们都和他一样皈依佛门。他的言、他的书不是替佛门吸引弟子的言和书。他正视他有他的人生、我们有我们的人生这一客观区别。他特别尊重我们的人生，只不过希望我们在处理自己与爱人，自己与亲人，自己与他人，人与名利、财富、社会的关系时，多一些快乐，少一些烦恼，多一些智慧，少一些愚顽。也就是说，我们正是哪一业界中人，尽管还按我们自己所从事的职业来生活。职业的区别并不重要，重要的是——我们是否是某一业界之中善良的人。他的"不强加"的理解，会使我们在读他的书时心态完全放松，因而愿意敞开心扉来接受他的启迪。

第三点感受是——上师绝非那种心里只有佛、只有经、只顾自己候选的佛门中人；他心里有人间诸事，有我们人生的生活图景。他极其关注世事，极其关注我们这些佛门以外的人的存在。他不是那种足不出佛门、坐等人们前来求解的上师。他经常主动迈出佛门，走向民间，去往国内外各地，以他的言和书与我们民间之人交流对人生的感悟。用我们民间的话说，他是位"深入群众"的上师，他的言和书是"接地气"的言和书。他为了阐明人生道理所举的民间事例，无一不是我们也知道的。他的言和书，不是从经义到经义的说教，是有的放矢的开导。而这尤其可证明，他不仅是属于佛门的，也是属于民间的。他身体力行地通过自觉地走向民间这一点，来实现他终生敬奉佛门的理想。

正因为他是这样的一位上师，我们亦应虔诚欢迎他之走向民间，走向我们。

我们珍视他的书，也便是对他的欢迎。

最后一点感受是——上师有极上乘的文字表述的水平，其水平可谓多一字嫌多，少一字嫌少，却又朴实无华，通俗易懂。有时行文洗练到极致，有时又是大白话。读上师的书，每每使我联想到《静夜思》《登鹳雀楼》那样一些经典的白话诗。以白话作诗而成诗之千古绝唱，这种对文字的应用反而是更高之境界。上师的书亦可证明，他并非那种只读经书的上师。凡对人确立正知正念大有益处的书，想来都在他的喜读范围之内，因而能将书中文字信手拈来，应用自如，却又绝不"掉书袋"。他在自己的书中指出——有文化而对他人起"慢心"，也是不足取的。

他在闻思学习方面，也是可以做我们榜样的。

我读上师的书，为上师的书写序的过程，也是自己的心灵受到洗涤、除去杂质的过程。

谨祝上师这一套丛书在民间口传手予，读者多多。

二〇一六年六月二日于北京

赏悦你的花季

没有学生时代的人生是遗憾的、缺失的人生。而中学时代，是人生花季的第一个"节气"。在这个"节气"里的男孩儿和女孩儿，如柳丝之乍绿；如花蕾之欲开；如蚌壳里的沙刚刚包裹上珠衣；如才淌到离泉眼不远的地方，却没形成溪流的山水；如火烧云，即使天上无风，也能不时变幻出美丽的想象……

小学是六年。从初一到高三，也是六年。然而与小学相比，人生的后六年，是质量多么不同的六年啊！男孩儿和女孩儿，懵懵懂懂地觉得，自己在某些方面像是大人了。"让我来吧，妈妈!"——当男孩儿的力气使自己的母亲惊讶时，他心里是多么自得啊。

"爸爸，这件事我能理解。"——当女孩儿如是说，或者并不说，仅用眼睛表达她那份儿明白时，实际上她觉得，她仿佛已经能反过来安慰大人了。

而往往也确实如此。父母一经从是中学生的儿女那里获得到体恤，眼睛是会感动得发湿的。"女儿，你懂事了……""儿子，你快成大人了……"小学生不太能听到父母对他们这么说。中学时代的男孩儿和女孩儿，对从父母眼里、心里、话里流露出来的期望，也由此变得相当敏感了。父母的期望，教师的期望，学业的压力，每每使处在中学时代这个"节气"里的男孩儿和女孩儿，不禁多了几许成长的烦恼。中学生一烦恼，是连上帝都会因而忧郁的，如果上帝存在的话……

没有这些烦恼多好呢？

但又在哪儿存在没有阴天的整个花季呢？

我觉得，中学生应该善于悦赏自己的"节气"。那些烦恼，那些困惑和迷惘，不也是自己这一"节气"的特征吗？知道米兰·昆德拉的那一本书吗？——《生命不能承受之轻》。没有责任的人生，其实也是认识不清自我存在价值的人生。当然也是并无多大意思的人生。

中学时代的男孩儿和女孩儿，之所以与小学生不同，正在于他或她从自己所感到的那些烦恼、困惑、迷惘之中，渐悟出自己是中学生的那一份儿责任。它不必一定是优异的学习成绩，但它一定得有发奋的能动性。

如果连这一点都觉得是强加的，那么就将花季理解得未免太懈怠了。在花季里，百花争妍，那也是花儿向大自然证明着的一种自觉愿望啊！

中学时代，一切都应该变得有自觉性了。在这种自觉性的前提下，男孩儿和女孩儿请赏悦自己花季的第一个"节气"吧，包括这个"节气"里的霜和雨……

关于蚁的杂感

清晨，我在家居附近的小公园里散步，见一个孩子驻足于我前边，呆呆地瞪着铺石路面。

我走到孩子身旁，也不禁好奇地看他所看——是一片树叶在"自行"移动。方向明确，显然"打算"横过石路。

一片叶子当然是不会"自行"移动的，下面肯定有虫无疑。

我最先想到的是条毛虫。我应算是个胆大的人，几次于近在咫尺的情况下遭遇过蛇，并不惊慌失措。当知青时，有次在河里游泳，潜游了一会儿，钻出水面换气，猝见一条婴儿手腕粗细、一米多长的蛇，正昂着头朝我游来。三角形的头证明它是一条毒蛇。我当机立断，赶紧又潜入水中，在水下与蛇相错而过。因为常识告诉我，蛇是不会潜游的。还有一次，我带着一个班的女知青背马草，跟随在身我后的姑娘忽发尖叫——她看见用绳子勒在我背上的马草捆中，有半截蛇身垂下来，扭曲甩动不已。它的上半截被绳子勒在马草中了，尾梢竟甩到了我的胯前……那我也只不过镇定地从背上解下马草捆，用镰刀砍死它罢了。

然而一条小小的毛虫或青肉虫，却往往会令我浑身一悚。有次我在家里的阳台上给花浇水，一边自言自语，奇怪哪儿来的虫将花叶吃得残缺不全。小阿姨走到阳台上看了一眼，指着花枝，说："叔叔，你眼睛不管事儿了？那不是一条大青虫吗？"我这才发现我以为的花枝，原来是一条呈"弓"形伪装在花株上的丑陋东西。我竟吓得水杯掉在地上，一口水呛入胸间，进而面色苍白，心跳剧烈，出了两手冷汗。并且，连夜噩梦，梦见家中这儿那儿，到处都是那种令我恐惧的青肉虫……

所以，当看到路上的树叶移动而近，我不由得连退两步。

我对那孩子说："快，踩！下边准是条毛虫子！"

孩子高抬一只脚，狠狠地踏了下去。

树叶停止了移动。然而，在我和孩子的瞪视下，片刻却又开始前进了！

孩子害怕了，叫一声"妈呀"，转身拔腿就跑。

在树叶被踩过的地方，铺路方砖上，留下了五六只或伤或亡的蚂蚁。

我不禁因我的判断失误顿感罪过。在那片不足半个信封大小的杨树叶下，究竟排列着多少只蚂蚁呢，十几只还是二十几只？孩子的脚刚才对于它们造成的突然而巨大的不可抗力，为什么竟没使活着的它们舍弃背负着的那片叶子四面逃窜？

我产生了一种企图赎罪的心理，驻足路旁，替那片继续向前移动的叶子担当"卫兵"，提醒过往行人勿踩踏了它。

于是，那片叶子又吸引了几个人驻足观看——忽然，叶子不再向前移动了，五六只蚂蚁从下面钻出，以很快的速度回到叶子被踏的地方，拖拽那几只或死或伤的同伴，并跟头把式地想方设法将它们"弄"到叶子上面。这一种堪称壮烈的情形，使人联想到战争或灾难境况中，人对人的扶伤挽残，生死与共……

难道，它们在叶子下面开过一次短短的"会议"吗？在叶子停止向前移动的那片刻？

是否，在它们想来，它们那几只在不可抗力下伤亡了的同伴，竟意味着是"殉职烈士"和"因公伤残"呢？

毫无疑问，需要那一片叶子的，并不首先是叶子下面的蚂蚁，而是它们所属于的蚁族。它们也定是些工蚁，在为自己的蚁族搬运那一片叶子……

蚁这种小小的生命是没有思维能力的，它们的一切行为，无论多么令我们人类惊诧甚至感动，其实都只不过是本能。故我们人类将仅靠本能生存着的生命，统称为低级生命，尤其将蚁这一类小生命轻蔑地都叫作"虫"。但某一种本能体现在蚁这一类小"虫"身上，却又是多么可敬呀！

那片叶子又开始向前移动了。现在，搬运它的蚁的数量减少了，它的重量却增加了——因为它同时也意味着是"担架"了，但叶子向前移动的速度竟反而加快了。相对于蚁，那片叶子是巨大的，将它下面的蚁全都覆盖住了，我看不到它们齐心协力的情形，却能想象得到它们一只只会是多么勇往直前。在它们遭到了一次自天而降的不可抗力的袭击之后，在它们的本能告诉它们，同样的袭击随时会再次发生之前，它们仍能那么执着于一事，而且是必得竭尽全力的一事——这一点令我心大为肃然。

那片叶子终于横穿过石路，移动向路那一边的树林中去了……

我和几个观看的人，相互笑笑，也就各自无言地散去。

我不知那一处蚁穴究竟在多远的地方，那些蚁还会有怎样的遭遇，但有一点是肯定的，这片叶子终将被搬运到蚁穴里去，即使搬运它的那些蚁全都死了，死在最后的一只，也会向它的同伴们发出讯号，于是会有更多的蚁赶来，继续完成它们未完成之事。而且，并不会弃了它们的尸体不管。

那片叶子对于某一族蚁很重要吗？为搬运它而死而伤的蚁，对于其族的利益而言，是否也算死得其所、伤得其所呢？

回到家里，我头脑中关于蚁的一些想法，竟怎么也挥之不去了。

我记起马克·吐温曾写过一篇短文，对蚂蚁大加嘲讽——一只蚂蚁对付着一块比它大得多的骨头渣翻上钻下，煞费苦心地企图将骨头渣弄到蚂蚁窝里去。马克·吐温据此得出结论认为蚂蚁是贪婪的。

而我却一向认为蚂蚁是最不贪婪的。

我认为人才是地球上最贪婪的动物。与虫、鸟、兽的占有本能相比，人的贪婪往往令人匪夷所思。

猛兽仅一次捕杀一只食草类动物维生，而人，只要有机会，就会大开杀戒，恨不得将视野内的动物群体一次次捕杀绝种，为的是最大量地占有它们的皮毛、肉和骨。

猛禽的捕杀行为仅仅是为了生存。

在人脑的发达程度才比动物高一点的时候，人的捕杀行为也仅仅是为了生存。后来人的大脑特别发达了，人的许多方面的占有欲壑也就更加难以填平和满足了。

"微软帝国"的发展理念，说到底只不过是八个字——胜者统吃，无限占有。

还说蚁，无论它对付一块骨头渣的情形多么可笑，前提却是一点儿也不可笑的，不是受自己的欲望驱使，而是为了族的生存需要。

一只蚂蚁永远不会将某种它觉得好吃的东西带到仅有它自己知道的地方藏匿起来，以便长久独享。它发现了好吃的东西，会立刻传送讯号，"通告"它的同伴都来享受。

"各尽所能"是马克思为人类所畅想的理想社会的原则之一，而千万年来，蚁类一向是这样生存着的。工蚁们奉行任劳任怨的传统；兵蚁们则时时准备为捍卫族群的安全奋勇迎敌，前仆后继，战死"疆场"。

"按需所取"也是马克思共产主义学说的原则之一。试想，人类的财富得积聚到什么样的程度，才禁得住全体人类"按需"一取啊！

而在蚁的社会里，千万年来，它们一直是"按需所取"的。在蚁穴里，共同拥有的食物绝不会派兵蚁看守，也没有一只蚁会盗自己的"粮库"。

是的，千万年来，蚁的社会里，从没有过"内贼"，也从没有过贪占现象。

蚁的社会，是典型的"共产主义"社会。

蚁的社会，却并不因而产生"懒汉"。

蚁的本能中没有丑恶的一面；而人性的丑恶面，却往往是连人类自己都觉得恐怖的。

然而，无论我多么赞美蚁和蚁的社会，有一点也是肯定的，即使我有一百次生命，我也不打算用哪一次轮回成为一只蚁，在蚁的社会里体会没有丑恶的生存秩序的美好——非因蚁只不过是小小的"虫"，而因蚁的社会里没有性爱。

我还愿用五十次生命仍做人，活在尽管有许多丑陋及丑恶但同时有种种爱的机会的人类社会。我留恋人类社会的首先一点，并不是因为别的诱惑，而是因为只有人类身上丰富多彩的爱的机会……

余下的五十次生命，我祈祷上帝使我能以二十次生命做天鹅；十次生命变作野马；十次生命变作北极犬；还有十次生命，就一次次都变作松鼠吧！

我喜欢松鼠生存方式的活泼和样子的可爱。

我也挺羡慕蝶活得美，但一想到那美要先是毛虫才能实现，就不愿列入生命的选择了……

但我哪儿还会有那么多次生命呢？连这唯一的一次，也快耗尽了呀……

关于蜂的杂感

在我们这个五十多亿人的地球上，我想，大约没谁会对蜜蜂不带好感吧？

蜜蜂为人类提供的利益，真可以说是妇孺皆知。但凡算是一个商店，只要它经营十种以上的食品，那么人大抵是可以从中买到蜂蜜的。即使竟买不到蜂蜜，有一点也是肯定的——它所经营的十种以上的食品，至少其中一种必包含有蜂蜜的成分。

蜂蜜这一成分还几乎被普遍地加工到药品中去。

所有不健康的和所有希望自己健康起来的人，无论大人还是儿童，首选的保健食品往往是蜂蜜，或是由蜂蜜所提炼。

蜂王浆对人体的好处更是不消说的。

十之七八的护肤养颜品中也都包含有蜂蜜的成分。

有时人细想一想，简直会觉得不可思议——全世界有五十亿人口啊，而蜂儿又是多么小的东西呀！它采蜜的方式只不过是靠腿上纤细得需用放大镜才看得清的毫毛从花心中黏带。百只蜜蜂如此这般地辛勤劳作百次以上，大概还采集不够一克的蜜吧？而如果五十亿人口中哪怕每天只有五百分之一的人服用一点点蜜，那也是对一千万人的供给啊!

这究竟需要多少蜜蜂每天在采集不止呢?

小小的蜂儿还直接解决了多少人的生计问题啊!依赖于它们而全家生计有指靠的,首先当是那些养蜂人。小小的蜂儿是养蜂人不计报酬的"雇工",它的工作态度根本无须监督,也无须用奖赏来鼓励或刺激,更无须靠惩罚制裁,因为几千万年以来,还没有过一只蜜蜂是懒惰的。

小小的蜂儿便是养蜂人的"牛""马"和"鱼鹰"。

农夫和车脚夫有时不得不用鞭子抽他们的牛和马;渔夫必得用绳子勒住鱼鹰的脖子,以防止它将叼到嘴里的鱼先吞入腹中。而蜂早出晚归,却是根本不需要吆喝的,养蜂人只要将自己的蜂箱照看好就算不失其职了。

我家对面的小花园里,每年的春季起,都会照例支起养蜂人的帐篷。那是一对父子。我搬到那条街上住时,独生子是少年。如今那儿子已是青年了,他的父亲老了,他已接过了他父亲的班,成为一个有经验的养蜂人了。我和他聊过。他父亲靠养十几箱蜂为他娶了媳妇成了家。他说,他要靠养蜂供他的儿子上大学。他自信那是他完全可以做到的。

我当然是一个对蜂这种小东西怀有极大敬意的人。

我对蜂的敬意甚至超过我对蚁的敬意。

因为,蚁毕竟也有讨厌的方面。当它对我们的生活构成蚁害,则我们就不得不用药消灭它们,像消灭蟑螂和蚊蝇一样。而且,蚁还经常到很脏的地方钻进钻出,这是不由人不讨厌的。

但蜂儿却一向本能地往清洁的、环境优美的、有芬芳气息的地方飞。蜂儿是极讲卫生的小东西。

我对蜂的敬意，不仅因为以上几点，还因为蜂的"和平主义"。

蜂是携带武器的小东西。它的武器便是它的刺，犹如古代的弩，犹如现代的枪。但那又是怎样的一种"弩"和"枪"呀，它的"弩弓"上只有一支"箭矢"，它的"枪膛"中仅有一颗"子弹"。这一点决定了它们根本不可能也根本不愿意进行主动的攻击。

这一点让我想起苏联的一部电影《克楚别伊》，片名用的是一位苏联国内革命战争时期红色英雄的名字。他是夏伯阳式具有传奇色彩的英雄。伏龙芝元帅曾赠他一柄战刀，战刀上刻着伏龙芝对他的一句教导："没有必要不拔；不立战功不插。"

蜂儿的"和平主义"便体现在"没有必要不拔"这一点上。

蜂儿是敏感的小东西，它们的家园意识特别强，它们的"武器"从不用来进攻，而是用来保卫家园。由于它们特别敏感，又特别洁身自好，所以它们最难容忍人或别的动物滋扰它们的家园。倘家园受到滋扰，它们必然会群起而攻之。

但它们那一种自卫性的最初的攻击，只不过表现为一种威慑，目的仅仅是为了驱赶。如果敌人在它们的警告之下并不退缩，确乎对它们的家园构成了侵犯，那么它们也就只有被迫实战了。而结果呢，不管侵犯者是人或熊，没有不惊慌逃窜的。

胜利往往注定了在小小的蜂儿这一方面。

"不立战功不插"这一句话，用来形容蜂儿也同样是非常恰当的。

蜂儿这一种不战则已、战则必胜的气概，往往也被人类加以利用。正如古代中国人曾利用牛群布下过势不可挡的火牛阵，古印度人曾利用受过训的狮、虎、豹充当先头部队一样，在美国对越南发动的侵略战争中，越南军民也曾利用野蜂使美方的正规部队溃不成军……

但是蜂的胜利，一向是以自己的生命换取的。当然人类在战争中的胜利，其代价也是人的伤亡。然而情况还是那么不同，因为相对于蜂儿，它对敌人的攻击，乃是一生中唯一的一次攻击，它根本不可能进行第二次，之后，它就必死无疑。而它的攻击，对敌人却一般不会是致命的（某种毒蜂除外），甚至是小小不言的。比如它对人的攻击，涂几滴药水儿就解疼消肿了。没有药水，涂点儿牙膏或肥皂水，也行了。

"没有必要不拔；不立战功不插"两句话，体现在蜂儿身上，是悲壮的，是惨烈的。

它们以自己的死来实践那两句话。

一只蜂儿，用它唯一的一支"箭"，或一颗"子弹"，进行了勇敢无畏的战斗，之后不一会儿，它便掉在地上死了。

这意味着些什么呢？

这意味着它们不惜以死诠释它们的和平理念及战争理念。包含有这样的几层宣言性的自白：

我的装备只够进行一次性的自卫，这足以证明我是多么主张和平……

我不会置你于死地，因为我的本性是温和的……

但我也是勇敢无畏的，我愿以我的死使你清楚一个事实——蜂的家园是不可以无端侵犯的。

你侵犯了我，你只不过受了点轻伤；我实行自卫，而我死了。我对某些我所厌恶之事即使参加了一次，即使是被迫的，我也还是耻于再活下去了——战争对我便是那样的事……

真的，在地球上，在包括人的所有生命中，还有别的什么能够做到像小小的蜂儿这样呢？

"己所不欲，勿施于人。"——这一点蜂儿是做到了。

"己所不欲，宁死而不贰。"——这一点，蜂儿也做到了。

而对大多数人来说，是不太容易做到的。

所以，倘一个人被蜂蜇了，我的同情，一般并不在人这一边，而在蜂儿那一边，因为人被蜇一下只不过疼片刻，最多几时，而一只蜜蜂蜇了人，它接着就只有死了。

何况，人被蜇，必首先是人不对的结果。

我是孩子时，曾和别人做过这样的事——将背心或薄布的衣服用唾沫弄湿一小片，然后逮蜜蜂。逮着了，就用指尖儿捏住它们的翅，强迫它们蜇背心或衣服湿了的地方，它们蜇过后，刺便被"吸"在上面了。我们比赛看谁从蜂类身上"缴获"的"武器"多……

长大后，知道了我们儿时那样的恶作剧，实际上对蜂是杀害行径，便非常后悔。

在我们这个地球上，蜂的社会形态和生命意义，是理想化得具有诗性的啊……

飘扬起你青春的旗

青春是短暂的。

当我们"分解"任何一个男人或女人的人生时，便尤见青春之短暂了。

从一岁到六岁，人牙牙学语，跟跄学步，处在如小猫小狗的孩提时期。除了最基本的饮食需要，再有一种需要那就是爱了，而且多多益善。孩提时期的人还不太懂得爱别人，无论对别人包括对爸爸妈妈表现出多么强烈的"爱"，也只不过是最本能的依恋，所需要的爱也只不过是关怀与呵护。

人生的每一阶段都有着近乎天然的诗性成分。

孩提时期的诗性成分乃是人性的单纯。

一个孩子醋睡在母亲怀里的情形是特别美特别动人的情形；他或她被父亲扛在肩头时的笑脸，是人类最烂漫的笑脸。

一个孩子所依恋的首先还不是父母，而是父爱与母爱。如果一个孩子失去了双亲，倘有另一个女人真能像慈母一样地爱这孩子，那么不久，这孩子在她的怀里也会睡得像在最安全的摇篮中一样踏实；倘有一个男人真能像慈父般爱这孩子，并且也喜欢将这孩子扛在肩头上，那么这孩子脸上也会绽放出同样快活的笑容。

孩子用本能感觉别人对他或她爱的程度。几乎纯粹是本能，不加入什么理性的判断。但孩子的本能也往往是极其细微的。某些孩子很善于从大人的表情、大人的眼里看出爱的真伪。这也几乎是本能，不是后天的经验。

在《悲惨世界》中，小女孩珂赛特夜晚到林中去拎水时第一次遇到了冉·阿让——他说："我的孩子，你提的这东西，对你来说，太重了一点儿吧。"——于是替她拎着那桶水……

书中接着写道："那人走得相当快。珂赛特却也不难跟上他。她已经不再感到累了。她不时抬起眼睛，望着那人，显出一种无可言喻的宁静和信赖的神情。从来不曾有人教过她敬仰上帝和祈祷，可是她感到她心里有种东西，仿佛是飞向天空的希望和欢乐……"

珂赛特当时的心情，正如我所言——人性在孩提阶段所体现出的那一种又本能又单纯的诗性啊。

珂赛特当时八岁，倘她是今天中国城市人家的一个孩子，那么她已经该上小学二年级了。

小学时期人有整整六年可度。

小学这一人生阶段的诗性体现在人开始懂得爱别人了。"懂得"这个词不太准确，实际上人生开始就生出对别人的爱来。小学生望着他或她所感激的人，目光中往往充满着柔情了。这时一名小学生的眼睛，无论是男孩或女孩，都是会说话的眼睛。"眼睛是心灵的窗口"——我认为这一点是从小学时期开始的。

中学时期人已是少男少女了。人生处在花季的第一个节气。这时人生的诗性无须赘言，但这时的人生还不是"青春"。因为这时的人生还缺少青春最本质的特征，那就是生命饱满外溢的活力。

到了高中，人开始形成自己相当独立的思想了。人心里开始萌生出不同于以往的爱意了。这爱意已不再是对别人给予自己的关怀和呵护的回报了，而体现为主动地对异性的暗怀其情的爱慕了。也有爱得缠绵难分的情况，但大抵是暗怀其情。此时人生进入了青春期的第一个节气，正如惊蛰的节气之于四月。但高中是通向大学的最后阶梯。但凡是个初谙世事的儿女，都不敢松懈学业上的努力。在中国，尤其在城市，这是人生最诗意盎然的阶段，其实最乏诗意可言。

整整三年的埋头苦读，或者考上了大学，或者遗憾落榜。

此时，当年的孩子十八九岁了。考上大学的，自我补偿式地品咂青春。而一到了大三大四，便又为毕业后的人生去向而时时迷惘，惶惑；遗憾落榜的，则难免陷入悲观。

青春有了另外的许多负重感。

如此"分解"起来，看得分明——青春从十八九岁真正开始，一直到一个人组成家庭的时候结束。

有些人做了丈夫或妻子，心理仍然处在六月般美好的青春期。他们青春期的诗性延续到了婚后。他们是幸福的，也是幸运的。

但大多数人未必如此幸运。因为做丈夫或做妻子的角色责任、角色义务，因为家庭生活的诸多常规内容，制约着人惜别青春，服从角色的要求……

所以许多中年人回眸人生，常喟叹青春短暂。而这也正是我的人生体会。我将青春短暂这一个事实告诉青年朋友们，当然不是想使青年朋友们对人生产生沮丧。恰恰相反，青春既然那么短暂，处在青春阶段的人，就应善待青春！珍惜青春！

而我最终想说的是——人啊，如果你正处在青春时期，无论什么样的挫折，无论什么样的失落，无论什么样的不公平，都不要让它损害或玷污了你的青春！

青春应该经得起失恋……

青春应该经得起一无所有……

青春应该经得起社会对人生的抛掷……

青春应该经得起别人的白眼和轻蔑……

因为，人在生命充盈着饱满外溢的活力的情况之下都经不起的事，在生命的另外时期就更难经得起了……

小月河——紫薇桥

住在北影时，就知道有小月河。然而不知道究竟是条怎样的人造小河。也不知道河边是怎样的人造风景。尽管出了北影后门，走过生活区，跨过一条小路，绕过一道小岗，便是了。

儿子的"干妈干爸"，邻居小袁、老修夫妻，常想把我从家中驱赶到外边。老修不姓修，姓邢。叫邢培修。如今在北影也算是位老摄影师了。拍摄过《四世同堂》《五虎闹天桥》等。我常寻思，他的名字，经过"文革"的考验竟不曾改，实在是件幸免之事。从字义和谐音义直译，不就是"培养修正主义"还"行"吗？怎么竟让他溜过来了呢？

"晓声，别总关在屋子里，写呀看呀的，到后山去走走嘛！瞧你脸都绿啦！"

每每地，他端着仿佛须臾不离手的茶杯——某类罐头瓶废物利用那一种——诲人不倦地教导我些起码的养生之道。

所谓"后山"，乃是将北影生活区及那条小路与小月河隔开的那道小岗。由挖河的泥土堆积而成。

小袁有时则干脆命令我："你放下笔别写了，到后山去吧！两个小时之后再回来，也让我们在你家高谈阔论两小时！"

然而始终不曾光顾过小月河，被"排挤"出家门，最多也只是在北影厂院里走走。

调至童影，离小月河，或者说离后山更近了。如果从窗口以目测距离算，只有三十来米。近得可以望清一只蝴蝶或一只蜻蜓落在哪一朵野花儿或哪一棵树梢上。却仍没绕过小岗光顾小月河。但经常打内心里滋长出这么一种憧憬——坐于一片绿草地上，或漫步林间，该是多么美好的事呵！人真是很古怪的东西。事实上恰恰是发生在我们周围的变化，甚至正是发生在我们身旁的变化，并不引起我们的关注。我们总习惯将憧憬的目光超越我们目前的视野范围……

第一次绕过小岗是某一天晚上陪父亲遛弯儿。那时父亲的生命已快到尽头，没多少时日了。我当然是知道的。回想起来，父亲当然也是知道的。不过他装得什么都不知道。只要他自己还能走，他则坚持到户外去走走。然已经虚弱得走几步就坐在路沿儿上歇一会儿。从那一天以后，有空儿我就挽着他绕过小岗在小月河边遛弯儿。再后来他一步也走不动了。我便扶他下楼，扶他坐上我专为拉他去医院看病买的三轮车，在林间与河畔的小路上，缓缓地骑……

父亲逝后，我从情感上依恋起小月河来。我想，那更是对我陪父亲度过最后几日时光的地方之依恋吧……

早晨或晚上，我渐渐习惯了去散步。有时流连忘返。一到六月以后，冬季里光秃秃的土岗，也就是"后山"，全被绿所覆盖了。见不到一寸土色。北影的、总参测绘局离退休的老人们，将每一寸树木所不能占领的空隙，全种上了植物。玉米、向日葵、豆角儿什么的。

灌丛蒿草繁殖极茂，将玉米、向日葵、豆角儿什么的欺得根本不能结实，也就成了植物而已。种的人却从不沮丧。年年照种。真正到了只是播种、不问收获的境界。我曾问过一位播种的人，他说："根本没希望结什么呀，种一片绿不是也挺好么？"于是我明白了，那纯粹是退了休的人，将某种自己喜欢做的事，当成有益无害的消遣来实践。

后山的树皆是松树——老松和新松。老松是原本就生长在那儿的，新松是从别处移植来的。老松成林，新松即将成林。松林和松林之间，有茵绿的草坪毗连。草坪和草坪之间，种着能开放得持久的花儿。那些朴素的花儿一片一片的，色彩很是赏心悦目。都是园林工人们栽的。他们定期来锄草、浇水。一季花儿开败了，再接着种上别类花儿。花儿一直能开到十一月末。去年第一场冬雪后，仍在雪中顽强地向人们奉献着。

花圃和花圃之间，水泥方砖铺就的甬路永远那么清洁。石凳也是。走着的或坐着的人，我想大抵产生过愿意永远走下去或永远坐着的享受感。在日愈喧闹的城市，在居址的附近，有一座"后山"——尽管算不上什么山；有一条小河——尽管仿佛是静止的；有松林——尽管也算不上遮天蔽日；有草坪——尽管一片片的面积不大；有花圃——尽管开着的是些普通又朴素的花儿……也真够得上是城里人的一种福分了！而最重要的，当我们想到，这一切都是别人以劳动的方式奉献给我们的，也是我们生之所需、命之所恋的，就会情不自禁地问自己——我为别人创造了什么？我为别人奉献了什么？我之劳动，脑力的也罢，体力的也罢，是否也为我们的生活增添了什么有益的东西、美好的东西、值得享受一番的东西？

如今后山的人日渐多起来了。因为小月河上架起了一座桥。一座极寻常的小铁桥，定名为"紫薇桥"。不知由何而来。美好的名字。

如今小月河那边的园林化也初见成效了。但树还没长高，也还没形成林。草坪也没种植呢，面积却规划出来了。小月河那边的居民，包括坐落在小月河彼岸的北京大学分校的教师和学生，一早一晚，三三两两的，通过"紫薇桥"云集过来。

人一多，后山似乎显得太小了。于是这边的人碰见，免不了互相说：

"唉，以前多幽静的地方啊！"

"还不是因为那边的人都往这边来了嘛！"

"是啊是啊，风景这边独好。"

"那边也会好起来的……"

足见，人们的心理上，对于绿，对于水，对于树、草和花，对于幽静，多么偏爱，偏爱得都有点儿本位主义的意味儿了，都有点儿自私自利的意味儿了。

然而谁都明白，小月河不是国界，不是地界。"风景这边独好"的这边，不唯是这边人们的，也是那边人们的。那边的人们，有绝对的权利，从"紫薇桥"上过到这边来，与这边的人们，共同分享小月河以及后山的风景。何况，园林工人似乎对这边人们的心理不无洞悉，正每天加紧营造那边的园林。小月河风景两边都好的日子，是快来临了。届时，"紫薇桥"不只是那边人们走向这边的桥，也将是这边人们走向那边的桥了……

人多起来，人的行为景观也便多起来。在时间和空间共同占有方面，仿佛订下了什么规矩和原则。足见好的环境，是会培养人良好的公共意识的。小凉亭前空地面积大些，水泥方砖铺得平坦，于是有热心的男人女人义务在那儿教舞——交谊舞，什么慢四快四的。我不会跳舞，不懂，说不大正确。反正就是种种踏着音乐的全身运动吧。教的人极其认真，学的人也极认真。集体练气功的人们须静。要有心理场和物理场的特殊环境。故他们较远地躲着教舞和学舞的人们，在导师的带领之下，聚精会神地开通他们的"大周天"和"小周天"。

　　散步的，或曰"闲杂人等"，相当自觉，并不围观那两拨"集体主义者"，大抵绕道而行，避免干扰他们。而大学生则喜欢坐在草地上聊天。情侣们，则往树木深茂处钻。别人就不往那些地方钻了。包括孩子们，似乎都明白，那些地方，是应该礼让的地方。每天，最先出现的，大约是些练气功的人，但不是那些初学者，而是那些开始自修甚至不同程度都有了点儿"道行"的人。据说，偶尔也能碰到"出山"的或没"出山"的称得上"师"的神秘人物。在他们之后"光顾"的，大约是些遛鸟儿的人，习剑的人，坚持每天跑步的中青年人。再后才是教舞和学舞的人。他们散去，会寂寥个把钟头。错过有工作的人们上班的时间，退了休的人们陆续出现。他们的时间较充足。他们往往从容不迫地更久些地勾留……

　　良好的环境，无疑可以养成人们良好的互不滋扰、互不触犯的存在意识。看似非常"自由化"的这一地方，仿佛具有某种建立在自觉之基础上的原则和秩序。这使我常常联想到人文环境方面——哪些地方的人心理行为或社会行为丑陋，哪些地方的人文环境肯定恶劣。反之也一样。

我是个喜欢花的人。可是由于缺乏经验，总侍弄不好，养得半死不活。每望着花圃里开得生动的一片片的花儿，便产生折一束带回家，插在瓶里美化自己小环境的念头。有一天我揣了一把小剪刀，故意在天黑后去。天黑后，依恋在那儿的人也不少，竟没下手的机会。像小偷打算偷东西似的，觉得似乎在被一双双眼睛监视着。其实并没人注意我，是我自己心虚。因为，几年来，还没有一个人，无论大人或孩子，折过一朵花或树枝。尽管，并无牌子上写着"折花罚款"之类予以警告。某种自觉成为普遍的公德，警告和罚款也就没了意义。鬼鬼祟祟的我，竟始终不敢下剪子。实实在在的，是自己监视自己，并对自己的某种不良行为起到了阻止作用。回到家里，却也并不沮丧。倒是还有几分欣慰——毕竟，没成为小月河旁折花第一人啊……

又有一天，散步时下起小雨来，便躲入凉亭暂避。然而园林工人们不休息，一个个仍蹲着，用小锄松土、除草。他们似乎不在乎小雨。在凉亭里避雨的还有些人，望着园林工人们劳作的情形，分明地，人人心里都有所动。互相怂恿和鼓励着，打算推选出个人，请园林工人们也到亭子里避避雨，并对他们说些真诚的感谢的话。内中有认得我的，要求我去说。认为我是作家，该善于表达，是最义不容辞的。我觉得，代表大家去说这些，并非虚伪，也看得出都是真诚的。但又觉得，果然去说了，未免近于唐突。正犹豫，见有些撑着伞漫步的人，纷纷驻足了。一个撑伞者，似乎什么也没多想，便走到一位园林工人身旁，将伞向对方撑过去。于是都走到他们身旁，为他们撑举着伞遮雨，而不惜淋湿自己……

我和凉亭里众人面面相觑，认为什么也不必去表达了。

如果没有他们，没有小月河，没有紫薇桥，没有后山，在周围高楼林立的城市这一隅，没有松林，没有花圃，没有草坪……我常想，每天到这里来的人们，生活该会是怎样的呢？遛鸟的，散步的，跑步的，教气功练气功的，教舞学舞的，该会在些什么地方做些什么事情聊以排遣"八小时以外"和离退休的边角时光呢？

一处美好的地方，竟能改变多少人的生活内容、确定多少人的生活规律、滋润多少人的心灵世界和情绪空间啊！

但愿北京这样的地方多起来。

但愿不论城市或乡村，这样的地方多起来。

但愿我们在创造社会财富的同时，兼而想到，也为自己创造美好的生存环境。它也是我们生之所需、命之所依……

以生命为社会之烛的人

在《生命力量》第二次印刷之际，受人民出版社之邀撰序，我欣然命笔。

景克宁先生是运城学院的一位教授。先生于二〇〇六年三月二日逝世，享年八十四岁。我与先生不曾谋面，仅有幸神交。先生生前，每出一本新书，必签名以赠。我自然是极敬他的。在他八十寿辰时，我抄孟子的三句话寄给了他："威武不能屈；富贵不能淫；贫贱不能移。"

他经人捎话给我——"我之生命的意义，六十岁左右才算真正有所体现。对于社会，余热无多矣。故格外珍惜，唯奉献方觉欣慰。"他的话，是他的人生的真况。

从一九五七年开始，他便失去了公民自由，且久经劳改、牢狱之苦二十三年。粉碎"四人帮"后，几番周折，成为运城学院的一位教授。那一年他已是两鬓霜白，年近花甲。没几年，不幸罹患癌症，受病魔攻击整二十年，并以顽强的毅力，与病魔搏斗了整二十年。

这样的一位知识分子，虽有对社会的奉献之忱，终究又能做些什么呢？

景先生所做的乃是——二十年如一日，奔波于大江南北、长城内外，演讲两千七百余场，听众达几百万之多。从政坛、文坛到艺坛，从广场、疆场到刑场，从医院、法院到剧院，从会堂、课堂到教堂……其演讲内容，涉及社会的方方面面以及人性、人的心灵和精神现象的方方面面，于是使许许多多的人，尤其是许许多多的青年受益匪浅。

有人据此誉他为"演说家"或"语言的演奏家"。

我想，即使加上"杰出的""卓越的"等形容词，先生也是当之无愧的。然而，我却要说——景先生他首先是一位不倦的思想者；同时是一位知识广博的社会学者。"者"虽然不比"家"那么堂皇，但是却比许多"家"的演说具有更强大的感染力。而思想的感染，知识的感染，是这世界上最令人折服的感染力。作为学者，景先生直至去世前的几天，仍在手不释卷地孜孜而学。他为了奉献而演说。他为了演说而学习。他为了体现他人生的意义而坦然直面随时会迫近的死亡。他使那意义在人生的最后阶段体现出了最大的价值。有人曾替他这样统计过——若将二十年转化为小时，那么除了五十分之一的时间他是在医院里度过的，其余五十分之四十九的时间，他不是在学习，便是在演讲，或是在从此地到彼地的途中。实际上，在他的生命的最后几年，病魔带给他的痛苦，已经很难使他成眠了……"春蚕到死丝方尽"，蜡炬曾经如此燃烧过，他身上所体现的，不仅是顽强的生命力，还是如火如光的思想力。我对他的崇敬难以言表。联想到孟子的三句话，我现在又以为——"富贵不能淫"一句，其实用以形容景先生是不恰切的。

因为——他又何曾富贵过呢？一个以生命为社会之烛的人，他的头脑里，也就断没有了对富贵的丝毫念想。威武之下，这个人的精神确乎不曾屈过；贫贱之时，这个人的操守确乎不曾移过。那么我现在要加上一句：死亡不能改。我以为，对于景先生，便是他人生的概括了……

随想：谈生命感悟

中国有两句古话，对于我们中国人的心理影响颇久远，都和名有关。一句是——"人过留名，雁过留声。"另一句是——"不能流芳百世，亦当遗臭万年。"

人的生命在胚胎时期便酷似一个逗号，所以生命的形式便是一个逗号。死亡本身才是个句号。

大多数人的生命特点基本上是这样的——幼年时朝前看，青年时看眼前，中年时边在人生路上身不由己地边走着边回头，而老年时既不回头也不扬头了。

人的欲望原来是可以像寄居蟹一样缩在壳里的。它的钳在壳里悄悄生长着，坚硬着，储备着力量，伺机出壳一搏。

生命终了之际，每个人都会感受到，所谓人生——不过是一些怀旧的片断组成的记忆。

每一个人都有自己的帆。有的人一生也没扬起过他或她的帆；有的人的帆刚一扬起就被风撕破了，不得不一辈子停泊在某一个死湾；而有的人的帆，直至他或她年高岁老的时候，仍带给他或她生命的骄傲……

生命像烟一样，不可能活一天附加一天。生命是一个一直到零的减法过程。

一个生命就是一次空前绝后的奇迹。父母的精血决定了生命的先天质量。生命演变为人生的始末，教育引导着人生的后天历程。

人性如泉，流在干净的地方带走不干净的东西；流在不干净的地方它自身也污浊。

拥吻着现实而做超现实的幻想，睁大眼睛看看，我们差不多都在这么活着……

人类是最理解时间真谛，也是最接近着时间这一位"上帝"的。

难道，对于红尘中多数的人，所谓金色年华，只不过是诗人的无限的咏叹？或小说家一厢情愿的故事编织？

红尘之所以为红尘，一个"红"字，内涵多多，道出了我们红尘中人对人生一世的多种方面的向往、喜欢，难以割舍。我们红尘中的人在被红尘生活所累的时候，偶尔也羡慕一下佛门弟子；我们的人生假如顺遂，目光还投向庙寺庵观吗？

开口求人好比一边走路一边踢石头，碰巧踢着的不是石头，是一把打开什么锁的钥匙，则兴高采烈。一路踢不着一把钥匙，却也不懊恼，继续地一路走一路踢将下去。石头碰疼了脚，皱皱眉而已。今天你求我，明天我求你，非但不能活得轻松，我以为反而会活得很累。

种子在未接触到土壤的时候，是没有任何力量可言的。尤其，种子仅仅是一粒或几粒的时候，简直那么的渺小，那么的微不足道，那么的不起眼，谁会将对一粒或几粒种子的有无当成回事儿呢？

我常想，自己真的仿佛一辆破车子，明明载不了世上许多愁，许多忧，那些个有愁的人，有忧的人，却偏将他们的愁和他们的忧，一桩桩一件件地放在我这辆破车子上，巴望我替他们化之解之。

人活着就得做事情。

古今中外，无一人活着而居然可以不做什么事情。连婴儿也不例外，吮奶便是婴儿所做的事情。

世上一切人之一生所做的事情，也可用更简单的方式加以区分，那就是无外乎——愿意做的、必须做的、不愿意做的。

我们大多数人的一生，其实只不过都在整日做着自己必须做的事情。日复一日，渐渐地，我们对我们那么愿意做、曾特别向往去做的事情漠然了。

怀旧，其实便是人性本能的记忆。

不要相信那些宣布自己绝不怀旧的人的话。他们这样宣布的时候，恰恰道出——过去对于他们，必定是剪不断，理还乱。

两个中年男人开怀大笑一阵之后，或两个中年女人正亲亲热热地交谈着的时候，忽然目光彼此凝视住，忽然都从对方眼里看到了那一种企图隐藏到自己的眸子后面而又没有办法做到的忧郁和惆怅。我觉得那一刻是生活中很感伤的情境之一种。

人类社会好比是一幅大油画，本不可以没有几笔忧郁的色彩惆怅的色彩。没有，人类社会就是一个大幼儿园了。

追悼更是活人对死的一种现实的体验，它使生和死似乎不再是两件根本不同的事，而不过是同一件事的说法了；它使虔诚的人倍加心怀虔诚，使并不怎么虔诚的人暗暗觉得自己有罪过。

初级教育教给人幻想的能力，高等教育教给人思想的能力，而思想是幻想的"天敌"，正如瓢虫是蚜虫的天敌。

再低等的生命，你只要诚心为它服务，为它活得好，久而久之，它也就对你另眼相看，区别对待了……

对一切有生命的东西而言，不可一世不共戴天的孤独，尤其是以残害同类的方式自己造成孤独，都将是一种惩罚吧？

"好人"是人类语言中最朴素、最直白的两个字。朴素得稍加形容和修饰就会顿然扭曲本意。直白得任谁都难以解释明白。

上一代人猛地发觉，在自己不经意间，下一代人早已疏远了自己，并且在对社会和时代的适应能力、自主性两方面，令他们惊讶地成长壮大了。

世上之事，常属是非。人心倾向，便有善恶。善恶既分，则心有爱憎。爱憎分明之于人而言，实乃第一坦荡、第一潇洒、第一自然之品格。

"缘"，似乎只能包括生活把你和好人引到一块儿的情况。但生活也常常会把你和坏人、恶人、卑鄙之徒推到一块……

让我们在我们每一个人的生活范围内，做一块盾，抵挡假丑恶对我们自己以及对生活的侵袭，同时做一支矛。

要弄或捉弄猴子获得快感的男人，内心深处、潜意识里，大抵也时时萌生要弄或捉弄别人一番的念头。

将人性改变得如狮性一般恶劣，也不是多么难的事。只要在人小的时候，将他或她浸泡在恶劣的文化里就够了。

正如许多盲人成为"战胜黑暗的人"一样，许多眼睛很好看，视力极佳的人，其实可能一辈子生活在"黑暗"之中。

人心里追求什么，眼睛才更多更广地看到什么……

有神论者认为一位万能的神化的"上帝"是存在的。无神论者认为每一个人都可以成为自己的"上帝"，起码可以成为主宰自己精神境界的"上帝"。

你虔诚地珍惜一颗熟了的桃子是可笑的。

熟了的桃子比任何类的涩果都更接近腐烂。

人也是如此。

天真很可爱，故我们用"烂漫"加以形容，但天真绝对的肤浅。故虔诚绝对地几乎必然地导向偏执。

唯有人，用双脚行走。

除了你自己，没有第二个人能将你拉得很高——因为你会抓不牢绳索。

生活中有些事，原本动人、感人，正如上品的雨花石，那是无须加工的。

知道了许许多多别人命运的大跌宕、大苦难、大绝望、大抗争，我常想，若将不顺遂也当成"逆境"去谈，只怕是活得太矫情了呢！

与自己的心灵交谈……可能使人在任何逆境中保持住心灵的平衡，也可能使人丧失掉最后一部分生活热忱。

人的心灵不同于人的肝脏，滋养肝脏的是血液，滋养心灵的是人的情感、情操、信念和精神。"哀莫大于心死"，此话可谓"警世恒言"。

热爱生活的人，是不允许"虚无"这条灰色的毒蛇噬咬自己的心灵，并任其注入"厌世"的毒液。

希望奥秘永不被人所知，这是魔术演员的心理。魔术大师个个希望自己在观众眼中永远是"谜"。

世界很大，一个人和另一个人，一些人和另一些人，不知怎么，就被生活安排到一块了。习惯的说法是"缘"，我更愿说是遭际。